LES ENFANTS DE JI 1
Le testament oublié

Du même auteur
aux Éditions J'ai lu

Le secret de Ji - 1, *J'ai lu* 6578

Le secret de Ji - 2, *J'ai lu* 6662

Les enfants de Ji :
1 - Le testament oublié, *J'ai lu* 8225
2 - La veuve barbare, *J'ai lu* 8365
3 - La voix des aînés, *J'ai lu* 8688
4 - Le patriarche, *J'ai lu* 8766
5 - Le sang du Jal, *J'ai lu* 8952

Les gardiens de Ji :
1 - La volonté du démon, *J'ai lu* 9073
2 - Le deuil écarlate, *J'ai lu* 9328

PIERRE GRIMBERT

LES ENFANTS DE JI 1

Le testament oublié

J'AI LU

À ceux de mon clan.
Encore, et toujours...

Mon nom est Corenn. Je ne suis pas encore assez usée par le temps pour me considérer comme une vieille femme... mais la sincérité m'oblige à avouer mes soixante-deux ans.

Depuis pratiquement deux décennies, je suis Mère chargée des Relations mondiales, au Conseil permanent du Matriarcat de Kaul. Ma fonction me place souvent devant des choix difficiles. Tous les royaumes du monde connu, malgré une paix relative, ont des intérêts contraires. L'art diplomatique est le seul moyen de maintenir une certaine stabilité entre les nations. Pour autant, on ne peut rien recevoir sans donner, et Kaul est parfois forcé de faire des sacrifices pour conserver son indépendance...

Quelques-unes de ces pertes sont des vies humaines. Mes agents hors des frontières, souvent ambassadeurs, et plus rarement... espions. Bien qu'ils connaissent les risques de leurs missions, la disparition de ces volontaires est toujours une tragédie dont j'endosse seule la responsabilité. Ce sont mes choix qui ont conduit des diplomates à se faire décapiter par un chef de tribu jez, ou lyncher par des rebelles jérusniens. C'est sur ma demande qu'une délégation entière a tenté d'approcher le nouveau roi des thalittes, sans qu'aucun membre n'en revienne vivant. Voilà le genre de décision que je dois prendre à chaque décade...

Mais la lourde charge qui pèse sur mes épaules n'est rien, comparée au tour cruel que joua le destin à un petit groupe d'hommes et de femmes. Un groupe dont je fais partie.

Tout a commencé cent quarante et un ans plus tôt, lorsqu'un homme étrange du nom de Nol réunit plusieurs émissaires des nations du monde sur une petite terre près des côtes loreliennes : l'île Ji. Mes ancêtres étaient au nombre de ces sages. Tous disparurent mystérieusement pour revenir deux lunes plus tard, gravement choqués par une aventure sur laquelle ils conservèrent le secret jusqu'à la mort. Nol ne fut jamais retrouvé, et tout le monde ou presque oublia cette histoire.

Quatre générations plus tard, les prêtres fanatiques de Zuïa, les tueurs züu, commencèrent à assassiner les descendants des émissaires. Huit seulement réchappèrent du massacre, dont moi-même, ma nièce Léti, Bowbaq du clan de l'Oiseau et ses deux enfants, puis Reyan de Kercyan et Maz Lana, sans oublier celui qui allait devenir mon époux, le courageux Grigán de Griteh. Une dernière personne fut mêlée à notre aventure : Yan, l'ami fidèle de Léti, qui l'a suivie et continuerait à la suivre jusqu'au bout du monde.

Notre petit groupe, traqué conjointement par les tueurs rouges et la Grande Guilde des voleurs, courut de royaume en royaume pour échapper à la mort et tenter de percer le secret de nos ancêtres. Ce fut la chose la plus difficile qu'il m'eût été donné d'accomplir... Pourtant, par chance, caprice de la fatalité ou volonté suprême, nous trouvâmes toutes les réponses, ou presque.

Nol était... est encore, un véritable Dieu. Le Gardien du Jal'dara, une vallée merveilleuse où grandissent les immortels destinés à être adorés des hommes. C'est là qu'il avait mené nos aïeux, à travers une porte magique cachée sur l'île Ji, ainsi qu'il le fait avec une nouvelle délégation toutes les dix générations humaines.

Le Jal'dara est le berceau des dieux. La foi des hommes les y fait évoluer, lentement, jusqu'au moment où ils n'ont plus rien à apprendre et quittent ces jardins pour ne jamais y revenir. Ils prennent alors place dans l'un ou l'autre panthéon pour un règne éternel.

Les sages mis dans le secret doivent à chaque fois décider de la conduite à tenir. Faut-il prévenir l'humanité ? Se taire ? Les bouleversements d'une telle révélation seraient incommensurables... Jusqu'alors, tous les émissaires ont gardé le silence, pressentant que le monde n'était pas prêt. Pour autant, tous en reviennent changés. Certains embrassent la religion, d'autres fuient tout ce qui y a trait... et un petit nombre perd la raison.

C'est ce qui était arrivé à Saat, un homme né deux siècles avant ce jour, et qui allait pourtant devenir le pire ennemi de l'humanité en général, et des héritiers en particulier.

*

Usul frémit dans sa caverne, comme jamais il ne l'a fait auparavant. Le dieu est fébrile. Son esprit à la profondeur insondable peine à déterminer l'avenir. C'est la première fois qu'il se sent en retard sur le monde. Pourtant, il n'a d'autre choix que d'étudier tous les futurs possibles. C'est son seul pouvoir, et sa seule distraction. Il est Celui qui Sait.

Par la volonté des hommes, il est Usul, le dieu-poisson à la forme changeante. Depuis des millénaires, il attend, prisonnier d'une grotte immergée au centre d'une petite île. Ses visiteurs sont extrêmement rares. La plupart ont un destin insignifiant ; Usul les méprise et ne les laisse pas poursuivre leur existence. D'autres ont une certaine influence sur le monde et son histoire. À ceux-là, l'éternel fait partager une partie de son savoir. Un savoir inhumain.

Depuis toujours, il connaît le destin de chaque chose. Il ne peut que contempler ce qu'il sait devoir arriver. Alors, le dieu s'ennuie. Du moins... il s'ennuyait, jusqu'à la rencontre d'un mortel du nom de Yan, vingt-trois ans plus tôt.

Cette rencontre a déclenché d'importants mouvements dans l'avenir. Par quelques confessions faites à un adolescent, le dieu a gommé ce qui était écrit pour des siècles et des siècles. Car la seule manière de bouleverser le futur est de le révéler à l'un de ses acteurs... Usul se rengorge d'avoir eu une telle influence sur le monde. C'est une belle revanche prise sur ses frères et sœurs, aux pouvoirs bien supérieurs.

Pour autant, le dieu redoute ce qu'il a contribué à mettre en place. Les cheminements sont encore infinis, mais au bout du compte il ne restera que deux issues possibles.

L'une d'entre elles prédit sa propre mort.

Alors le dieu écoute les humains, spécule et tente de déchiffrer l'avenir. Pratiquement à chaque instant, de nouveaux éléments viennent remettre en cause sa réflexion. Les choses se sont particulièrement accélérées depuis... cet événement effroyable, qui a précipité tout le reste.

Le sort du monde ne se décidera pas dans quarante ou soixante ans, comme il l'avait initialement prévu. Tout devrait se jouer avant quelques lunes.

Et Usul y tiendrait encore un rôle important.

*

Saat faisait partie de la même délégation que mes aïeux, bien avant nos naissances. Il accompagnait le prince goranais Vanamel, qui ne devait d'ailleurs pas survivre à l'aventure. Mais l'homme était également sorcier, et l'immense pouvoir que renfermait le Jal'dara lui fit perdre toute mesure.

Malgré les mises en garde de Nol et des émissaires, Saat testa ses sortilèges sur l'esprit d'un des enfants dieux. Un jeune garçon parmi tant d'autres, dans ces jardins immuables... Mais la personnalité de l'immortel en fut corrompue à jamais. Par ce geste inqualifiable, répété à plusieurs reprises, Saat avait irrémédiablement poussé l'enfant sur la voie des démons.

Le Jal'dara n'est que l'un des deux endroits où peuvent croître les éternels. L'autre, sombre et malodorant, sans cesse en mutation, se trouve juste sous la vallée verdoyante et paisible. Les fosses de Karu.

Une imprudence de Vanamel devait pousser nos ancêtres à descendre dans ce lieu maudit. Saat et le garçonnet, déjà en train de changer, ne devaient jamais plus en remonter. Leurs esprits noirs leur interdisaient tout retour à la pureté des jardins de Dara.

Le sorcier survécut dans le labyrinthe sacré pendant plus d'un siècle, en puisant son énergie vitale dans le cœur du jeune démon. Il occupa également ce temps à former l'immortel à son image, lui donnant jusqu'à son nom : Sombre. Celui-qui-Vainc.

J'ignore comment Saat réussit finalement à échapper au Jal'karu. Toujours est-il que, une fois revenu dans le monde des hommes, il n'avait d'autre ambition que celle de conquérir les Hauts-Royaumes. Et les moyens d'y parvenir : de puissants pouvoirs magiques, une longévité exceptionnelle et... le plus cruel des dieux noirs pour l'y aider. Un démon qu'il avait lui-même façonné, lui donnant le goût de la bataille, de la victoire et du sang. Un immortel, d'apparence adulte, n'ayant plus rien de commun avec le garçonnet du Jal'dara.

Avec son appui, Saat n'eut aucun mal à s'imposer en maître chez les barbares estiens, qu'il réunit en une seule armée forte de quarante mille hommes. C'est à la même époque qu'il envoya les terribles tueurs züu sur la trace des héritiers de ses anciens compagnons émissaires... nous poussant, mes amis et moi, dans un périple où nous affrontâmes la mort presque à chaque jour.

Pour comprendre les raisons de son acharnement, nous dûmes nous-mêmes descendre dans les fosses du Jal'karu. Les Ondines du lac aux Murmures nous y livrèrent une Vérité, une prophétie suprême, n'admettant aucune condition pour sa réalisation.

La descendance des sages devait voir l'avènement de l'Adversaire. Ainsi était nommé celui qui, de toute l'éternité, aurait une chance, et une seule, de vaincre Sombre.

Au plus profond de l'obscurité, nous apprîmes également qu'aucun de nous six n'était cet Adversaire. Mais qu'il naîtrait de nos lignées.

*

Après huit longues journées de navigation, le lougre était enfin en vue des côtes loreliennes. La tueuse pouvait presque sentir le soulagement de l'équipage yérim. Ces mercenaires recrutés à prix d'or auraient probablement refusé la mission, s'ils avaient su qu'ils devraient convoyer huit prêtres-assassins du culte de Zuïa...

Sans compter la présence à bord de la déesse *elle-même*.

Par habitude, la tueuse s'assura du bien-être de l'éternelle. Cette dernière s'était postée à la proue, sa place favorite. Un peu ridée, mais digne et silencieuse, elle contemplait les rivages encore lointains du plus riche des Hauts-Royaumes. Chaque homme à bord aurait donné beaucoup pour connaître ses pensées... mais le simple fait de croiser son regard poussait généralement à l'effet inverse. Aucun étranger ne pouvait supporter longtemps la fixité inquiétante des yeux de la déesse.

De toute manière, jamais l'escorte n'aurait laissé quelqu'un s'approcher assez pour cela. En cette fin de journée, ils étaient trois, prêtres en tuniques rouges, guépards faussement lascifs et allongés sur le pont à côté de leur maîtresse... On les choisissait toujours pour leur excellence, parmi plusieurs centaines de volontaires. La tueuse disposait aussi de deux gardes attachés à sa personne, bien qu'elle s'estimât capable de vaincre n'importe quel adversaire en trois assauts. Sa *hati*, la dague rituelle et empoisonnée, comptait déjà onze entailles. Autant que de sentences de mort, portées par elle-même sur les ordres de Celle-qui-Juge.

Les trois derniers Züu de la délégation étaient chargés de surveiller l'équipage. Dès le premier jour, ils avaient poignardé un Yérim dont les yeux curieux se portaient un peu trop souvent sur les activités de la déesse. Les autres s'étaient ensuite tenus le plus loin possible des assassins... Toute la traversée de la mer Médiane s'était ainsi faite dans ce climat de tension. La tueuse elle-même, pourtant de nature sereine, montrait de plus en plus de signes d'impatience. Elle avait vraiment hâte d'arriver au terme de ce voyage éprouvant pour les nerfs.

Il faut dire qu'il s'agissait là d'un événement sans précédent. Jusqu'à la dernière décade, Zuïa n'avait jamais quitté leur île. C'est à peine si elle s'aventurait hors du Lus'an, cette province paradisiaque où résidaient les plus méritants de ses prêtres... L'annonce de son départ avait donc causé beaucoup d'émoi parmi les judicateurs. Pour autant, aucun n'aurait osé aller contre ses décisions. Même celle d'embarquer sur un navire misérable, accompagnée de la *Kahati* et d'une simple escorte de huit hommes !

Après une attente éprouvante, alors que le soleil jetait ses derniers rayons sur l'étendue liquide, le souhait de la tueuse fut enfin exaucé. Sur un signe de la déesse, elle s'approcha et s'inclina respectueusement.

— Il est temps, Zejabel, annonça la voix sèche de l'éternelle. Va chercher nos affaires. Nous quittons ce bateau.

La tueuse acquiesça sobrement, puis se faufila dans les coursives pour remplir sa mission. Elle commença par reprendre son arc, son arme fétiche, inutile depuis qu'ils avaient pris la mer. Les sacs étaient prêts depuis l'apogée ; elle les passa simplement à son épaule. Enfin, c'est avec beaucoup de respect qu'elle empoigna la Zaya'nat, la lance sacrée de la déesse...

À son retour sur le pont, elle constata que l'éternelle était déjà grimpée dans la chaloupe, suspendue au-dessus des flots. Tous les prêtres rouges étaient regroupés devant elle, alors que les Yérims, à bonne distance, allumaient quelques lampes dans les gréements. La tueuse déposa rapidement son chargement au fond de la barque avant de se joindre aux hommes... Le moment était venu.

Le massacre pouvait commencer.

Sur son signal, neuf dagues empoisonnées furent brandies, puis plantées dans les corps des marins hurlant de surprise et de terreur. Certains cherchèrent à se défendre, d'autres voulurent se jeter à l'eau... Aucun n'eut vraiment le temps de tenter quoi que ce soit. En une décille à peine, les quatorze Yérims passèrent de vie à trépas. La tueuse, la *Kahati* elle-même creva l'œil du dernier sans une once de compassion. La douleur de l'homme ne dura que quelques instants, le temps que le poison fasse son effet. Les Züu étaient seuls maîtres du navire.

Sans un mot, cri ou manifestation de victoire, les prêtres commencèrent à jeter les corps par-dessus bord. Mais c'était là une tâche indigne de la tueuse, qui alla simplement s'incliner devant la déesse.

— Rejoins-moi, demanda Zuïa dans un murmure.

Surprise, la Kahati obéit néanmoins en grimpant dans la chaloupe. Le plan ne prévoyait pas d'utiliser *réellement* l'esquif ; du moins, pas avant d'avoir approché une côte déserte où débarquer les dix membres du culte rouge. Il s'agissait seulement de mettre la déesse à l'abri, le temps pour l'escorte de faire disparaître tous les témoins de sa présence dans les Hauts-Royaumes...

— Nous partons dès maintenant, chuchota l'éternelle. Fais descendre cette barque.

— Mais les hommes n'ont pas terminé...

— Me crois-tu aveugle ? s'emporta la déesse. Ils n'iront pas plus loin ! Ce que j'ai à faire demandera de la discrétion. Tu es le seul appui dont j'ai besoin.

La tueuse acquiesça machinalement, mais son trouble était profond. Zuïa avait probablement pris cette décision depuis longtemps, mais elle avait attendu le dernier moment pour l'annoncer... C'était très perturbant, pour celle qui partageait d'habitude tous ses secrets.

Enfin, *presque* tous. La Kahati elle-même ignorait les raisons ayant poussé la déesse à quitter son île.

— Ne perds pas de temps, Zejabel ! pressa l'éternelle.

Habituée à servir cette voix depuis sa plus tendre enfance, la tueuse coupa court à toute réflexion. Elle dénoua le filin commandant la poulie et commença à descendre la chaloupe... Plus haut, les prêtres rouges se rassemblèrent au bastingage, interloqués. Ils ne lancèrent leurs premières questions qu'au moment où la barque fut détachée et libre de s'éloigner.

— Ils ne doivent pas nous suivre, annonça Zuïa avec fermeté. Et il faut les empêcher de témoigner. Personne ne doit savoir où nous allons.

D'un signe de tête, elle indiqua l'une des deux lanternes éclairant l'esquif. La tueuse n'eut pas besoin d'explication. Très calmement, elle décrocha la lampe remplie d'huile... et lui fit décrire une courbe jusqu'au pont du lougre, où l'objet explosa dans une gerbe de flammes !

Les appels intrigués des prêtres se changèrent aussitôt en jurons et en cris de panique. Plusieurs désespérés se jetèrent à l'eau pour tenter de rejoindre la chaloupe... La tueuse joua de ses flèches contre ces cibles faciles, qui s'enfoncèrent lentement dans les profondeurs marines. Sur le bateau, les rescapés tentaient en vain d'étouffer l'incendie grandissant. Mais voiles, bois et gréements offraient autant de nourriture à un feu qui se montra très vorace, embrasant la totalité du pont sans laisser aux sinistrés la moindre chance d'en réchapper...

Sous les coups de rame de la tueuse, la chaloupe s'éloignait toujours plus de ces lieux dangereux. La déesse ne se retourna pas quand le brûlot fut avalé par les flots et la nuit. Jamais l'immortelle et la Kahati ne s'étaient retrouvées longtemps seule à seule... La plus jeune se demandait de quoi les jours suivants seraient faits.

Elle aurait une bonne partie de la nuit pour y réfléchir. La côte était encore lointaine, et elle ignorait tout de l'endroit où elles allaient débarquer. Et de la mission qui lui serait confiée.

*

La terrible révélation des Ondines marqua la séparation de notre groupe. Nous ne pouvions vaincre ni le sorcier, ni son démon... L'avenir ne nous offrait plus que des solutions désespérées, nous poussant à prendre des chemins différents.

Grigán et Yan partirent pour les Bas-Royaumes, où l'un des vassaux de Saat, le roi Aleb-le-Borgne, préparait l'invasion de Lorelia par la mer. Après une bataille meurtrière dans le port de Mythr, opposant les mercenaires d'Aleb et les rebelles menés par Grigán, la dangereuse armada fut anéantie. Mais cela n'était qu'une partie de la menace...

Le plan de Saat pour conquérir les Hauts-Royaumes était à la hauteur de ses ambitions. Fort de plusieurs dizaines de milliers d'esclaves, le sorcier avait creusé un immense tunnel à travers le Rideau, une chaîne de montagnes si haute que la plupart de ses sommets n'avaient jamais été atteints. Et cette longue suite de couloirs taillés et de galeries naturelles devait amener l'armée des barbares estiens juste sous la Sainte-Cité d'Ith. Une ville pacifique et totalement sans défense, mais un point stratégique majeur pour qui voulait monter à l'assaut de Goran et Lorelia !

Seul notre petit groupe avait connaissance de ce projet. Nous ne pouvions même pas en partager le secret avec les généraux alliés : Sombre surveillait leurs esprits... En désespoir de cause, Reyan partit seul pour les royaumes ennemis, parvenant à se glisser jusqu'au cœur du palais de Saat, mais échouant à le supprimer comme il avait l'intention de le faire.

Après avoir tenté, en vain, de rallier le peuple arque à notre cause, Maz Lana et moi partîmes également à la rencontre du sorcier. Notre dernière chance était de réussir à le raisonner, à le convaincre de renoncer... Mais le noir pouvoir du Jal'karu avait étouffé tout sentiment de pitié ou de remords, chez cet homme deux fois centenaire. Tout comme Reyan, je fus promise à une exécution sommaire, tandis que Lana se voyait enfermée dans le harem de Saat.

Cette même nuit, l'armée estienne se rua hors des égouts de la Sainte-Cité pour se répandre dans les rues de la ville. Ils y surprirent Yan, Grigán et quelques guerriers qui avaient franchi la mer à la poursuite du roi Aleb. Les courageux Ramgriths tentèrent de contenir l'assaut, mais une centaine de combattants fatigués ne pouvaient résister longtemps contre plusieurs milliers de barbares...

La Sainte-Cité et les Hauts-Royaumes semblaient déjà perdus, quand l'armée des clans arques franchit les portes de la ville. Les hommes du nord, finalement ralliés par Bowbaq et Léti, avaient traversé la moitié du continent en marche forcée pour empêcher l'invasion. Grâce à ce renfort inespéré, les barbares furent repoussés dans le tunnel, et même jusque de l'autre côté de la montagne.

Entre-temps, Reyan et moi avions recouvré notre liberté de mouvement, et profité de l'occasion pour délivrer les milliers d'esclaves encore en vie. La panique engendrée par la débâcle de l'armée estienne et le saccage des anciens prisonniers permit aux Arques de conforter leurs positions. C'est là que nous nous retrouvâmes, Yan, Grigán, Léti, Bowbaq, Reyan et moi-même. Seule manquait Lana... Déterminés à la sauver, nous pénétrâmes dans le palais de Saat, devinant que nous allions livrer là notre dernier affrontement.

La prêtresse avait également eu son lot d'aventures. À commencer par sa fuite devant la reine Che'b'ree, concubine favorite du sorcier, Emaz de Sombre et ellemême descendante directe d'un des premiers sages émissaires, Pal'b'ree le Wallatte. La reine barbare échoua à assassiner Lana, qui en tira néanmoins une information capitale : Saat voulait être le père de l'Adversaire ! Son projet secret était d'engendrer ce combattant suprême, de voler son corps, puis de défaire Sombre en espérant y gagner une réelle immortalité...

Lana fut finalement reprise par le sorcier, qui l'utilisa comme otage pour nous forcer à lui remettre les pierres que nous avions ramassées au Jal'dara. Elles seules nous mettaient à l'abri de sa magie, et donc d'une mort inéluctable... Nous refusâmes, bien sûr, pour l'affronter de toutes les manières possibles, mais Saat disposait d'une réserve d'énergie inépuisable. Celle de son démon.

Alors que nous étions à bout de forces, tous blessés à divers degrés, Yan trouva le courage d'aller au-devant du dieu noir. Il manqua de peu de se faire mettre en pièces, mais eut le temps de répéter ce que nous avions appris des projets secrets du sorcier... Alors, avec un cri qui résonna longtemps sur les reliefs du Rideau, Sombre retira le soutien qu'il apportait à Saat.

Redevenu mortel, l'ancien émissaire succomba au coup fatal que lui porta Léti. Nous en avions enfin fini avec cet homme, cet ennemi qui avait engendré un démon, et avec lequel nous partageons le plus lourd secret jamais porté : celui de la création des dieux.

L'histoire officielle, telle qu'elle est rapportée dans les archives des palais, est beaucoup plus simple. Les Hauts-Royaumes de Goran et Lorelia ne sont évidemment pas fiers de cette période. Ainsi, les scribes et les chroniqueurs ont fait de Saat un simple seigneur barbare plus ambitieux que ses congénères. L'intervention des guerriers Ramgriths est presque passée sous silence. Enfin, le soutien décisif des clans arques est attribué au seul bénéfice de Reyan, présenté comme un héroïque espion agissant sur ordre de la couronne lorelienne, et ayant relayé l'information par l'intermédiaire de sa promise, dépêchée au Blanc Pays. Rey s'est bien gardé de repousser ces honneurs ! Son ancêtre fut parmi ceux qui souffrirent le plus du secret de l'île Ji ; le destin lui a offert là une belle revanche.

Tous, nous avons vu nos vies bouleversées à jamais par cette aventure. Moi la première... La nuit où Saat est mort, Grigán et moi nous sommes donnés l'un à l'autre, avec plus d'amour qu'un homme et une femme n'ont jamais partagé. Quelques semaines plus tard, malgré mon âge déjà avancé, je constatais que j'attendais un enfant. Notre fils, Amanón.

Cette même nuit, Lana avouait pareil bonheur à Reyan. Puis, d'autres naissances vinrent... Le fidèle Bow-

baq est même plusieurs fois grand-père ! J'espère avoir la chance de connaître cela également... Pour autant, malgré l'immense joie qui nous emporte à la venue de chaque bébé, nous nous sentons toujours coupables. En même temps que la vie, c'est notre responsabilité, notre malédiction que nous transmettons aux nouvelles générations.

Nos enfants ne connaissent pas la vérité sur notre passé. Le moment ne semble jamais venu de les alourdir de ce fardeau. Pourtant, il faudra bien qu'un jour, ils sachent...

Parmi eux sera l'Adversaire.

Et nous ignorons totalement ce qu'il est advenu de Sombre. Ou quand il choisira de réapparaître.

Livre X
Les Cadets

Cette soirée chez le Comte de Kolimine avait été exquise. Eryne n'en avait pas connue semblable depuis longtemps. Le courtisan faisait toujours les choses en grand, offrant ce qui existait de meilleur en cuisine, vins, orchestres et animations en tout genre. La crème de la noblesse lorelienne ne s'y était pas trompée, en répondant à l'invitation du cousin du roi. Eryne n'aurait manqué cela pour rien au monde !

Son seul regret était de n'avoir eu personne avec qui partager ces moments privilégiés. Oh, bien sûr, la jeune femme était entourée en permanence, notamment par des prétendants à sa conquête... Baronnets, capitaines fraîchement promus, artistes de Cour, tous hommes aux yeux brillants de convoitise lorsqu'ils se posaient sur elle, et dont peu, pourtant, avaient goûté aux baisers. Mais pour un amoureux éconduit qui renonçait, il en venait dix pour tenter leur chance !

Un tel intérêt devait forcément en susciter un autre. À vingt-trois ans tout juste, Eryne disposait d'un visage parfait, d'une grâce naturelle et d'une silhouette à faire rêver les plus sages. Elle avait également hérité de la vivacité d'esprit de son père, et ne manquait pas de cingler d'un trait quiconque lui en laissait l'occasion. En toute logique, elle était détestée des femmes, jalouses, indélicates et médisantes, que comprenait la Cour lorelienne.

Désirée ou haïe, Eryne n'avait jamais connu d'amitié sincère et n'en souffrait aucunement. Son existence privilégiée, les mille et une attentions de ses prétendants, et les joutes verbales auxquelles elle se livrait avec les baronnelles et les vicomtasses suffisaient, d'ordinaire, à faire son bonheur. Elle n'imaginait pas même vivre autrement.

Pourtant, ce soir... Malgré la magnificence de la fête, malgré les présents offerts par de beaux soupirants, malgré les rires engendrés par ses réparties à la Princesse de Semilia... Il lui avait manqué quelque chose. Un peu de chaleur familiale. Cela était particulièrement frappant dans ce carrosse vide qui la ramenait chez elle, dans les quartiers bourgeois de Lorelia. Ses parents n'utilisaient presque jamais cette voiture. D'ailleurs, ils accompagnaient rarement leur fille dans ce genre de réception... Eryne aurait pourtant voulu qu'ils fassent un effort, au moins cette fois. Pourquoi seraitelle toujours la seule à représenter les de Kercyan ?

Son père, Reyan, avait recouvré le duché de leurs ancêtres après la bataille du Mont-fleuri. Le roi Bondrian et tous les Pairs l'avaient accueilli en héros, lui rendant les terres et les titres enlevés à son arrière-grand-père. Pareils honneurs avaient été faits à sa femme, la mère d'Eryne, Emaz Lana, dont le rôle avait été déterminant dans le ralliement de l'armée arque. L'un et l'autre, avec une poignée de leurs amis, avaient probablement sauvé les Hauts-Royaumes... Et les gens commençaient déjà à l'oublier.

Les plus obtus des nobliaux se plaisaient même à rappeler que le duc Reyan avait passé la moitié de sa vie dans la fange, à faire le comédien sur les places de marché. Certains évoquaient aussi sa participation à une sombre histoire de cambriolage du Petit-Palais... Ces bavards-là, Eryne leur tombait dessus de toutes ses griffes, c'est-à-dire sans mâcher ses mots. Les médisants n'en sortaient généralement pas indemnes.

La jeune femme était pourtant lasse de devoir défendre seule l'honneur de son nom. D'après elle, ses parents auraient dû s'impliquer davantage dans les affaires du royaume. S'afficher, se montrer, user de leur influence, pour éviter qu'elle ne s'estompe complètement... Mais Lana et Reyan ne faisaient rien comme les autres. Ils ne se souciaient même pas du duché, laissé en gérance à un bailli. Là où les grands de la noblesse organisaient de magnifiques réceptions, le couple se contentait de soirées entre amis de conditions diverses. Là où les plus riches s'inquiétaient de bourse, de commerce et de négoce, les de Kercyan venaient en aide aux Maz, réparaient les temples et récompensaient les fidèles des principaux cultes. Enfin, là où tout siégeant à la Cour se vantait de multiples conquêtes de chambre, les amoureux restaient étonnamment unis à travers les années... De cela au moins, Eryne était particulièrement fière.

C'est d'un peu de cette chaleur dont elle aurait eu besoin ce soir. Et aussi de leur soutien, par une présence bien visible. Comment la jeune femme pouvait-elle espérer conserver ses entrées au palais, si ses parents continuaient à négliger la compagnie des personnes de bien, pour préférer celle des gens du commun ? La façon dont ils déclinaient la majorité des invitations était très mal perçue, jusque dans l'entourage du vieux roi lui-même, où l'on commençait à y voir une forme d'insulte...

À ce stade de ses réflexions, Eryne songea que le moment était venu d'avoir une franche explication avec ses parents. Le temps de trajet qu'il lui restait, elle l'occupa à préparer un petit sermon bien senti. Pas question que Reyan et Lana se défilent encore la prochaine fois ! Pour aider leur fille à briller dans le monde, il leur faudrait bien s'y montrer un peu !

Enfin, le carrosse tourna sous l'arche de pierre qui gardait la cour intérieure du manoir familial. On devait être à la fin du huitième décan ; la nuit était déjà fort avancée. Eryne était pourtant certaine de trouver ses parents encore debout, occupés l'une à étudier *le Livre de la Sage* eurydien, l'autre à écrire une nouvelle pièce comique en sirotant un vin vert junéen. La manière dont ils s'inquiétaient d'elle comme d'une enfant, attendant son retour jusqu'à des heures tardives, avait quelque chose de touchant. La jeune femme ne comptait pas les ménager pour autant. Il fallait bien les secouer un peu !

Elle sortit à l'air frais et donna son congé au cocher, qui la salua avant de mener l'attelage aux écuries. Eryne gagna alors la porte éclairée d'une lanterne et frappa trois coups de marteau. Des petits pas précipités se firent aussitôt entendre et un visage ridé apparut derrière une fenêtre minuscule.

— Ah ! C'est vous, damoiselle Eryne ! souffla une voix tendue.

Deux tours de clé furent donnés dans la serrure et la porte vivement ouverte. La jeune femme s'étonna aussitôt de cet accueil. Béate, leur vieille servante, ne semblait pas dans son état normal. Qu'était-il arrivé ?

— J'étais si inquiète ! annonça la gouvernante en refermant derrière elle. Je me demandais si vous alliez revenir ! ajouta-t-elle sur un ton plus aigu que nécessaire.

— Calmez-vous, Béate, allons... enjoignit Eryne, troublée malgré tout. Vous voyez bien que je suis là...

— Vos parents ont disparu ! trépigna la servante. Ils ne sont nulle part dans le manoir !

La révélation fit l'effet d'un coup de fouet à la jeune femme, qui se souvint brutalement des nombreux avertissements de son enfance. Il y était surtout question d'assassins fanatiques, des prêtres au crâne rasé et vêtus de rouge, et qui pouvaient revenir chercher vengeance...

— Comment ça, ils ont disparu ? Ils sont peut-être sortis ? s'entendit-elle demander.

— Non, damoiselle, non ! paniquait la servante. Je les ai vus ce soir ! Dans la bibliothèque ! Messire Reyan lisait des morceaux de sa pièce pour Dame Lana, ils riaient tous les deux... Et quand je suis repassée dans le couloir, ils n'étaient plus là ! Sage Eurydis, ils ont *disparu* !

— Mais... ils sont peut-être simplement allés se coucher... avança Eryne, alors que Béate hochait la tête avec insistance.

La jeune femme elle-même n'y croyait pas. La servante avait fouillé la maison et n'avait trouvé personne. Mais il restait une pièce dont Béate ignorait jusqu'à l'existence... Avant de s'y rendre, Eryne voulait tout de même constater les faits par elle-même. Elle prit la direction de la bibliothèque, puis se ravisa et fit un détour par le bureau de son père. Là, elle se munit de la dague qu'il gardait cachée dans un tiroir... La main tremblante, et la servante rivée à ses talons, la jeune femme traversa le manoir dans toute sa longueur pour arriver à la pièce préférée de ses parents.

C'était comme s'ils venaient tout juste de quitter l'endroit. Quelques feuilles couvertes d'une écriture fine étaient dispersées sur les tapis. Deux verres de vins à moitié pleins reposaient dans un petit plateau sur le guéridon. Le parfum de roses de Manive de Lana flottait encore dans l'air...

— Vous n'avez touché à rien ?

Eryne fut surprise par sa propre voix sans timbre. La réponse négative de Béate ne lui fut d'aucune aide pour comprendre ce qui s'était passé. Où pouvaient donc être ses parents ? Jamais ils n'auraient disparu volontairement sans laisser au moins un message... Et la terrible idée d'un enlèvement ne tenait pas debout. Le manoir était aménagé comme une forteresse ! Barreaux aux fenêtres, piques sur les murets, double serrure d'un maître-artisan romin, et autres solides protections... Reyan et Lana avaient toujours craint le retour de leurs anciens ennemis, et ils avaient cerclé d'acier leur petit nid d'amour. Enfin, après toutes ces années sans histoire, comment imaginer que ce passé dangereux puisse brutalement refaire surface ?

Quoi qu'il en soit, puisqu'ils n'étaient ni dans la maison, ni sortis, ils ne pouvaient être que dans la « pièce secrète »... Celle que son père avait aménagée, et dont il n'avait montré l'emplacement qu'aux membres de sa famille. L'endroit où ils avaient justement convenu de se retrancher en cas de danger... Oui, ils étaient *sûrement* là-bas, se répéta Eryne, en cherchant à se convaincre.

Malheureusement, pour s'en assurer, il lui fallait être seule. Le cocher avait déjà regagné ses foyers, les autres domestiques n'arriveraient pas avant le deuxième décan, au petit jour... Il ne restait qu'à renvoyer Béate, malgré l'angoisse qui étreignait la jeune femme à cette idée.

— Ils sont probablement sortis sans que vous ne les entendiez, avança-t-elle en se forçant à sourire. La lune est reine, cette nuit, mon père n'a pas pu résister à l'envie d'une balade !

— Mais... Sans me prévenir ? Sans vous attendre ?

— Ça ne serait pas la première fois qu'ils agiraient sur un coup de tête ! Vous savez comment ils sont... Allez, Béate, rentrez vous reposer, et ne vous inquiétez pas. Je gage qu'ils nous expliqueront tout en détail demain matin.

— Mais, damoiselle... Vous ne préférez pas que je les attende avec vous ?

Eryne se mordit les lèvres pour ne pas avouer *« Si, Béate, j'ai tellement peur, descendez avec moi à la cave et voyons si mes parents y sont cachés ! Et surtout, dites-moi que ce qui les a obligés à fuir n'est plus dans le manoir... »*

— Ne vous inquiétez pas, répéta-t-elle finalement. Ça ira très bien.

Malgré de nouvelles protestations, la jeune femme repoussa la servante jusqu'à la porte et la pressa de passer son gilet. L'immeuble des domestiques n'était qu'une rue plus loin... Il aurait pu être tout aussi bien à l'autre bout de la ville ; dès que Béate aurait franchi la grille sous l'arche de pierre, Eryne ne pourrait plus compter sur aucun secours !

Elle s'efforça d'oublier cette idée, alors que les pas de la servante s'enfonçaient doucement dans la nuit. Se laisser aller à la peur était la dernière des choses à faire. Courageusement, Eryne tira le battant et donna un double tour de clé. Elle s'aperçut soudain qu'elle n'avait pas même enlevé sa houppelande, depuis son retour. Mais même le manteau ne suffisait pas à chasser le froid qui l'avait gagnée...

Une main crispée sur la dague, l'autre tenant un chandelier, elle prit lentement la direction des cuisines. Malgré ses efforts pour se raisonner, elle n'imaginait que trop bien un assassin bondir de derrière chaque coin... Elle parvint pourtant à l'office sans encombre, et ressentit une pointe de mélancolie en découvrant les restes du repas que ses parents avaient partagé. L'idée lui vint soudain, brutale, qu'elle ne les verrait peut-être plus jamais. C'était complètement irréfléchi, pas même un pressentiment, mais l'émotion fut assez forte pour que la jeune femme se rue sur la porte menant aux caves.

Elle détestait cet endroit, poussiéreux et sombre comme il se doit. Sa dernière descente devait remonter à des années, mais rien ne semblait avoir changé depuis... Des étagères ployant sous des pots et des terrines en tout genre, une série de paniers de légumes, une quinzaine de tonnelets en perce et des milliers de bouteilles de vins et liqueurs réputés... De quoi tenir des lunes entières de siège, en nourriture et surtout en boissons.

À l'image du reste du manoir, la cave était immense et divisée en plusieurs salles. Eryne dut les traverser toutes pour atteindre son but. Les pièces du fond n'abritaient plus que de vénérables marmites rarement utilisées, des chaises en attente de réparation depuis le siècle précédent, et tous autres objets abandonnés à la poussière.

La dernière salle, en particulier, renfermait un amoncellement de vieilleries s'élevant jusqu'au plafond, dans un équilibre assez instable pour décourager toute tentative de rangement. C'était bien là l'effet recherché... Et cet enchevêtrement retenait prisonnier une ancienne armoire aux larges portes, que la jeune femme ouvrit avec précaution.

Le grincement du bois lui donna la chair de poule, tandis que les particules qui volaient dans la lumière de son chandelier ruinaient nombre de ses espoirs. Le passage n'avait pas été utilisé depuis longtemps...

Déterminée à aller jusqu'au bout, Eryne grimpa dans le meuble et referma les portes sur elle, avant de faire jouer un secret dans le panneau du fond. Ce côté-là s'ouvrit plus discrètement, dévoilant une sorte de tunnel épargné par le désordre. Elle le remonta sur quelques pas, accroupie, balayant la poussière de sa robe de bal à crinoline... Enfin, elle atteignit le mur du fond qu'elle longea sur une bonne longueur avant de trouver la trappe.

C'était un passage à travers la paroi, gardé par une simple planche de trois pas de côté. Eryne y donna deux coups brefs en priant pour qu'on lui réponde... mais un décille passa sans que rien ne vienne briser le silence. Ses parents n'étaient pas là non plus. Ils avaient vraiment disparu.

Des larmes montèrent aux yeux de la jeune femme, malgré ses efforts pour se réconforter. *Ils n'avaient pas pu s'envoler comme ça, sans raison, sans logique. Ils allaient forcément revenir. Cette nuit, ou demain. Oui, demain.*

En attendant, elle se voyait terrifiée à l'idée de regagner seule sa chambre de l'étage. Le manoir ne lui semblait plus aussi imprenable. Sur une impulsion, elle repoussa la planche et rampa à travers la trappe, gagnant cette pièce secrète qu'elle n'aurait jamais cru devoir utiliser...

C'était à peine un réduit, mais Reyan y avait rassemblé tout le nécessaire pour y passer plusieurs jours. Matelas, couvertures, lampe à huile, vivres régulièrement remplacés... Quelques armes, également, ainsi qu'une petite cassette remplie de terces d'or.

L'endroit comportait aussi une énorme porte, barrée d'une poignée de verrous, et censée donner sur d'anciens souterrains de contrebandiers. Jamais son père n'avait ouvert ce passage devant Eryne, et la jeune femme ne put que constater à regret la poussière couvrant l'ensemble. Ils ne s'étaient pas enfuis par là non plus...

Le visage noyé de larmes, elle remit la trappe en place et se recroquevilla sur le matelas à l'odeur de moisi. Le froid se fit vite cruel, même à travers sa robe et son manteau. Elle tira alors quelques-unes des couvertures, mais renonça à s'en couvrir en y découvrant des crottes de souris. Sanglotant de plus belle, elle passa plusieurs décans entre la veille et un sommeil agité, avec toujours les mêmes questions en tête : qu'était-il arrivé à ses parents ? Étaient-ils seulement en vie ?

Après un temps indéfinissable, elle fut brutalement tirée de sa torpeur par un grincement. Le temps qu'elle l'associe à celui de la porte de l'armoire, quelqu'un tirait la trappe de sa cachette et commençait à se faufiler vers elle...

Avec horreur, Eryne discerna un homme au crâne rasé et en robe de prêtre.

*

— Cael ! C'est pour maintenant, viens !

Avec une grimace, le garçon tira sur lui la couverture que son compagnon de chambrée venait de lui ôter. L'idée qu'il avait trouvée si bonne, plus tôt au réfectoire de Grand'Maison, semblait beaucoup moins distrayante au moment de passer à l'action, quand il fallait vraiment se lever au cœur de la nuit...

— Dépêche-toi ! le pressa Janlin. Allez, quoi ! Tu crois qu'on aura deux fois cette chance ?

L'argument titilla suffisamment Cael pour qu'il se décide à se glisser hors de ses draps tièdes. En comparaison, le sol du dortoir était glacé... Le jeune homme s'empressa d'enfiler ses bottines et prit bien soin de tirer ses vêtements sur ses membres. Dire qu'il lui faudrait traverser bon nombre de couloirs frais dans cette tenue légère !

— Eh, qu'est-ce que vous faites ? chuchota une petite voix depuis un lit voisin.

— Rien, t'occupe' ! lança Janlin. Fais pas de bruit !

Le curieux faisait partie des plus jeunes des soixante pensionnaires, alors que Cael et Janlin, à quatorze ans, étaient parmi les plus grands... Autant dire que tout souhait de leur part équivalait à un ordre. Sans question supplémentaire, le poucet replongea sur son oreiller.

— Et le gardien ? demanda Cael, en jetant des regards inquiets en direction de la loge.

— 'Parti faire son tour, comme d'habitude. Va savoir ce qu'il fabrique toutes les nuits ! En tout cas, ça nous laisse un bon décan de liberté. On se lance ?

D'un accord silencieux, ils effectuèrent la traversée de la chambrée à pas de loup, repoussant d'un geste ferme les appels des insomniaques. Quelques instants plus tard, ils franchissaient la porte séparant le quatrième dortoir des garçons du reste de Grand'Maison, puis prenaient la direction de la bibliothèque...

Sans lampe ni bougie, ils ne pouvaient s'éclairer qu'à la clarté lunaire, au gré des intervalles irréguliers des fenêtres. Cela ne facilitait pas vraiment leur progression, déjà ralentie par la crainte d'être surpris... Les deux découcheurs adoptaient souvent des postures de malfaiteurs. Dos collé au mur dans les endroits sensibles, près des loges ; coup d'œil rapide à chaque croisement ; longs moments d'immobilité au moindre bruit suspect... Cael se demandait comment ses parents réagiraient s'ils apprenaient cette petite escapade nocturne. Sans parler de sa grand-tante, qui travaillait également à Grand'Maison et lui tenait parfois lieu de professeur !

Si Yan et Léti avaient mis leur fils dans la meilleure école du petit pays kaulien, c'était en partie sur les conseils de Corenn. Le garçon ne s'ennuyait que trop dans ce village de pêcheurs qu'était Eza, et il montrait tant de signes d'intelligence qu'il aurait été dommage de ne pas mettre ces capacités à profit. Du moins, tels avaient été les mots de la grand-tante... Cael ne s'estimait pas plus doué qu'un autre ; d'ailleurs, les premières places étaient loin de lui être réservées dans chaque matière. Mais il devait bien avouer goûter aux plaisirs de l'apprentissage. Ses parents avaient énormément voyagé avant de revenir s'installer à Eza, et leurs récits avaient développé chez le garçon une soif de découverte qui ne pouvait, pour l'instant, ne s'étancher que dans la lecture.

Là était bien la raison de cette équipée. Janlin, de loin le plus déluré de ses amis, avait réussi à subtiliser la clé de la bibliothèque à l'un des aides-archivistes qui y officiaient. D'ici quelques jours, si le malheureux ne retrouvait pas son bien, la serrure serait changée... En attendant, le coupable et ses complices auraient accès à l'ensemble des collections. Surtout celles exclusivement destinées aux adultes, où les récits guerriers côtoyaient les contes horrifiques et d'autres fantaisies plus charnelles ! Toutes choses que la morale kaulienne répugnait à laisser entre les mains de la jeunesse, mais qui étaient objets de convoitise de bien des adolescents...

Les cambrioleurs en herbe avaient donc convenu de chaparder une poignée de titres judicieusement choisis, puis de les faire circuler parmi leurs camarades. De quoi s'assurer un certain prestige et plusieurs amitiés reconnaissantes ! Enfin, les ouvrages devraient regagner leurs rayons en étant « mystérieusement » retrouvés, dans un jour plus ou moins lointain.

Cael ne voyait à tout cela rien de bien répréhensible, ce qui l'avait poussé à accepter. Il lui était de toute façon difficile de résister à sa curiosité naturelle... Ce trait de caractère hérité de son père lui avait déjà causé quelques ennuis. Il espérait seulement que ce ne serait pas le cas cette fois-ci !

Après une traversée de plusieurs décilles de l'immense bâtiment, et une frayeur due à une rencontre inopinée avec un chat en vadrouille, ils arrivèrent enfin à destination. Janlin n'hésita pas un instant avant de faire jouer sa clé dans l'énorme serrure gardant la double porte. Avec un picotement d'excitation mêlée de trouille, Cael le suivit à l'intérieur... Dès lors, la punition qu'ils risquaient était plus grande encore. S'ils étaient pris, il leur faudrait bien reconnaître avoir volé la clé.

— C'est royal ! commenta Janlin. On y est !

— Oui, mais parle moins fort... le pressa Cael.

Le jeune homme était tout aussi excité, mais l'atmosphère pesante régnant en ces lieux le poussait à plus de réserve. Cette bibliothèque, il la connaissait bien. Il y passait une bonne partie de son temps libre. Pourtant, en pleine nuit, éclairé à la seule pâleur lunaire, l'endroit paraissait beaucoup plus impressionnant... D'autant que la trentaine de rayonnages découpant cette première pièce ne représentait qu'un simple échantillon des collections. Des dizaines de milliers d'autres volumes et parchemins s'entassaient également dans toute une série de salles annexes, où le garçon n'avait jamais mis les pieds. Bien avant d'être une école réputée, Grand'Maison était le siège du pouvoir du Matriarcat de Kaul, et la taille de ses archives était proportionnelle à la hauteur de ses murs !

— Tu sais où on doit aller ? reprit-il, tout en ayant son idée sur la question.

— Je crois que c'est par là. Viens !

Après quelques glissades furtives le long d'armoires lourdement chargées, ils s'arrêtèrent devant une nouvelle porte. Cette dernière n'était pas verrouillée... En journée, l'accès en était simplement gardé par l'une ou l'autre des responsables, travaillant au bureau tout proche. Mais à cet instant, rien ne put empêcher les adolescents décidés à pénétrer le secret des lieux !

Le premier sentiment de Cael fut, d'ailleurs, une certaine déception. Cette salle était de dimension plutôt réduite, contrairement à ce qu'il avait pensé... Mais son intérêt redoubla quand il commença à déchiffrer les titres à sa portée. Il y était question de dragons, de gorgones et d'autres monstres, ainsi que de sorcellerie, de quêtes héroïques et de terribles malédictions ; toutes choses qui enflammaient son imagination !

En quelques instants, il repéra au moins dix volumes susceptibles de l'intéresser. Et il y en avait tant encore à examiner ! Alors qu'ils devaient se restreindre à une poignée « d'emprunts », pour éviter de subir une fouille générale des dortoirs... Une certaine révolte s'empara de lui. Quelle honte de garder tous ces récits merveilleux sous clé ! Il était tout de même assez âgé pour choisir seul ses lectures, et assez équilibré pour juger de la foi à y accorder !

Il voulut partager ce point de vue avec Janlin et s'aperçut que ce dernier n'avait même pas encore étudié les rayons. Le jeune homme consacrait toute son attention au mur du fond, sur lequel il gardait une oreille plaquée...

— Qu'est-ce qu'il y a ? s'inquiéta Cael dans un murmure.

D'un geste, son compagnon réclama le silence. Cael serait bien allé écouter par lui-même, mais il n'osait même plus bouger ! Dans le calme parfait qui s'installa, il perçut alors, à son tour, quelques vibrations lointaines qui pouvaient être des voix... Ces sons inconnus le couvrirent d'une sueur glacée.

Sans le savoir, les hommes qui parlaient dans une pièce voisine venaient de réveiller *la* voix. *Sa* voix. Celle qu'il était le seul à entendre. Celle qui ressuscitait sans arrêt dans un coin de son esprit, alors qu'à chaque fois il croyait en être débarrassé...

Ce n'était encore qu'un murmure incompréhensible, mais Cael savait qu'il monterait bientôt, enflerait, jusqu'à pratiquement l'assourdir de l'intérieur. La seule manière d'y échapper était de se détendre, mais comment le jeune homme l'aurait-il pu, alors que la situation lui procurait un regain d'angoisse !

Après une attente indéfinissable, des chaises furent déplacées derrière le mur. Puis une porte grinça avant d'être refermée et verrouillée. Un bruit de pas s'éloignant acheva de clore la scène... Peu après, Janlin quitta sa position d'espion en ouvrant des yeux ronds.

— Tu m'croiras pas, mais on aurait juré qu'ils parlaient de toi !

— Ah ah, très drôle, commenta Cael en blêmissant.

— J't'en fais le serment ! J'ai rien compris au reste, mais j'suis presque sûr qu'ils ont prononcé ton nom ! Plusieurs fois !

La Voix intérieure se fit soudain plus pressante. Le jeune homme s'efforça de l'ignorer, mais les images produites par le murmure de son esprit étaient plus fortes que sa volonté. Comme toujours, elles appelaient à... à la *violence*. La révolte. La colère. Cael se sentait déjà une terrible envie de s'emporter contre Janlin, de l'insulter, peut-être même de l'agresser, et tout cela sans raison particulière... Le retour de ces pulsions incontrôlables le peinait profondément. Voilà plus d'un an qu'il n'avait pas eu de crise ; il refusait de succomber à celle-là !

Il devait absolument se contrôler. S'apaiser. Calmer ses peurs. À commencer par celles engendrées par ce mystère : pourquoi un groupe d'adultes évoquerait-il son nom, en pleine nuit, dans un coin perdu de Grand'Maison ?

— C'est quoi, la salle derrière ? demanda-t-il d'une voix tendue.

— Aucune idée, annonça Janlin. Ça fait pas partie de la bibliothèque, alors ça peut être une classe, un bureau, une loge... Pas facile de s'y retrouver, avec tous ces couloirs !

Cael ne put qu'acquiescer... De toute manière, ça ne changeait rien au problème.

— On ferait mieux de remonter, proposa-t-il finalement. Peut-être qu'ils se sont aperçus de notre absence, qu'ils nous cherchent... On évitera pas mal d'ennuis en sortant d'ici.

— Et pour les livres ?

— On verra une autre fois, ou alors tant pis. J'ai comme un mauvais pressentiment.

Cael ne pouvait pas avouer : « J'ai une petite voix dans la tête qui me crie : *Danger ! Danger ! Frappe, mord, tue !* », mais c'était pourtant exactement ce qu'il ressentait...

Heureusement, Janlin se laissa convaincre de renoncer. Quelques décilles plus tard, après une traversée de Grand'Maison éprouvante pour les nerfs, les deux adolescents réintégraient discrètement leur dortoir. Cael avait à peine rabattu les draps sur lui que le gardien faisait également son retour.

Comme à son habitude, l'homme entama une tournée d'inspection de ses pensionnaires avant de regagner sa loge... Le jeune homme eut l'impression qu'il s'attardait plus longuement auprès de son lit, mais ça ne pouvait être qu'une fausse idée.

En tout cas, la Voix qui parlait dans son esprit ne le quitta pas du reste de la nuit. C'est tout juste si Cael réussit à essouffler un peu la colère incompréhensible qui bouillait en lui.

Par le passé, le phénomène avait souvent annoncé l'une ou l'autre scène violente... Le garçon se promit d'aller trouver la grand-tante Corenn avant que cela ne se produise. *Oui, dès demain.*

*

Dans un état hypnotique, entre la veille et le sommeil, Eryne vivait un véritable cauchemar. Un tueur zü, le croque-mitaine de son enfance, se faufilait dans sa cachette ! Paniquée, engourdie par le froid et les crampes, la jeune femme se releva trop vite, se cogna, manqua de renverser la bougie, chercha à saisir une arme de ses doigts tremblants... Derrière elle, l'homme se redressait déjà !

— Eryne, c'est moi ! chuchota soudain une voix tendue.

L'annonce paralysa la damoiselle quelques instants, le temps pour son esprit de s'éclaircir tout à fait... Enfin, elle laissa glisser la dague à peine ramassée et se retourna sur la silhouette qui lui ouvrait les bras. Elle s'y jeta avec un immense soulagement, la gorge nouée et les yeux humides...

— Nolan... Oh, Nolan, mon petit frère, c'est toi, c'est bien toi ! J'ai eu si peur...

Elle resta ainsi un moment, le visage enfoui dans le cou de son cadet. À sa joie se mêlait une forte culpabilité... *Comment avait-elle pu ne pas le reconnaître ? Dire qu'elle aurait pu le frapper à mort !* Un flot de larmes vint noyer la robe du novice, pendant qu'il s'efforçait de consoler la malheureuse.

Une fois la crise passée, ils se séparèrent pour se contempler en souriant. Eryne songea qu'elle devait offrir un bien triste spectacle, avec ses vêtements froissés, ses yeux bouffis et ses traits fatigués... Quant à Nolan, jamais elle ne l'avait trouvé aussi beau. Gracieux dans ses habits eurydiens, avec un visage noble mis en valeur par la nudité de son crâne... Seule une certaine mélancolie venait troubler le regard du jeune homme. Mais comment aurait-il pu en être autrement, dans cette situation ?

— Depuis quand es-tu revenu ? demanda Eryne. Je te croyais à Ith pour quelques lunes encore...

— J'arrive à peine. Je suis d'abord passé voir Béate ; elle m'a tout expliqué. Tu n'as rien ?

— Non, je vais bien... Papa et maman ne sont pas rentrés ?

Nolan secoua tristement la tête, le front bas. La jeune femme songea que le drame devait être plus terrible encore pour lui. Ses études pour devenir Maz l'avaient retenu à la Sainte-Cité pendant pratiquement un an. Il devait être impatient d'embrasser leurs parents... En lieu et place, il tombait en pleine tragédie.

— Tu crois qu'on peut remonter ? J'ai besoin de me changer, et... je ne supporte plus cette cave, avoua Eryne. On dirait un tombeau.

— J'ai fouillé toutes les pièces, acquiesça le cadet. Je n'ai rien remarqué. J'avais même peur de me retrouver seul ici... Je suis content de te voir, annonça-t-il en la prenant de nouveau dans ses bras.

Eryne apprécia ce réconfort à sa juste valeur, puis ramassa la bougie et la dague pendant que Nolan se glissait le premier hors de la cachette. C'est avec beaucoup de soulagement qu'Eryne s'en évada à son tour, avant de traverser la succession de salles poussiéreuses.

— Pourquoi es-tu revenu si tôt ? demanda-t-elle. Je croyais que tu ne pouvais pas rentrer avant les Foires...

— J'ai... Vous me manquiez, annonça le novice avec un demi-sourire. Et Lorelia, aussi. Ith est une ville si... bizarre, parfois...

Cette réponse étonna la jeune femme ; c'était sûrement la première fois qu'elle entendait Nolan critiquer la Sainte-Cité... Mais elle comprenait très bien que son frère ait pu avoir envie de faire une petite pause dans ses études. Lui qui ne vivait que pour cela, depuis cinq ou six ans ! Aucun des garçons de « bonne famille » qu'elle connaissait ne pouvait montrer tant d'application dans le travail !

Après une courte ascension, ils firent leur entrée dans la cuisine. Eryne constata que le jour était levé depuis un petit moment, déjà... et les plats de la veille traînaient toujours sur la table.

— Où sont les domestiques ? s'étonna-t-elle, avec un brin de panique. Ils devraient être là !

— J'ai demandé à Béate de les prévenir de la situation, expliqua Nolan. Tant qu'on n'en sait pas plus, mieux vaut les tenir à l'écart du manoir... D'ailleurs, nous ne devrions pas y rester non plus. On va rassembler quelques affaires et se mettre à l'abri. C'est ce que père aurait voulu qu'on fasse.

La jeune femme lui retourna un regard surpris. Son cadet venait de lui apparaître sous un nouveau jour. Elle se souvenait de lui comme d'un gamin un peu rêveur, pendu à la robe de leur mère et constamment plongé dans ses lectures... Il se montrait désormais un homme responsable, capable de prendre des décisions dans un contexte difficile. Eryne devait bien l'admettre : à vingt-et-un ans, et après avoir passé plusieurs années loin du nid familial, Nolan était beaucoup plus que *seulement* le petit frère de ses souvenirs.

— Mais... et les parents ? Il faut bien qu'on essaie de les retrouver !

Une ombre passa sur le visage du novice.

— S'ils ne reviennent pas bientôt, on préviendra leurs amis du Matriarcat, décida-t-il finalement. Ils nous ont assez répété de ne faire confiance qu'à eux...

Eryne acquiesça doucement, mais ce plan ne lui convenait pas vraiment. Attendre, c'était peut-être condamner Rey et Lana... Quant à mêler des étrangers à leur histoire ! De quelle aide pourraient donc être ces Kauliens ?

— Je viens d'arriver, mon bagage n'est pas défait, rappela Nolan. Ne tarde pas trop à faire le tien. Plus vite nous nous serons éloignés d'ici, mieux ça vaudra.

Toute à ses pensées, Eryne acquiesça encore et prit lentement le chemin de sa chambre. Aujourd'hui, ni Béate, ni sa mère ne l'aideraient à se coiffer et à changer de vêtements... Aucune cuvette d'eau tiède ne lui serait apportée pour faire sa toilette... Et si elle voulait manger un peu, il ne lui restait plus qu'à fouiller dans les restes de la cuisine, comme un marmiton passant après le banquet !

Submergée par une nouvelle vague de détresse, Eryne commença par se recroqueviller sur son lit. Fuir, quitter le manoir ? Mais pour aller où ? Et ses pauvres parents, disparus comme par magie, qui allait les rechercher ?

Un sanglot monta dans sa gorge, mais la jeune femme n'avait plus de larmes. Elle songea soudain à la belle soirée de la veille, à ce monde privilégié où elle avait toujours évolué... Ce souvenir lui donna la force de se redresser. Pas question de s'abandonner au désespoir, comme une quelconque jouvencelle trahie par un galant ! Elle devait se montrer forte, ainsi que l'exigeait son rang. Le sang des de Kercyan coulait dans ses veines. Il fallait lui faire honneur.

Pour commencer, elle parlerait à Nolan. Le jeune homme se montrait agréablement protecteur, mais il ne disposait pas d'autant de relations que sa sœur dans la capitale lorelienne. Certains de ses amis courtisans pouvaient se révéler d'une aide précieuse. Ne serait-ce que pour leur offrir un toit digne de ce nom, le temps que leurs parents réapparaissent...

Avec cette ébauche de plan, Eryne se sentit d'humeur plus combative. Elle trouva le courage de se débarbouiller avec une eau glacée, puis troqua sa robe de bal contre une autre, plus confortable. Enfin, elle ouvrit tous ses tiroirs pour procéder à une petite sélection de vêtements de rechange...

Les trois coups que Nolan frappa à la porte, un peu plus tard, la firent sursauter. Elle s'était tellement concentrée sur ces problèmes de chemises et de manteaux qu'elle avait un peu perdu la notion du temps !

— Eryne, tout va bien ? Tu as besoin d'aide ?

— Non, j'arrive bientôt, bredouilla-t-elle en replaçant une énorme pile de gilets sur son étagère.

Le novice s'éloigna sans rien ajouter, et la jeune femme fit de réels efforts pour s'acquitter sérieusement de la corvée. Il lui fallut pourtant un décime encore pour entasser ses vêtements dans une énorme malle à ferrures, mais enfin elle put rejoindre son frère.

Ce dernier était rivé à une fenêtre du premier étage, soigneusement dissimulé derrière un rideau épais. L'air soucieux du cadet poussa Eryne à venir se rendre compte par elle-même. Par-dessus le muret d'enceinte, de l'autre côté de la rue, elle aperçut une silhouette couverte d'un lourd manteau de voyage... Un homme, vraisemblablement, immobile et mystérieux, et qui semblait patienter.

— Il n'était pas là quand je suis arrivé, annonça Nolan. Mais depuis que nous sommes remontés de la cave, il n'a pas bougé.

— C'est peut-être un des fournisseurs de la cuisine... Il attend nos domestiques... avança la jeune femme, sans y croire elle-même.

— Il n'a pas l'air d'un commis. Et quelles marchandises garderait-il sous ce manteau ? Par contre, on y cacherait facilement une épée...

Eryne eut un léger frisson en reportant son regard sur la silhouette. Assurément, l'homme surveillait l'entrée du manoir, *leur* manoir !

— S'il complotait quelque chose, il prendrait au moins la peine de se cacher... Il n'y a sûrement rien à craindre de lui.

— Peut-être, soupira Nolan. Dans le doute, je préfère attendre qu'il se lasse et disparaisse, avant que nous sortions. Tu as terminé ?

— Oui. Où comptes-tu aller ?

— Je ne sais pas. Une auberge quelconque, en ville... Loin de tous les lieux où l'on a l'habitude de nous voir.

— J'ai une meilleure idée, annonça Eryne. Installons-nous chez Roban de Sarcy. Son palais est immense, et il me porte beaucoup d'estime.

— Le vieux de Sarcy ? s'étonna Nolan.

— Non, son fils, *Roban*. Il... il me courtise un peu. Il fera n'importe quoi pour nous aider. Et tout le monde sait qu'il est officier dans la Légion Grise, révéla-t-elle enfin. Ses hommes pourront nous aider à retrouver les parents.

Contre toutes les attentes de la jeune femme, Nolan accueillit la proposition plutôt fraîchement. Il étudia encore la silhouette qui patientait dehors, puis soupira en se massant le sommet du crâne.

— Je ne sais pas, Eryne... Si quelqu'un nous veut du mal, il pourrait nous retrouver là-bas... Et puis la Légion Grise, les espions de la Couronne... Je n'ai pas tellement confiance.

— C'est tout de même moins dangereux que d'aller se risquer dans une auberge ! trancha l'aînée. Sans compter que dix espions loreliens obtiendront plus de résultats qu'une poignée d'étrangers, qui ne trouveraient même pas la place des Cavaliers !

— Je ne sais pas, Eryne... répéta Nolan avec un nouveau soupir.

— Moi, je sais ! s'emporta la sœur. Il ne sera pas dit que je n'aurais rien fait pour aider mes parents !

— D'accord, d'accord, tempéra le cadet. Nous suivrons ton idée. Dès que la voie sera libre, nous irons voir ce de Sarcy. Ça te va ?

Eryne retrouva aussitôt son sourire et plaqua un petit baiser tendre sur le front dégarni de son frère. Puis tous deux contemplèrent l'inconnu de l'autre côté de la rue. Longuement. Main dans la main.

En songeant à Rey et à Lana.

*

Il y avait tellement de choses à préparer que Bowbaq ne pensait pas terminer à temps. Mais enfin, c'était fini. Tout était en place pour fêter la treizième année de sa petite-fille ! Le géant promena son regard sur la table dressée, et les décorations de sa maison de rondins. Oui, il pouvait être fier de lui...

Même le repas était cuit. Grand en taille comme en appétit, Bowbaq n'avait pas rogné sur les portions, et c'est une marmite entière de fèves douces-amères qui bouillonnait sur le poêle de pierre grise. Une vingtaine de tranches épaisses de jambon brun attendaient d'être trempées dans la *qinga*, la graisse aux épices traditionnelle des jours de fête. Deux énormes pichets de *milo* tiède et sucré rempliraient bientôt les petites tasses suspendues à leurs cols, avant d'être asséchés, peut-être, par les miches éponges roulées dans le sirop... Tout cela répandait d'agréables odeurs qui venaient se frotter aux branches de résineux et aux bouquets de *mosaïnes* fraîchement coupés, accrochés partout dans la pièce et jusqu'au-dessus de la porte ouverte.

Le géant alla se poster sur le perron. À la saison du Feu, la partie méridionale de l'Arkarie n'avait plus rien de commun avec le paysage enneigé qu'elle présentait la majorité de l'année... Et cette journée promettait d'être particulièrement belle. Bowbaq promena son regard sur le matelas d'herbe grasse, bordé de collines aux sapins bleus qui entouraient la maison. Voilà le décor qui l'avait décidé, avec sa femme Ispen, à s'installer dans cette région isolée, quarante ans plus tôt. À six lieues de leur plus proche voisin !

Depuis son aventure avec les héritiers, le géant n'avait pratiquement plus quitté l'Arkarie. Il aimait son bonheur simple, sa vie à l'écart du monde et de ses complications... Et il suffisait que l'un de ses enfants ou de ses amis lui rende visite pour transformer Bowbaq en un grand-père plein d'allégresse, d'une humeur presque puérile, et dont le seul souci était de garder son hôte le plus longtemps possible. Ce qu'il réussissait généralement à faire ! Corenn et Grigán, par exemple, ne parvenaient jamais à quitter la maison de rondins avant d'y avoir séjourné au moins une décade.

Ce jour-là, et pour quelques autres encore, le géant avait réuni tout son petit clan sous son toit. Sa femme, bien sûr, mais aussi leurs enfants Iulane et Prad, ainsi que leurs compagnons respectifs... Les jeunes couples avaient déjà eu trois bébés. Deux petits garçons pour Iulane, et une grande fille pour Prad : la troublante Niss, dont on allait justement célébrer la nouvelle année.

Sur la proposition d'Ispen, tous étaient partis se baigner dans la rivière voisine. Une excuse comme une autre pour permettre à Bowbaq de mettre la surprise en place. De toute manière, le géant avait toujours avoué une certaine peur de l'eau, et personne ne s'était étonné de le voir décliner l'invitation. Mais maintenant qu'il avait terminé ses préparatifs, le grand-père se languissait de voir revenir les siens. S'ils traînaient trop, les fèves et la *qinga* allaient brûler, le *milo* refroidir, bref, la fête serait un peu gâchée !

C'est donc tout naturellement que Bowbaq partit à leur rencontre, en fredonnant, sans même prendre le soin de claquer sa porte. Jamais il n'avait craint pour ses biens ou sa sécurité, dans cette région paisible qu'il avait faite sienne. Jamais... excepté ce jour où trois züu avaient tenté de l'assassiner, une vingtaine d'années plus tôt. Mais c'était un souvenir que le géant voulait effacer de sa mémoire.

Après avoir traversé la plaine dans sa largeur, il commença l'ascension de la colline, coupant au plus court, c'est-à-dire par la pente raide. Toute autre personne d'un âge avancé aurait rapidement été essoufflée, mais pas Bowbaq. Malgré sa soixantaine bien passée, le géant bénéficiait d'une force physique hors du commun, entretenue par les nécessités de sa vie au grand air. Il n'en tirait aucune vanité ; la nature l'avait fait ainsi, voilà tout. Tel devait être le secret de son bonheur : la simple acceptation de toutes les choses sur lesquelles il n'avait aucun pouvoir ou influence...

Il en était à méditer sur sa propre philosophie lorsque les aboiements de Galou troublèrent sa réflexion. Les jappements du chien étaient encore lointains, étouffés par la masse de la colline et le rideau de sapins, mais Bowbaq y décela aussitôt le signe d'un grand danger. Son *rouvier* ne s'alarmait jamais sans raison. Que se passait-il au bord de la rivière ?

Une vague d'inquiétude submergea le géant, qui allongea encore le pas pour se mettre à courir dès qu'il eut atteint le sommet du relief. Il ne put empêcher d'horribles images de s'imposer à son esprit. Des enfants noyés ou emportés par le courant. Un ours affamé. Des tueurs rouges aux dagues empoisonnées. Le *Mog'lur*, le démon guerrier qu'il avait affronté au Château Brisé de Junine...

Alors qu'il dévalait l'autre versant de la colline, les aboiements ne perdaient pas de leur intensité. Bowbaq aurait voulu entendre aussi des appels, des cris, même, mais seules les alertes paniquées du chien résonnaient sous les sapins. Le silence des siens angoissait le géant au plus haut point... Quand enfin il déboula du couvert des arbres, les cheveux en bataille et des aiguilles de pin dans la barbe, il scruta fébrilement la surface de la rivière.

Rien. Personne ! Il porta son regard le plus loin possible en aval, tandis que le rouvier s'approchait pour exécuter une série de tours nerveux sur lui-même. Le cœur de Bowbaq se serra. Une tragédie venait de se produire, il le sentait, il le devinait, mais dans ces instants d'ignorance il ne pouvait qu'imaginer le pire...

Une bouffée d'espoir le réchauffa quand il aperçut Niss, sagement assise sur la berge, à côté des vêtements des baigneurs. En quelques foulées, Bowbaq fut près d'elle, tandis que Galou reprenait son concert d'aboiements en direction de l'eau. L'air absent de la jeune fille n'augurait rien de bon. Elle semblait tellement vulnérable, alors... D'une petite taille pour son âge, avec une coiffe à la garçonne et une tunique plus confortable que jolie... Elle ne tourna même pas la tête quand son grand-père s'agenouilla à ses côtés. Avec un pincement au cœur, le géant comprit qu'il n'aurait aucune réponse à ses questions.

— Niss, où sont les autres ? Qu'est-ce qui s'est passé ?

Les yeux de la jeune fille, cachés derrière le rideau de ses cheveux bruns, ne quittaient pas la surface de la rivière. Elle n'était ni effrayée, ni inquiète, pas plus que gaie ou souriante... Elle était telle que Bowbaq la voyait le plus souvent : sans expression. Son esprit errait dans un autre monde, qui n'appartenait qu'à elle.

Le géant répéta en vain sa demande, puis se releva en lui caressant distraitement la joue. Plus que jamais, il désirait, il avait besoin d'entendre la voix de sa petite-fille ! C'était devenu si rare, avec le temps... Et elle était la seule capable de lui donner quelques explications.

Enfin, *pas tout à fait la seule*, songea-t-il en reportant son regard sur le chien toujours agité. Car Bowbaq était *erjak*. C'est-à-dire qu'il disposait d'un certain pouvoir, celui de communiquer par esprit avec les animaux. Malgré le torrent d'émotions qui le submergeait, il essaya de se concentrer suffisamment...

° Galou, où sont-ils ? Montre-moi la piste !

Le rouvier fit deux nouveaux tours sur lui-même, visiblement en proie à de terribles frustrations. Le géant l'avait adopté cinq ans auparavant, lors des grandes chasses, alors que le chiot allait être tué pour sa fourrure cuivrée. Il n'avait pas eu à regretter cette bonne action. L'animal s'était révélé le plus fidèle des compagnons... Mais cette fois, il semblait trop nerveux pour accorder beaucoup d'attention à son maître.

° Galou, où sont les Grands ? insista Bowbaq.

Le chien se figea soudain, puis remua ses mâchoires en une faible imitation de la parole humaine. Il n'avait jamais procédé autrement, sans comprendre, probablement, que les mots ne sortaient que de son esprit...

° Chassés, annonça-t-il enfin. Ils sont chassés.

Le géant reçu la réponse comme une grande gifle. Ce n'était pas très clair, mais cela confirmait ses craintes : il était arrivé un drame !

° Chassés comment ? Un animal ?

Il forma plusieurs images mentales des différents prédateurs de la région pour les communiquer au rouvier, mais ce dernier accueillait chacune avec des signes d'impatience.

° Qu'est-ce qui les a chassés, Galou ?

Le chien porta aussitôt son regard sur la rivière et enchaîna quelques allers et retours le long de la berge, avant de reprendre son concert d'aboiements. L'inquiétude de Bowbaq avait atteint son sommet. Il n'existait dans cette eau aucun poisson ou reptile capable de faire disparaître sept personnes ! Que s'était-il donc passé ?

° Où sont-ils, Galou ? Montre-moi la piste. Cherche !

Devant l'insistance de son maître, le rouvier finit par se décider et fit un timide plongeon dans l'onde douce. Il nagea jusqu'au centre où il exécuta quelques cercles hasardeux... Sans hésitation, Bowbaq ôta chausses et pantalon et se mouilla à son tour. À l'endroit le plus profond, l'eau lui arrivait à peine à la poitrine ! La rivière ne se montrait dangereuse qu'aux premiers dégels... Mais en cette fin d'été, c'est à peine si on sentait le courant.

Faute de meilleure idée, le géant sonda le fond de ses grands pieds, arpentant ainsi une zone large comme son potager. Sur la berge, Niss n'avait pas quitté sa position assise. Bowbaq n'était même pas certain que la jeune fille se soit aperçue de sa présence... Dire qu'il avait préparé cette fête pour tenter d'éveiller en elle un petit sourire, ou une émotion quelconque !

Le géant sentait le désespoir le gagner. Il n'y avait aucune trace de sa famille, ni sur la rive, ni dans l'eau... Galou avait déjà rejoint la berge, aboyant après quelque chose ou quelqu'un qui n'était plus là. Depuis combien de temps ?

Avec un horrible sentiment d'impuissance, Bowbaq sortit du courant et scruta les environs. Il se surprit soudain en train de crier, d'appeler les siens à pleins poumons, sans l'avoir vraiment décidé. Son énorme voix résonna sur les collines et sema le trouble parmi des milliers de petites vies sauvages... mais de réponse humaine, aucune. La région était tristement silencieuse.

Les yeux humides, il roula un baluchon de tous les vêtements abandonnés et tira doucement la main de Niss pour la faire se lever. La jeune fille obéit docilement, comme toujours... Elle qui semblait en permanente rêverie savait pourtant juger du moment venu pour se laver, s'habiller ou même préparer à manger, par exemple. Elle n'était ni attardée mentale, ni d'une timidité maladive. Il s'agissait d'une autre chose, certes incompréhensible pour la plupart des gens, mais à laquelle on finissait par s'habituer...

Sans lâcher la main de la pauvrette, Bowbaq commença à descendre le long de la rivière. Tous les cent ou deux cents pas, il lançait quelques nouveaux appels... sans succès. Le chien n'aboyait plus, courant à main gauche et main droite en profitant de la promenade. Ce signe ne trompa pas le géant, qui savait en son for intérieur n'avoir aucune chance de retrouver les siens, que ce soit sur la berge ou dans le courant.

Après un demi-décan de recherches infructueuses, en amont et en aval, il reprit tristement la direction de la maison de rondins. Niss n'avait montré aucun signe de fatigue pendant cette longue marche ; pas plus qu'elle ne réagit en découvrant les décorations préparées à son intention. La mort dans l'âme, Bowbaq retira les fèves et la *qinga* brûlées du poêle. Il en sauva juste assez pour en servir une portion à sa petite-fille, qui mangea comme par habitude. Lui-même se sentait trop nauséeux pour avaler quoi que ce soit.

La situation échappait totalement à sa compréhension. Que faire ? Où chercher, encore ? Si même le chien au flair éprouvé ne savait quelle piste suivre, le géant n'avait plus qu'à attendre un miracle, une réapparition soudaine...

Il eut une pensée pour Mir, mort de vieillesse quelques années plus tôt. Le lion tacheté aurait peut-être pu empêcher ce drame, songea-t-il un instant... Mais la logique lui prouvait que non. Son fils Prad, ainsi que Harqi, l'époux de Iulane, étaient deux solides gaillards qu'on ne défaisait pas si facilement. Galou lui-même n'avait rien à envier à ces molosses que l'on faisait combattre dans l'arène, du côté de Cyr-la-haute... Si lutte il y avait eu, elle aurait été acharnée. Et il en serait resté des traces. Et, et... Pourquoi Niss avait-elle été épargnée ?

— *Naïok*, ma chérie, tu dois me dire ce que tu as vu, essaya-t-il d'une gorge sèche. Il faut que je sache. C'est très important, tu comprends ?

La jeune fille brune leva un instant les yeux de son assiette... puis reprit son repas comme si de rien n'était. Bowbaq s'imagina avoir lu des regrets dans son regard. Il n'osa pas insister.

Parfois, Niss semblait revenir à la vie, et se mettait alors à parler pendant des jours et des jours, comme pour rattraper le temps perdu. Il ne restait qu'à espérer que ce moment arrive bientôt.

*

Le cinquième décan était presque achevé et Cael n'avait toujours pas vu Corenn. Bientôt, les cours seraient terminés et le garçon n'aurait plus qu'à attendre le lendemain pour parler à sa grand-tante... C'est-à-dire qu'il devrait subir une nouvelle nuit de migraine et d'agitation, dans ses efforts pour ignorer la Voix qui polluait son esprit et faisait bouillir son sang.

Il avait pourtant frappé à la loge de la Mère à maintes reprises, depuis le lever du soleil. Il s'était même renseigné dans les salles du Conseil, auprès des services que la tante dirigeait, et jusqu'aux archivistes soupçonneux... Personne n'avait vu Corenn de la journée. Elle ne s'était tout simplement pas présentée à son bureau !

Qu'elle soit affairée ailleurs ou bien souffrante, Cael ne s'en retrouvait pas moins seul avec ses préoccupations. Il ne s'imaginait pas expliquer le problème de sa Voix intérieure à un quelconque professeur, ou responsable des pensionnaires... En fait, un petit nombre seulement connaissait les « crises » qui faisaient ressortir ses plus mauvais côtés. Ces gens de confiance se comptaient sur les doigts d'une main : ses parents, auxquels il fallait ajouter Corenn et Grigán, ainsi que leur fils Amanón qu'il considérait comme son cousin. Mais Léti et Yan étaient à Eza, à une journée de cheval ; la tante et son époux ne s'étaient pas montrés à Grand'Maison... Quant à Amanón, il pouvait être n'importe où dans le monde connu. Probablement toujours dans les Bas-Royaumes.

Aucun d'eux n'était capable de le soulager, de toute manière. Mais Cael se contentait de leur soutien moral, qui l'aidait à se détendre, et à étouffer graduellement la Voix... Cette impossibilité à trouver Corenn provoquait justement le contraire. Le garçon avait de plus en plus l'impression que son cerveau battait comme un cœur meurtri, lui envoyant des ondes douloureuses dans la nuque et le sommet du crâne. Si seulement il connaissait un remède pour apaiser ces migraines !

Mais aucune des nombreuses potions, décoctions ou infusions qu'il avait essayées au fil des ans ne réussissait à faire taire la Voix.

Il ne vit ni n'entendit grand-chose de son dernier cours, une initiation mathématique à l'alphabet romin. Le brouhaha de son esprit l'empêchait de se concentrer sur quoi que ce soit. Par malchance, cela perturbait également sa perception du temps, et la séance fastidieuse lui semblait plus longue encore qu'elle n'était en réalité. N'importe quelle diversion lui eut été agréable... Et son souhait fut bientôt exaucé par l'arrivée d'un petit coursier dans la salle de classe. Le garçonnet tendit son message à la répétitrice, qui le parcourut brièvement avant de relever les yeux.

— Cael, ta tante t'attend dans l'ancienne loge des viguiers, annonça-t-elle simplement. Rassemble tes affaires et vas-y.

Elle n'eut pas à le dire deux fois. Rien qu'à l'idée de quitter le cours, le jeune homme sentait déjà sa douleur diminuer !

— Il est indiqué ici que tu seras absent plusieurs jours, reprit le professeur. Nous verrons à ton retour comment rattraper les leçons perdues, d'accord ?

Cael bredouilla une promesse, salua brièvement maîtresse et camarades et se précipita dans le couloir. Il ignorait pourquoi Corenn l'avait convoqué, mais il lui en était infiniment reconnaissant !

Son cheminement dans les travées de Grand'Maison lui rappela son excursion de la nuit. À la différence que l'endroit était tout, sauf désert... Secrétaires et assistants au service des Mères du Conseil Permanent se croisaient, discutaient et s'affairaient aux portes des dizaines de bureaux de l'énorme bâtiment. Le jeune homme connut même une hésitation sur la direction à prendre, pour rejoindre cette ancienne loge des viguiers... À sa connaissance, cette pièce n'était plus utilisée que comme salle d'archive. Pourquoi avoir choisi ce lieu ?

Après quelques tours et détours, Cael se retrouva enfin dans la bonne aile, une suite de corridors et de bureaux minuscules parmi les plus anciens de la construction. L'ensemble, au rez-de-chaussée, était assez éloigné du cœur du pouvoir, et peu de personnes y avaient leurs quartiers permanents... Quand il eut bifurqué à deux croisements, le garçon eut même l'impression d'être totalement seul. C'est alors que sa Voix intérieure regagna en intensité, si brutalement qu'il en laissa tomber ses livres pour se plaquer les mains sur les oreilles !

Le geste était inutile, malheureusement. Rien ne pouvait faire taire *l'autre*, l'esprit mystérieux qui partageait le sien, l'abrutissant d'images de haine, de violence et de peur... Cael se serrait les tempes de toutes ses forces, plissait les yeux, grinçait des dents... mais la douleur échappait à tout contrôle, et le jeune homme ne pouvait que subir en comptant des instants longs comme une nuit d'hiver.

Ces effets finirent tout de même par diminuer, sans que Cael n'y gagne plus qu'un léger relâchement. Il devinait ne pas être au bout de la crise. La Voix allait revenir, plus forte, plus pressante, et il finirait par succomber à ses commandements destructeurs, rien que pour la faire taire pendant quelques jours... Trop souvent, ça s'était passé comme ça !

Tendu et au bord des larmes, il ramassa ses livres et se mit à courir le long des bureaux abandonnés. La tante Corenn lui paraissait son seul espoir, l'unique remède à la tempête qui résonnait dans son crâne, couvrant jusqu'à l'écho du bruit de ses pas... Il courut et courut encore, craignant de se perdre en suivant pourtant le bon chemin... Enfin, il trouva le lieu du rendez-vous et en poussa la porte de tout son corps, cherchant avec avidité une silhouette aimée à serrer dans ses bras.

Mais les seules personnes qui attendaient là, c'était le gardien de son dortoir et une paire d'inconnus en habits verts... qui se jetèrent aussitôt sur lui !

Le cri de Cael fut étouffé par la main que le surveillant plaqua sur sa mâchoire. En revanche, la Voix intérieure hurla plus fort que jamais dans l'esprit du garçon. Quelque chose se brisa en lui. Terrifié, perdu, assailli, il perdit toute conscience de lui-même.

Il se vit mordre férocement dans la chair du gardien, sans l'avoir vraiment décidé. Des phalanges craquèrent sous ses dents et un liquide âcre coula bientôt dans sa gorge, avant qu'il ne relâche prise. Les hommes en vert s'efforçaient d'entraver ses membres, mais Cael se voyait investi d'une telle force qu'ils parvenaient à peine à retenir ses bras ! Le surveillant revint à la charge, essayant de glisser un sac de toile sur la tête du garçon... Ce dernier rua de plus belle, s'abandonnant complètement à la rage inspirée par la Voix, et réussit à libérer un poing qu'il projeta dans le visage du gardien. Un os se brisa, nez ou doigt, impossible à dire... Des lacets apparurent soudain dans les mains des hommes en vert, mais c'était trop tard. L'adolescent n'était plus qu'une bête fauve aux capacités décuplées.

Il lançait pieds, tête, ainsi que coudes et poings dès qu'il en avait l'occasion, repoussant trois adultes plus grands que lui, blessant leurs chairs et leurs organes avec un plaisir malsain... Un cri sauvage monta de sa poitrine quand l'un de ses agresseurs bascula en arrière, mais de l'acier fut brandi, pointes et lames que Cael ne voyait plus qu'en taches brillantes dans un fondu de sang et de violence... Dans un sursaut de lucidité, il bondit à travers la fenêtre ouverte et se mit à courir dans les jardins de Grand'Maison, perdu en corps comme en esprit.

Pourtant, au cœur de la tempête d'émotions et de questions qui l'assaillait, une certitude au moins demeurait... La Voix était plus forte que lui. Plus forte que tout ce qu'il pouvait faire ou décider.

*

Le soleil s'était lentement incliné sur l'horizon, sans que la famille de Bowbaq ne réapparaisse. Plusieurs fois, le géant avait fait l'aller et retour jusqu'à la rivière, en compagnie de Niss qu'il n'osait perdre de vue un seul instant... mais leurs recherches avaient été vaines. Ispen, Prad, Iulane et les autres s'étaient comme évanouis dans les airs.

En allumant la première lampe du soir, Bowbaq fut submergé par une nouvelle vague de tristesse. Ce qui devait être une belle journée de rires et de fête s'était transformé en de longs décans d'angoisse, dont la fin n'était même pas annoncée... Les seuls dénouements que pouvait imaginer le géant s'avéraient effroyables, de toute façon. Comment pourrait-il en être autrement ? En supposant que les siens soient toujours en vie, ils n'en étaient pas moins livrés à eux-mêmes dans une nature sauvage, au cœur d'une nuit plus que fraîche, sans armes ni vêtements pour se couvrir...

Pour guider ses enfants égarés, Bowbaq entreprit d'allumer un brasier devant sa maison. Rapidement, la hauteur des flammes fut à l'échelle de sa force et de son chagrin... Le feu était si nourri qu'on devait en repérer la lueur à des lieues à la ronde. Cela serait-il seulement suffisant ? Les êtres chers étaient-ils en assez bonne santé pour discerner le brûlot ? À quel point étaient-ils libres de leurs mouvements ?

Le regard trouble, le géant se détourna pour regagner son foyer. Niss était toujours debout sur le perron, fascinée par la lumière dansante du feu. Elle n'avait pas prononcé un mot depuis le drame. Bowbaq n'avait plus guère d'espoir de la faire témoigner de la scène... C'était comme si la jeune fille s'était enfoncée plus profondément encore dans ses rêves. Peut-être à jamais.

D'idées noires en regrets douloureux, le géant se sentait glisser dans l'abattement le plus total. Il aurait donné beaucoup pour la compagnie d'un autre adulte, à ses côtés dans cette épreuve. Sa femme, bien entendu, mais le grand-père songeait aussi à Grigán ou Corenn, en qui il avait une foi sans limites. Comment ses amis agiraient-ils, dans cette situation ? Ensemble, ils étaient venus à bout de tant de difficultés... Tant de chemin parcouru, entre l'île Ji et le palais de Saat...

Le fil de ses pensées fit soudain jaillir une étincelle dans son esprit. En un instant, un horrible soupçon grandit pour devenir une quasi-certitude... Fébrile, il se précipita sur le baluchon de vêtements ramassés. Au bout de quelques battements de cœur, il trouva les objets auxquels il songeait. Ils avaient simplement été glissés dans des poches...

Malheureusement !

Un vertige s'empara du géant, qui dut s'asseoir pour ne pas voir ses jambes se dérober sous lui. Ce qu'il tenait au creux de ses énormes paumes, c'était les pendentifs d'Ispen et de Iulane, qu'il avait lui-même marqués du clan de l'Oiseau vingt-trois ans plus tôt. Les pendentifs confectionnés avec les pierres ramenées du Jal'dara... les *gweloms*, à la puissante magie. Le seul rempart entre eux et les assauts des démons !

Machinalement, Bowbaq vérifia qu'il portait bien le sien, mais il n'avait jamais quitté cette pierre depuis le jour où ses amis et lui étaient revenus du Jal. L'instant d'après, il s'approchait de Niss pour tirer avec douceur un semblable bijou de sous le chandail de la jeune fille... Sa découverte lui procura à la fois un léger apaisement et un sursaut d'angoisse. Voilà pourquoi Niss et lui-même avaient échappé à cette mystérieuse disparition ! Ils portaient leurs pendentifs ! Tandis que les autres, baignant dans l'eau douce en seuls vêtements de corps, n'avaient pu résister à une mystérieuse attaque magique...

Tout étranger à l'affaire aurait trouvé cette explication digne d'un fou, mais Bowbaq savait à quoi s'en tenir quant à la réalité de la sorcellerie. Et ses amis et lui avaient toujours su qu'un jour, les héritiers seraient de nouveau en danger... Ils espéraient seulement voir ce moment arriver le plus tard possible, après quelques générations, peut-être... Il semblait que le destin leur ôtait cette chance.

— Écoute-moi, Niss, demanda-t-il en plongeant son regard dans celui de la jeune fille. Tu ne dois jamais, *jamais* ôter ce bijou, tu comprends ?

La pauvrette n'eut pas davantage de réaction que d'habitude. Ses yeux semblaient fixer quelque chose se trouvant loin, très loin derrière son grand-père.

— Naïok, c'est très important. Tu dois me le promettre, d'accord ?

Deux battements de paupières composèrent la seule réponse que Bowbaq obtint, et il dut bien s'en contenter. De nouveaux regrets mirent alors à mal sa conscience... *Si seulement il avait arraché pareil serment à Ispen et Iulane... Si seulement il avait ramené plus de pierres du Jal'dara...* Prad, par exemple, n'aurait pas eu besoin de s'exposer en donnant son gwelom à sa fille, et il aurait peut-être également échappé à cette mystérieuse attaque.

Malgré les doutes qui subsistaient encore, le géant était intimement convaincu d'avoir raison. La magie et la malédiction liées aux héritiers représentaient la seule explication possible à la disparition de sa famille.

Dès lors, Bowbaq passa le reste de la soirée à préparer un voyage qu'il devinait très long. Exactement comme il l'avait fait, vingt-trois ans plus tôt.

*

Le crépuscule était venu et l'inconnu n'avait pas quitté sa position devant le manoir. Nolan ne pouvait s'empêcher d'admirer sa ténacité. L'homme était resté la journée entière adossé au mur d'en face. Il avait bu quelques rasades à sa gourde, grignoté un peu de vivres tirés de sous son manteau, et même soulagé sa vessie sur le pavé... mais jamais, jamais il ne s'était éloigné de son poste. S'il subsistait un doute quant à sa possible condition de commis ou de mendiant, il était depuis longtemps dissipé.

Dans la maison de Kercyan, la journée avait paru affreusement longue. Le silence inhabituel des salons et de la cuisine, l'absence intolérable de Rey et de Lana, et la mauvaise humeur grandissante d'Eryne avaient contribué à étirer les décans...

Nolan adorait sa sœur, peut-être plus que tout au monde, mais il ne pouvait pour autant fermer les yeux sur ses défauts. Son impatience, par exemple. La damoiselle avait depuis longtemps atteint ses limites, et les plus mauvais côtés de son caractère ressortaient à la moindre occasion. Elle se plaignait de tout, du repas froid qu'ils avaient improvisé, du nouveau tri qu'il fallut faire pour réduire son énorme bagage, de l'absence des serviteurs... Pire, elle commençait à remettre en question les précautions de son frère. Pour elle, la journée écoulée était une journée *perdue*, gâchée, et elle n'avait aucun scrupule à le faire comprendre à coup de petites phrases bien senties.

Si elle avait été seule, elle aurait probablement traversé la rue pour interroger l'inconnu qui les guettait... Mais c'était sûrement la dernière chose à tenter. Comment Nolan pouvait-il la convaincre de cela, *sans lui révéler ce qu'il savait ?* Comment pouvait-il demander à sa sœur de lui faire confiance, alors qu'il n'osait même pas tout lui avouer ?

Eryne était pourtant à bout, et il allait bien falloir prendre une décision. D'une manière comme d'une autre, ils devaient absolument quitter le manoir. Cette journée supplémentaire avait déjà constitué une énorme prise de risque... pas question de se laisser surprendre par la nuit.

Abandonnant son poste d'observation à la fenêtre, il rejoignit Eryne dans sa chambre. Elle s'était de nouveau glissée sous les draps, un mouchoir dans les mains et un air boudeur sous ses cheveux blonds... Nolan savait que son trouble était immense, mais il ne put s'empêcher de revoir sa sœur dans la même scène, dix ans plus tôt, alors qu'elle faisait un caprice pour obtenir il ne savait plus quel bijou coloré.

— Ça va ? demanda-t-il naïvement.

— Comme tu peux voir, répliqua-t-elle en désignant son visage bouffi. Nolan, j'en ai plus qu'assez d'attendre ! Je vais devenir folle !

— On s'en va, acquiesça-t-il avec gravité. Ça ne servirait à rien de rester encore. Ce type va sûrement rester toute la nuit devant notre porte... À moins que quelqu'un ne vienne le relever de sa garde, ce qui ne change rien pour nous.

— Mais alors... Nous allons passer juste sous son nez ? Tu ne crains plus une attaque ?

— J'envisageais d'utiliser une autre sortie, annonça le novice en soutenant son regard.

La perplexité se dessina sur le visage d'Eryne, aussitôt remplacée par l'indignation. La damoiselle bondit de son lit plus qu'elle n'en sortit et laissa libre cours à sa révolte.

— *La cave !* Tu déraisonnes ! Tu veux nous faire passer par la *cave !* Dans un soi-disant tunnel, qui est peut-être effondré depuis des années ? À moins qu'il ne choisisse justement ce soir pour tomber sur nos têtes ! Il est hors de question que tu m'entraînes là-dessous, tu m'entends ? Et dire que tu as attendu la tombée de la nuit pour inventer ça !

— Eryne, c'est la seule chose à faire... J'aurais préféré une solution plus confortable, mais...

— *Plus confortable* ? Je vais te dire, moi, ce qui serait confortable ! Sortir avec les armes à la main et voir si cet homme est vraiment décidé à se mettre en travers de notre chemin ! *Voilà* ce qui serait confortable !

Nolan attendit quelques instants que la tempête s'éloigne, tandis que sa sœur faisait les cent pas dans la chambre en se massant les tempes.

— Nous n'avons jamais manié la moindre arme que ce soit, rappela-t-il doucement. Et cet homme n'est peut-être pas seul. Toute une bande peut très bien guetter son signal au coin de la rue... Si c'est le cas, nous n'avons aucune chance.

— Et si c'est un vulgaire mendiant, nous perdons notre temps à cause de suppositions ineptes !

— C'est vrai, Eryne, admit le jeune homme. Mais père nous a appris à être prudents. Je ne veux pas qu'il retrouve nos seules dépouilles à son retour.

L'argument sembla porter, et la damoiselle se calma peu à peu. Une longue série de soupirs annonça bientôt sa reddition.

— Après tout, du moment que nous sortons d'ici ! conclut-elle avec aigreur. Il est plus que temps ! Si j'avais pu voir Roban ce matin, nous aurions peut-être déjà des nouvelles des parents !

Elle essuya une dernière larme et s'accroupit près de son sac bourré de vêtements pour un ultime inventaire. Nolan prit cela pour un accord... Les épaules basses, il retourna à la fenêtre de la pièce voisine. L'inconnu était toujours en place, enveloppé dans son manteau, silhouette d'apparence anodine et pourtant inquiétante. Le jeune homme songea soudain qu'il avait peut-être *lui-même* traîné cette ombre jusqu'au manoir de Kercyan. Et s'il avait été suivi depuis Ith ? Ce n'était pas invraisemblable... L'idée le glaça d'effroi. Son voyage avait peut-être précipité les événements ! Jusqu'à quel point était-il responsable ?

Son besoin de quitter les lieux fut plus pressant encore. Il regagna la chambre de sa sœur et ramassa le bagage qu'elle venait à peine de fermer, avant d'aller le déposer dans la cuisine. Il fit ensuite le tour des pièces du bas pour rassembler quelques objets utiles à leur nouveau plan : lampes et briquets, cabans imperméables, chaussures de rechange... sans oublier une arme.

Le fait de porter une lame était particulièrement pénible au novice, mais il se devait de protéger Eryne. L'idée qu'elle puisse être blessée par sa faute ou par son impuissance à la défendre était intolérable. C'est donc sans hésitation qu'il poussa le lourd panneau derrière lequel Reyan abritait sa collection d'épées...

Une trentaine de pièces étaient accrochées là, pour la plupart des lames de parade, encombrants aciers de la noblesse lorelienne. À cela s'ajoutaient sept ou huit rapières, armes favorites de son père, aussi fines et rapides qu'il avait le verbe... Mais Nolan jeta son dévolu sur une simple canne-épée, d'apparence moins agressive et à la double utilité.

En tirant la fine langue de métal de son fourreau, le jeune homme fut tout de même parcouru d'un frisson. Un simple toucher lui prouva que le fil du rasoir était parfaitement aiguisé... Il dénuda toute la lame et s'efforça d'adopter une position de combat. Lana s'était toujours opposée à ce que Reyan enseigne l'escrime à leurs enfants, mais Nolan n'était plus tout à fait sûr de partager l'avis de sa mère. Le culte d'Eurydis méprisait toute manipulation d'arme, certes... Pour autant, le novice regrettait le bras malhabile qu'il pourrait dresser devant un assaillant.

Sans réfléchir, presque malgré lui, il esquissa quelques assauts, fausses parades et figures improvisées... Il ne cessa qu'en découvrant le visage inquiet de sa sœur, qui l'observait depuis la porte.

Embarrassé, Nolan rangea l'arme dans son étui et s'essuya les yeux d'un geste rageur. Pour la première fois depuis la disparition de ses parents, il pleurait.

Et il ne pouvait même pas se confier à quelqu'un.

*

Amanón avait toujours besoin d'un petit moment d'adaptation quand il revenait à Kaul. C'était comme s'il redécouvrait le Matriarcat, ses coutumes, son architecture, alors qu'il avait grandi dans ces rues mêmes qu'il arpentait. Mais le contraste avec les Bas-Royaumes était trop grand... En fait, tout y était différent. Un exemple parmi d'autres : la fraîcheur de cette soirée poussait les familles kauliennes à se recroqueviller dans leurs foyers, alors qu'à Mythr, la chaleur étouffante de la journée commençait à peine à s'apaiser, autorisant les artisans à rouvrir leurs échoppes pour un ou deux décans...

Quand on l'interrogeait sur ses origines, Amanón hésitait toujours entre se déclarer *Ramgrith* ou *Kaulien*. Avec sa mère, Corenn, et son père, Grigán, il avait été bercé par les deux cultures. Les nombreux voyages de ses parents, principalement à Griteh et en Arkarie, avaient préparé son esprit à la tolérance envers les civilisations étrangères. Au fil des années, cela s'était même transformé en un véritable intérêt. Tout objet, coutume ou référence à un peuple plus ou moins exotique et éloigné fascinait le jeune homme.

Il avait longuement réfléchi, quand il avait fallu choisir une profession, à sa sortie de l'école de Grand'Maison... En fin de compte, il s'était tourné vers l'activité qui lui convenait le mieux : traducteur et interprète. Ainsi, il se trouvait constamment entre ses deux patries, ou accompagnant l'un ou l'autre émissaire dans les plus grandes villes du monde connu... et même dans ses contrées les plus reculées. Comme il venait de le faire pendant deux lunes, en migration avec une tribu tarule au cœur du désert !

À vingt-trois ans donc, Amanón avait amassé plus d'expérience et de savoir que nombre de personnes de son âge. Il avait la réputation d'un sage capable de se tirer de toutes les situations. C'était aussi un voyageur dans l'âme, à l'aise dans n'importe quelles conditions... Bowbaq disait de lui qu'il avait hérité du meilleur de ses parents. Le jeune homme en était très flatté, et faisait de son mieux pour être à la hauteur du compliment.

Pour autant, il n'était pas pleinement heureux. Sa trop grande soif de liberté en avait fait un solitaire, apprécié de tous, mais intime de trop peu. Les amis qu'il comptait dans toutes les capitales n'étaient que des compères d'une décade... À chaque nouvelle rencontre, il lui fallait les redécouvrir, et il n'était pas facile de tisser des liens de complicité dans ces conditions. D'ailleurs, il n'avait jamais vécu que des amours éphémères... Pour se consoler, il songeait que ses parents avaient mis presque quarante ans à se trouver !

Ce soir, au moins, il serait entouré d'affection. Corenn et Grigán fêtaient toujours son retour comme l'arrivée d'Eurydis elle-même ! Amanón adorait ces instants de retrouvailles. Le visage épanoui de sa mère, quand elle le découvrait derrière la porte... La touchante accolade de son père, tendre et réservé à la fois... Tous deux travaillaient souvent très tard ; jamais ils n'avaient pu rester longtemps inactifs. Comment réagiraient les Kauliens, s'ils apprenaient qu'une bonne partie des décisions gérant leur quotidien étaient prises sur les conseils d'un Ramgrith ?

À moins que Grigán ne s'active quelque part dans la charpente... Le vétéran s'était pris de passion pour toutes les formes d'artisanat une vingtaine d'années plus tôt, quand il avait enfin accepté l'idée de la fin de sa vie de fugitif. Lui qui n'avait connu aucun foyer pendant deux décennies, avait peu à peu bâti un véritable château autour de Corenn ! Il avait pratiquement élevé la maison de ses mains, l'équipant de toutes les ingéniosités remarquées au cours de ses nombreux voyages... L'ensemble faisait d'ailleurs figure de curiosité locale, dans la petite capitale kaulienne. Les Mères du conseil plaisantaient parfois sur l'intention prêtée à Grigán de rivaliser avec Grand'Maison !

Ces images familières encouragèrent Amanón à presser le pas. Après avoir franchi la mer Médiane jusqu'à Bénélia, remonté le Gisle, puis la Mèche jusqu'au port de la cité, et enfin traversé plusieurs quartiers en direction du centre-ville, il n'était plus qu'à quelques jets de pierre de son but... Fatigué d'un si long voyage, et impatient d'en voir le terme.

Malheureusement, en s'engageant dans la dernière rue, le jeune homme comprit qu'il lui faudrait différer cette fameuse scène de retrouvailles. Les volets de la maison ne laissaient filtrer aucune lumière... Corenn était probablement encore au travail dans ses bureaux, avec Grigán qui patientait en se faisant de nouveaux amis dans les couloirs. À moins qu'ils ne rendent visite à Yan et Léti, à Eza... *Pourvu qu'ils ne soient pas partis chez Bowbaq !* songea Amanón, un peu égoïstement. Le jeune homme ne comptait pas rester à Kaul plus d'une décade, et l'idée de manquer une rencontre avec ses parents était fort déplaisante. Même s'ils étaient aussi libres que lui de leurs déplacements...

La déception raviva sa lassitude, et il ne songea plus alors qu'au lit douillet qui l'attendait à l'étage. Suprême confort, après cinq décades passées dans les sablons des *Tched* !

Avec un soupir, il franchit la poterne et traversa le petit verger entourant la maison familiale. L'accès à ce jardin n'était jamais verrouillé ; Grigán se reposait sur la présence de Merbal, un dogue blond offert par Bowbaq, pour décourager toute visite importune. Amanón s'étonna même de ne pas entendre la course effrénée du chien jusqu'à lui... ce qui laissait penser que ses parents étaient effectivement partis en Arkarie, emmenant la bête avec eux. *Sakkar !* songea le jeune homme, en un juron typique des Bas-Royaumes. Il s'était fait une telle joie de les revoir !

Le sac qu'il portait depuis des lunes et des lunes parut soudain tirer sur ses épaules. Amanón n'avait plus qu'un souhait, le déposer dans un coin, comme il aurait voulu le faire de sa contrariété. Les jambes lourdes, il grimpa lentement les marches de l'escalier extérieur qui menait à ses appartements. La clé était toujours en place dans un secret de la rambarde... L'instant d'après, le jeune homme était enfin chez lui.

Il ne vivait là qu'une petite moitié de l'année, mais c'était tout de même son point d'attache, son *repaire*, comme disait Grigán. Il ne lui fallut d'ailleurs qu'un court moment pour trouver une lampe et jeter un peu de lumière dans le séjour.

Retrouver le confort tranquille de l'endroit lui fit beaucoup de bien. Grigán avait épuisé toutes les ressources de son habileté pour transformer cet ancien grenier en une véritable gentilhommière. Chaque meuble, chaque aménagement avait été réalisé sur mesure... Notamment les nombreuses étagères et bibliothèques, supportant autant de livres que de souvenirs des voyages familiaux.

Corenn veillait à tenir les lieux toujours prêts pour le retour du fils prodigue. Trois fois par décade, une petite voisine venait aérer les pièces et faire un brin de ménage. La literie était régulièrement changée. Et le courrier d'Amanón était soigneusement classé sur une table, près de l'écritoire... Le jeune homme n'y trouva d'ailleurs aucun mot de ses parents, ce qui le réjouit plutôt. Jamais ils ne se seraient absentés pour une longue période sans lui laisser une lettre ! Il avait donc toutes les chances de les revoir le lendemain.

Rassuré sur ce point, il se pencha sur son sac pour en tirer ses livres...

C'est alors que sa vie bascula !

La porte extérieure fut brutalement ouverte, livrant passage à un groupe de trois hommes bondissant sur lui. Deux portaient des chemises vertes. Le dernier était de type kaulien. Tous présentaient des traces de coups, griffes ou contusions sur le visage et les mains... et ils semblaient bien déterminés à lui en infliger au moins autant !

Obéissant à un réflexe héréditaire, Amanón plongea son bras au fond du sac et en balança tout le contenu à la face de ses agresseurs. La seule chose qu'il garda en main fut son poignard ramgrith. La pluie de livres et de vêtements qui s'abattit sur les inconnus lui donna juste le temps de reculer de deux pas et de brandir son arme... Mais dans son esprit, l'affrontement, quel qu'il fut, était déjà perdu pour lui.

Malgré ses nombreux voyages, parfois dans des contrées réputées dangereuses, le jeune homme n'avait jamais eu à combattre. Son statut d'interprète et la réputation dont jouissait son père dans les Bas-Royaumes l'avaient toujours mis à l'abri des rixes et des batailles. Grigán avait bien initié son fils à l'arc et au sabre, mais Amanón n'y montrait pas d'aptitudes ou d'intérêt particuliers et les leçons s'étaient rapidement espacées... À peine si le jeune homme se rappelait les commandements assénés à chaque séance : *main sûre, pied ferme, esprit vif.*

Devant la lame, les inconnus n'hésitèrent qu'un bref instant. Les hommes en vert déroulèrent un fin lacet depuis leurs manches et s'avancèrent, mains levées... Amanón en fut glacé d'effroi. Projetaient-ils de *l'étrangler* avec ce garrot ? L'image horrible de sa propre asphyxie lui fit perdre toute prudence et il lança son bras en avant, cherchant à effrayer ses agresseurs...

C'était malheureusement ce qu'ils attendaient. D'un mouvement coordonné, chacun d'eux enroula son lacet autour d'un des poignets du jeune homme, évitant son attaque maladroite. Deux autres tours de corde furent donnés, si serrés qu'Amanón fut bientôt incapable de seulement serrer le poing... Il était complètement en leur pouvoir !

— Où est le garçon ? demanda le Kaulien d'une voix rude.

Révolté, effrayé et humilié, le jeune homme conservait tout de même assez de maîtrise pour comprendre l'inutilité de ses efforts de résistance. Il porta son attention sur le visage de l'inconnu, particulièrement meurtri avec son nez cassé et une lèvre ouverte... Qui l'avait arrangé ainsi ? Grigán ?

— Où sont mes parents ? répliqua-t-il avec une inquiétude redoublée.

L'homme prit tranquillement son élan... et lui asséna un terrible coup de poing dans l'estomac ! Amanón s'était bien préparé au choc, mais la douleur lui coupa le souffle pendant un moment affreusement long... Sur les côtés, les « chemises vertes » ne relâchaient aucune tension sur ses poignets. De toute évidence, ils n'avaient pas l'intention de le laisser en vie.

— Je répète une dernière fois : où est le garçon ? articula la brute, à trois pouces de son visage.

Seul un murmure entrecoupé de toussotements remonta de la gorge du jeune homme, forçant le Kaulien à s'approcher encore... jusqu'au moment où Amanón lança tout le poids de son crâne sur le nez déjà brisé, avec une violence décuplée par sa rage de vivre ! L'instant d'après, il se jetait volontairement en arrière pour tomber sur le dos. La morsure des lacets sur ses poignets fut cruelle, de même que la douleur de ses épaules sous la tension, mais il put déstabiliser suffisamment les « chemises » pour faire chuter l'un et lâcher prise à l'autre !

De sa main libre et engourdie, Amanón ramassa le poignard et en donna plusieurs coups rapides sur les bras de l'ennemi à terre, qui abandonna également son lacet en poussant des cris aigus. Celui qui était debout plongea pour lui arracher l'arme, mais ne réussit qu'à s'empaler sur le couteau que le jeune homme dressa entre leurs poitrines... Le deuxième se redressa sans cesser de crier et détala par la porte restée ouverte, pendant qu'Amanón repoussait le corps agité de soubresauts. C'est alors seulement qu'il constata que le Kaulien ne s'était pas relevé de son coup de tête... Le temps de quelques battements de cœur, et tout avait basculé.

Titubant, massant ses poignets endoloris, le jeune homme gagna l'escalier et vérifia que de nouveaux adversaires ne l'attendaient pas en bas. L'autre rescapé de la bataille était déjà loin ; en tout cas on ne l'entendait plus... Mais était-il sage de le laisser repartir ?

Enflammé par la violence de la lutte, inquiet pour ses parents, Amanón ne réfléchit pas vraiment en décrochant sa lame courbe du manteau de la cheminée. Il tenait cette arme de l'ancien roi Nero lui-même mais ne l'avait jamais utilisée, ni même portée. Pourtant, alors qu'il arpentait le verger à la recherche du fuyard, la peur au ventre et les sens en éveil, il songea qu'il ne pourrait plus s'en séparer. L'objet lui semblait étrangement familier et rassurant... Après avoir été simple bibelot de décoration, il venait de prendre une tout autre importance.

La traque fut vaine, cette nuit-là. Amanón ne trouva aucune trace, ni de ses agresseurs, ni de ses parents.

Mais il manquait justement l'un des deux chevaux de Grigán, ce qui donnait une petite note d'espoir...

En revanche, le jeune homme eut la tristesse de découvrir le corps sans vie de Merbal. Le chien avait été étranglé par les inconnus, bien avant qu'il ne monte dans ses appartements. Le corps déjà raidi ne laissait aucun doute à ce sujet... Les assassins étaient probablement cachés dans le jardin depuis plusieurs décans.

Amanón était donc attendu. Ou Corenn, ou Grigán. Pour autant, la seule personne qui semblait intéresser les meurtriers était ce mystérieux « garçon » qu'ils cherchaient...

Le jeune homme ressentait depuis un irrésistible besoin de parler à Cael.

*

Au début du neuvième décan, au plus profond de la nuit, Niss se mit à pleurer dans son sommeil. C'est à peine si les gémissements montaient de sous ses couvertures, mais Bowbaq les entendit aussitôt... Lui n'avait pratiquement pas dormi encore, ou seulement par courtes périodes, plus assommé par l'angoisse que par la fatigue.

Avec un léger soupir, il se rendit jusqu'au chevet de la jeune fille et caressa doucement la main qui pendait hors des draps. Après quelques instants, la pauvrette sembla s'apaiser... Sans lâcher le membre fragile, le grand-père s'allongea à côté du lit, à même le sol, et poursuivit ses cajoleries en laissant son esprit vagabonder.

Jusqu'alors, l'obscurité ne l'avait pas beaucoup aidé à progresser dans ses réflexions... excepté sur un point : les pierres de Dara. S'il avait deviné juste, si sa femme et leurs enfants avaient *vraiment* subi une attaque de sorcellerie ou de démon, alors ses amis étaient également en danger. Peut-être même qu'il était déjà trop tard pour eux !

Il refit, une fois encore, l'étrange recensement qui obsédait ses pensées depuis qu'il s'était couché. En quittant le Jal'dara, vingt-trois ans plus tôt, ils avaient emporté dix pierres avec eux. Dix cailloux de la taille d'un œuf de digget, ou d'une petite noix à épice. Un prélèvement, pour ne pas dire un vol commis au berceau des dieux, malgré l'interdiction formelle de son Gardien...

Chaque membre du groupe possédait donc la sienne, les trois dernières étant destinées à Ispen, Prad et Iulane. Pendant la bataille du Mont-fleuri et l'affrontement qui opposa les héritiers à Saat, deux pierres furent perdues. La première, volée par leur ennemie, la reine wallatte Che'b'ree, qui l'emporta dans sa fuite. Et la deuxième, abandonnée, oubliée sur le cadavre de Gors le Douillet, commandant des armées barbares et vaincu en combat singulier par Bowbaq lui-même.

Des huit pierres qui restaient en leur possession, Yan et Corenn firent, à l'aide de leurs pouvoirs exceptionnels, autant de pendentifs indestructibles. Car telle était la particularité des gweloms, ces objets fabriqués de la terre du Jal... Bien que le géant ne comprenne pas grand-chose à ces histoires de *Volonté* et de *Récept*, termes qui revenaient souvent dans les conversations de ses amis magiciens, il tenait pour sûre au moins une chose. Depuis qu'elles avaient été transformées en bijoux de la forme d'une pièce de monnaie, les pierres avaient pris leur apparence *définitive*. Les hommes, les dieux ou même le temps ne pourraient jamais les altérer. Corenn disait qu'ils étaient *aboutis*...

Yan et Grigán restèrent pendant un moment les seuls à ne pas posséder de gwelom, puisqu'il en manquait deux. Mais au fil des naissances, les héritiers transmirent ces trésors à leurs enfants... Ainsi, Corenn confia le sien à Amanón, Rey et Lana à Eryne et Nolan, enfin, Léti fit de même pour Cael... Jusqu'à Prad, qui donna tout récemment son bien à la gentille Niss, alors que Bowbaq et sa femme projetaient d'honorer pareillement leurs deux petits-fils. Le géant eut une nouvelle bouffée de honte et de regrets à cette idée. Pourquoi n'avaient-ils décidé cela plus tôt ? Au moins, les petits auraient été épargnés...

La raison étouffa tant bien que mal ses remords. *Épargnés*, peut-être, mais livrés à eux-mêmes dans cette région isolée, c'est-à-dire pratiquement sans espoir de survie... Et encore, en supposant qu'ils n'aient pas perdu les précieux bijoux dans un quelconque jeu d'extérieur, comme ils le faisaient d'un tas d'autres choses. Voilà bien ce qui avait convaincu les grands-parents d'attendre quelques années !

Une image en amenant une autre, Bowbaq songea soudain que les enfants de ses amis avaient peut-être également ôté leurs pendentifs ! Combien des héritiers avaient donc échappé à la mystérieuse disparition frappant les siens ? Niss et son grand-père étaient-ils les derniers à ne pas avoir subi l'attaque ?

Cette possibilité apparaissait trop affreuse. Bowbaq ne se voyait pas affronter seul la nouvelle tragédie venant de cogner à sa porte... Il lui semblait avoir déjà trop réfléchi, spéculé, imaginé, alors qu'il disposait de peu d'éléments, et que sa préférence allait toujours aux choses simples...

Une chose simple. Il fut soudain totalement réveillé. Si les pendentifs étaient les seuls remparts entre eux et leur mystérieux agresseur, il suffisait *peut-être* de les enlever pour le prouver ! Ce qui lui permettrait de retrouver Ispen et leurs enfants... En subissant le même sort qu'eux, quel qu'il soit...

Le géant devinait qu'il s'agissait d'une folie, mais il se sentait prêt à y succomber. *Sur le point* d'y succomber. Une chose simple. Ôter le collier de Niss, et le sien. Puis attendre et voir.

Il ne sut combien de temps il resta ainsi, les yeux ouverts dans l'obscurité, la main crispée sur le pendentif posé sur sa poitrine. Il s'imaginait l'arracher et faire aussitôt apparaître le Mog'lur qui avait juré leur perte. Et peut-être, ainsi, avoir une chance de le vaincre et de sauver sa famille. Bien qu'il ignorât comment...

Ce fut la petite voix de Niss, la petite voix que l'on n'entendait jamais et qui alors murmurait « maman » dans son sommeil, qui repoussa ces idées noires au plus profond de la conscience du grand-père. Il ne pouvait pas faire cela. Il n'avait pas le droit de prendre cette décision pour elle.

Pour l'instant, il s'en tiendrait à son premier plan. Rejoindre quelques amis. Leur raconter ce qui s'était passé.

Et puis, il l'espérait, trouver une solution.

*

Un nuage de poussière s'éleva dans la lumière des lampes, quand enfin Nolan parvint à décoincer la lourde porte gardant l'entrée du souterrain. Eryne toussa bruyamment, avec une grimace non retenue. Avoir accepté de revenir à la cave ne signifiait pas qu'elle avait calmé ses angoisses... Et la damoiselle ne voyait que deux manières de les traduire : crier à chaque alerte, ce qu'elle trouvait tout à fait sot, ou se retrancher derrière le cynisme, ce en quoi elle excellait.

— Magnifique, grinça-t-elle. Avec toutes les saletés dont je suis déjà recouverte, il n'est même pas certain que Roban de Sarcy consente seulement à nous faire entrer chez lui !

D'un air agacé, elle désignait les particules grisâtres qui s'agglutinaient sur sa robe comme les mouches sur une charogne. Malgré l'insistance de Nolan, elle avait refusé d'enfiler une tunique simple pour cette expédition nocturne... Pas question de se présenter devant un membre de la Cour, attifée comme une garçonne ! Elle ne put lutter contre l'envie de brosser le tissu couleur saumon, quand Nolan déclencha une nouvelle tempête d'impuretés en tirant la porte sur lui.

— Désolé, lança-t-il avec un haussement d'épaules. Le passage était trop étroit...

La damoiselle contempla l'état désastreux de ses effets, avant de lever un regard contrarié vers son frère. En son for intérieur, elle savait qu'il faisait de son mieux pour les aider, mais il était pour l'instant le seul sur qui elle pouvait décharger ses anxiétés... ou sa mauvaise humeur.

— Tu aurais au moins pu me prévenir ! lança-t-elle en balayant de la main le nuage en suspension.

— On risque d'affronter plus sale encore, rétorqua le novice. Tu devrais mettre le caban que je t'ai donné, si tu crains la poussière.

Avec une moue boudeuse, Eryne secoua tant bien que mal ses vêtements et enfila le manteau trop grand pour elle. La fripe appartenait à l'un des jardiniers ; elle dégageait une telle odeur de mauvaise chique que la damoiselle avait jusque-là renoncé à la porter... mais le froid et la peur de la saleté avaient eu raison de sa résistance.

Nolan attendit qu'elle soit prête, puis attrapa son sac et s'avança dans le fameux tunnel, lampe en main. Eryne le suivit à petits pas, jetant des regards écœurés sur cette première portion du souterrain. Elle était pourtant bien dessinée, avec un étaiement rassurant et même un pavage de bois... La propre œuvre de leur père, qui avait consolidé l'ensemble des années plus tôt.

La damoiselle sentit son ventre se nouer quand son frère retira la porte sur eux. Ce geste marquait le départ de leur fuite ; ils n'étaient déjà plus chez eux, au manoir de Kercyan. Dans les plus lointains souvenirs d'Eryne, jamais la bâtisse n'avait été vide de tout occupant. Cela devait faire une drôle d'impression, toutes ces pièces, silencieuses, inanimées... Mortes.

Elle s'efforça de se reprendre, sentant que la tristesse la gagnait. Allons, cette situation ne durerait pas plus de deux ou trois jours. Rey et Lana allaient réapparaître.

Forcément...

En suivant Nolan le long de la galerie étroite, la jeune fille regretta encore de ne pas avoir pu laisser au moins une lettre à ses parents. Mais son frère avait raison : si quelqu'un complotait contre les membres de la famille, et si cette personne découvrait ce message avant ses destinataires, leur fuite discrète n'aurait servi à rien !

Avec un soupir, elle changea de main le bagage qu'elle portait. C'était le plus léger de leurs sacs, celui de Nolan, qu'il avait abandonné à la charge de sa sœur. Mais Eryne était si peu coutumière des efforts physiques qu'elle trouvait tout de même l'objet trop lourd... Évidemment, le port en eût été bien plus facile si elle avait accepté de le passer dans son dos, mais la damoiselle ne pouvait se résoudre à être « harnachée comme une mule », comme elle concevait la chose. Elle se préparait donc à tenir l'objet à bout de bras sur toute la longueur du chemin, tout en ressentant déjà une certaine gêne.

Une trentaine de pas plus loin, le premier couloir déboucha sur une galerie plus large, mais moins bien entretenue. Une forte odeur d'humus suintait des parois crayeuses, et le sol semblait spongieux par endroits. Eryne se félicita d'avoir tout de même consenti à enfiler des bottillons !

— C'est par là, indiqua Nolan en s'engageant à main gauche.

Malgré la confiance qu'elle portait à son frère, la damoiselle vérifia tout de même que le passage emprunté présentait bien le signe de piste convenu : un « K » majuscule, profondément gravé à hauteur des yeux. L'idée que leur père ait lui-même dessiné ces repères une quinzaine d'années plus tôt était assez étrange, mais c'était pourtant la réalité...

Eryne s'efforça d'imaginer Reyan en pleine exploration des souterrains, étudiant leur tracé, choisissant le meilleur itinéraire en fonction de sa fréquentation, de sa stabilité... Tout le monde savait que le sous-sol de Lorelia était un véritable labyrinthe de galeries, mélange d'égouts, de tunnels de contrebandiers, de caves oubliées et de constructions enfouies. Pour autant, peu osaient s'y aventurer, et la plupart des gens qui en découvraient un accès préféraient le combler plutôt que de s'exposer à un cambriolage par le sous-sol !

Dans l'idée du possible retour de ses ennemis, le duc s'était tout de même ménagé une sortie secrète. Cela n'avait malheureusement pas empêché sa disparition...

— Tu sais combien de temps on va devoir marcher ?

Eryne frissonna. Dans ce silence de mausolée, sa propre voix avait réussi à l'effrayer !

— Pas vraiment... Non, se reprit Nolan. Père avait juste indiqué de suivre les signes de piste. Je suppose qu'il pensait qu'il serait là pour nous guider... Pourquoi, ça ne va pas ?

— De toute évidence, je m'amuse comme une folle, répliqua la damoiselle. Je me demandais seulement s'il nous faudrait traverser tout Lorelia pour respirer un peu d'air frais !

Son frère ne répondit pas, ce qui ne l'étonna guère. À la joie de leurs retrouvailles avait succédé la redécouverte l'un de l'autre, et Nolan s'était avéré beaucoup plus distant qu'elle n'aurait cru. Il avait gagné en maturité, certes, mais il semblait aussi tellement plus triste, plus détaché des choses... Encore deux ans auparavant, la moindre pique d'Eryne aurait déclenché un véritable concours de joyeuses réparties. Au contraire, depuis l'aube, la jeune femme avait parfois l'impression de parler à un étranger... Le cadet affrontait peut-être l'épreuve à sa manière, en se repliant sur lui-même, mais *elle* avait besoin, plus que jamais, de réconfort, de chaleur, ou à tout prendre même d'une bonne dispute !

Ils progressèrent ainsi un bon moment, murés dans leurs pensées, suivant une succession de couloirs sombres et plus ou moins austères. Une poignée de signes voisinaient parfois le « K » majuscule, symboles mystérieux tracés par des mains inconnues, et menant à l'une ou l'autre cave, repaire de sectes, de contrebandiers, de comploteurs en tout genre, ou simplement au boudoir d'une épouse indélicate... Eryne et Nolan dépassèrent ainsi plusieurs portes doublées de ferrures, mais surtout de nombreuses trappes desquelles on avait bien sûr retiré les échelles.

— As-tu songé que la sortie pouvait être bloquée ? lança la damoiselle. Depuis toutes ces années...

— Même si c'est le cas, on trouvera bien une solution, promit le novice avec un brin d'agacement. Ce souterrain n'est pas une prison, après tout.

Eryne n'en était pas si sûre... Toutes les issues qu'ils croisaient étaient, soit bouchées par des gravats, soit lourdement barrées ou hors d'atteinte. La jeune femme fut plus incommodée encore quand ils s'engagèrent dans une portion particulièrement sale, correspondant aux égouts d'un des bas quartiers de la cité. Le filet d'eau qui ruisselait au milieu du tunnel dégageait une odeur si pestilentielle qu'Eryne se surprit à plaquer sur son nez le caban aux effluves de chique !

Elle avait bien cent plaintes à formuler à l'intention de Nolan, mais l'idée seule d'ouvrir la bouche et de laisser cet air vicié envahir sa gorge lui répugnait. Elle cria pourtant quand un énorme rat croisa leur chemin, filant le long du mur en poussant des chicotements excités !

— Sage Eurydis, quelle horreur, quel monstre ! déversa-t-elle sans reprendre son souffle. Comment de telles bêtes peuvent-elles exister à Lorelia ? Il aurait pu nous attaquer !

— Je te trouve bien légère d'invoquer la Déesse pour un simple margolin, répliqua Nolan sans s'arrêter.

— Un *margolin* ? Tu te moques de moi ? C'est le plus gros rat que j'aie vu de toute ma vie !

Son frère la surprit alors en se retournant vers elle et en levant la lampe entre leurs visages.

— Ah bon. Et combien de rats as-tu vu dans *toute ta vie*, ma grande sœur ? Plusieurs centaines, je suppose ? C'est vrai qu'entre le manoir familial et les palais de la Cour, les occasions de croiser rongeurs sont nombreuses ! *Oh, attention marquis, vous avez derrière vous une souris à l'air farouche*, minauda-t-il dans une ridicule imitation de baronnelle. *Prenez garde à protéger votre gorge !*

N'importe qui se rendant coupable d'une telle provocation se serait aussitôt attiré les foudres verbales d'Eryne, mais devant son frère, la jeune femme resta simplement interdite. Quelques instants passèrent et l'hilarité prit finalement le dessus sur toutes ses autres émotions. Après avoir vu le novice si sérieux depuis l'aube, c'était si agréable de le voir se lâcher un peu ! C'est donc en riant qu'elle se jeta dans les bras de son cadet, également surpris et embarrassé.

— Excuse-moi, bredouilla-t-il en la serrant maladroitement. Je ne voulais pas...

— *Si*, tu *voulais*, contesta-t-elle d'une voix taquine. Mais ça ne fait rien. J'avais vraiment besoin de rire un peu !

L'étreinte se prolongea encore, jusqu'au moment où Eryne ne put supporter davantage de patauger dans l'eau croupie. Ils se séparèrent doucement, de tout nouveaux sourires sur le visage.

— Dépêchons-nous de sortir d'ici, demanda la jeune femme, plus sérieusement. Je me sens... comme étouffée, tu comprends ?

Nolan acquiesça et reprit son travail d'éclaireur, sa lampe balayant les parois à la recherche des « K » tracés par leur père. Un décime plus tard, ils trouvaient enfin la sortie, un simple escalier menant à une trappe à ciel ouvert, au fond d'une cour abandonnée des quartiers nord.

Une fois libre, Eryne goûta avec plaisir les odeurs fraîches de la nuit lorelienne. Elle eut une pensée reconnaissante pour leur géniteur, le duc Reyan, héros de guerre, dramaturge inspiré et aventurier prévoyant. Grâce à lui, ils avaient traversé la moitié de la ville sans encombre... Pour la suite, il leur faudrait se débrouiller seuls.

*

Grand'Maison n'était qu'à quelques centaines de pas du logis de Corenn et Grigán, mais Amanón jugea ce court trajet beaucoup trop long. Les rues de Kaul étaient pratiquement désertes, et cette nuit elles ne revêtaient pas ce caractère rassurant et paisible qu'il leur connaissait d'ordinaire. En fait, le jeune homme croyait deviner des ombres derrière chaque recoin, prêtes à bondir pour lui passer un lacet autour du col. La macabre découverte du pauvre chien Merbal, trouvé gisant et la langue pendante entre les crocs, l'avait plus ému qu'il ne voulait se l'avouer...

Ce n'était d'ailleurs pas la seule « trouvaille » bouleversante de cette soirée. En fouillant les corps de ses agresseurs, Amanón était tombé sur deux bijoux semblables. Ils étaient constitués d'un long collier d'argent, à boucles nouées de manière complexe, et porteurs d'un médaillon représentant *l'araignée rétiaire* typique de Jérusnie... Le jeune homme avait suffisamment de connaissances pour reconnaître ce signe de ralliement. C'était celui des *Valipondes*.

La seule vision des chemises vertes et des collets étrangleurs aurait dû le lui faire comprendre. Mais comme beaucoup de gens, il tenait l'existence de ce groupe de fanatiques pour une légende, ou tout au plus pour une mauvaise tradition de l'occident romin...

On racontait que ces hommes vouaient un culte noir à une sorte de démon-araignée. Ce dernier était une réplique géante de la bête commune, dont les fils tressés formaient les plus solides cordes au monde. Les lacets des membres de la secte étaient d'ailleurs directement prélevés dans l'abdomen de spécimens capturés... En effet, les *rétiaires*, comme d'autres espèces d'araignées, ne tissaient aucune toile. Leur particularité était de bondir sur leurs proies et de les étouffer en les emmaillotant dans un cocon qu'elles resserraient peu à peu. Les Valipondes avaient adapté la méthode et développé toute une religion sur la suprématie du

Chasseur, et sur l'élévation spirituelle par l'ingestion de proies asphyxiées... La secte était ainsi coupable de nombreux sacrifices animaliers, et même de cannibalisme, si l'on en croyait les plus terribles des rumeurs circulant à son sujet.

Tous ces détails, revenus en mémoire à la découverte des médaillons, avaient aggravé encore l'angoisse d'Amanón quant au sort de ses parents et de Cael. Que faisaient de tels individus à Kaul ? Pourquoi en avaient-ils après eux ?

Le fait qu'un Kaulien soit justement mêlé aux affaires de cette secte était plus inquiétant encore... Combien de fanatiques aux lacets étrangleurs se baladaient-ils dans la capitale du Matriarcat ? Et pour faire quoi ?

Le jeune homme aurait presque mieux accepté la chose s'il s'était agi de tueurs züu. Sans connaître vraiment les détails, il savait que ses parents avaient été menacés par les prêtres rouges lors de la bataille du Mont-fleuri, à Ith, l'année précédant sa naissance. Corenn et Grigán l'avaient d'ailleurs souvent mis en garde contre une éventuelle vengeance des messagers de Zuïa ; à tel point qu'une attaque de leur part aurait presque été naturelle ! En revanche, et à sa connaissance, jamais ils n'avaient eu affaire aux Valipondes.

L'idée d'une agression à caractère politique était plausible, si l'on considérait la place importante de sa mère dans l'administration du pays... mais les inconnus avaient juste demandé à voir « le garçon ». Celui qui, Amanón l'espérait, était tranquillement endormi dans les dortoirs de Grand'Maison, avec Corenn à son chevet et Grigán devant sa porte !

Le jeune homme se détendit à peine, en franchissant l'arche donnant sur la cour intérieure du siège du pouvoir. Tout le long du chemin, il avait gardé la main crispée sur la poignée de sa lame courbe. D'ailleurs, depuis la lutte contre les Valipondes, il n'avait abandonné son arme que le temps de changer ses vêtements couverts de sang...

Il s'efforça tout de même de faire bonne figure devant la paire de gardes assignée à la surveillance de cette entrée. Non qu'il doutât de son autorisation à passer ; depuis ses années d'étude et ses fréquentes visites à Corenn, Amanón était un habitué de Gran-d'Maison. Mais il n'avait aucune envie de donner de longues explications sur les événements récents... Quelque chose l'en empêchait encore. Avant de sonner l'alerte, d'envoyer des soldats aux quatre coins de la capitale, Amanón tenait à retrouver *au moins* l'un des siens. Grigán ou Corenn pourraient prendre les choses en main, faire ce qu'il convenait, avec le pouvoir et l'influence dont ils disposaient... Le jeune homme était suffisamment indépendant pour décider seul de choses importantes, mais aussi assez intelligent pour demander conseil quand la situation semblait trop complexe.

C'est donc avec l'espoir de retrouvailles imminentes qu'il passa une première porte pour se lancer dans les escaliers menant aux bureaux de sa mère. Les différents concierges avaient tellement l'habitude de la voir travailler tard qu'ils lui laissaient le soin de fermer cette aile du bâtiment... Malheureusement, une fois arrivé à l'étude, le jeune homme trouva porte close.

Ses parents n'étaient pas là. D'ailleurs, aucun des employés du service ne s'était attardé, cette nuit. Amanón était seul, tristement seul...

Il parcourut le chemin en sens inverse et se faufila dans une autre aile, remontant tous les couloirs en quête d'une salle encore éclairée. Il finit par en trouver une, où une femme entre deux âges prenait des notes devant un livre épais.

— Pardonnez-moi, Honorée Mère... demanda-t-il en s'avançant. Me reconnaissez-vous ? Je suis Amanón, le fils de Corenn...

La femme lui rendit un sourire fatigué.

— Amanón, bien sûr, je me souviens de toi... Nous avons déjà été présentés. Avec les années, tu ressembles de plus en plus à ton père !

— Merci, répondit-il avec un pincement au cœur. Avez-vous croisé mes parents, aujourd'hui ? Je pensais les trouver chez eux, mais...

— Corenn n'était pas à la réunion du Conseil, annonça la femme en hochant la tête. Nous pensions qu'elle était souffrante... Je crois d'ailleurs qu'elle a fait rappeler son petit-neveu auprès d'elle.

— Cael ? Vous êtes sûre ?

La question était sortie un peu trop vite des lèvres du jeune homme, incapable de contrôler davantage ses émotions. Ainsi, sa mère avait manqué une importante séance sans prévenir personne ? Voilà qui n'était pas dans ses habitudes ! Où étaient-ils, alors ? Et Cael ?

— Je vais vous mener au responsable des dortoirs, proposa gentiment la travailleuse aux yeux fatigués. Il pourra sûrement vous renseigner mieux que moi.

Avec un mot de remerciement, Amanón se laissa guider le long de couloirs qu'il n'avait pas parcourus depuis des années. Mais les cent questions qu'il gardait en tête l'empêchaient de profiter de ce pèlerinage dans le bâtiment scolaire. Les Valipondes, l'étrange disparition de ses parents, cet intérêt mystérieux pour un garçon qui ne pouvait être que Cael... Que se passait-il autour de lui ? Quels bouleversements avaient eu lieu pendant les deux lunes de son absence ?

Il ne sortit de sa transe méditative qu'à l'approche d'une nouvelle loge éclairée, qu'il reconnut aussitôt comme celle du gardien-chef des internes. Effectivement, la personne qui contrôlait les entrées et sorties de tous les élèves résidant à Grand'Maison était le mieux à même de le renseigner... Amanón se figea pourtant, en entrant à la suite de la Mère serviable. L'inconnu assis là, devant un paquet de cartes crasseuses, portait sous sa chemise *le même médaillon que ses agresseurs* ! Son premier réflexe fut d'ailleurs de refermer son col, ce qui constituait une preuve suffisante aux yeux d'Amanón. Il avait en face de lui un autre membre de la secte des étrangleurs !

— Ce jeune homme est le fils de Dame Corenn, expliqua la femme. C'est aussi le cousin du jeune Cael... Vous pourriez nous confirmer qu'il a quitté Grand'Maison ?

Le Valiponde, large d'épaule et au rude faciès, soutint longuement le regard d'Amanón avant de répondre.

— C'est exact, énonça-t-il sobrement. La Dame Corenn a prévenu les professeurs qu'elle l'emmenait pour quelques jours, sans plus de précision.

Le silence parut plus pesant encore après cette déclaration. Amanón se sentait près de tirer sa lame courbe pour tirer la vérité de la gorge de l'inconnu, quand deux nouvelles silhouettes entrèrent à leur tour ! La tension monta encore d'un cran. Amis, ennemis ? Le manque de sourires sur les visages faisait craindre la deuxième possibilité. Amanón eut soudain l'impression que tout Grand'Maison était vérolé par les Valipondes ! Dans le même instant, il songea à ce qu'avait dû être la vie de son père, pendant vingt ans de fuite et de méfiance...

— Merci beaucoup pour le renseignement, énonça-t-il en tapotant ostensiblement son arme. L'honorée Mère et moi allons maintenant nous retirer.

Malgré la demande, les derniers arrivés mirent quelques instants avant de libérer le passage. Le regard qu'ils échangèrent avec le gardien-chef n'échappa pas à Amanón... Le jeune homme n'osa pas leur tourner le dos avant d'avoir parcouru une dizaine de pas, puis il pressa la dame à accélérer en l'entraînant par le coude.

— Nous sommes en danger, révéla-t-il très sérieusement. Je vous conseille d'abandonner vos études pour cette nuit et de rentrer chez vous.

— Comment ? Mais...

— Honorée Mère, je n'ai malheureusement pas le temps de vous expliquer, et je ne saurais d'ailleurs pas quoi vous raconter ! Je crains seulement que Grand'Maison ne soit plus aussi sûre qu'avant. Il se trame quelque chose.

Il quitta la dame à l'entrée de son bureau, sans qu'elle ait eu l'occasion de l'interroger davantage.

— Faites ce que je vous dis et partez tout de suite, conseilla-t-il en s'éloignant. Et pendant quelque temps, ne faites confiance à personne. Ils vont sûrement prendre leurs précautions et se faire plus discrets encore...

— Mais *qui* ça ? Où allez-vous ?

Le jeune homme ne répondit pas, dévalant déjà les escaliers vers la sortie. Il osa à peine lever les yeux en recroisant les gardes de la cour. Et s'ils étaient des Valipondes, eux aussi ? À quel point la secte vorace avait-elle noyauté le Matriarcat ?

Le retour vers la maison familiale fut beaucoup plus rapide que l'aller. Et il ne fallut qu'un court moment à Amanón pour reformer son sac et seller le dernier cheval de Grigán...

Le jeune homme ne dormit pas chez lui, cette nuit-là. Il s'installa en pleine garrigue, à quelques milles de la capitale Kaulienne, avec la lune seule pour veiller sur lui.

Le sommeil mit longtemps à le trouver, mais il s'obligea à prendre du repos. Le jour suivant promettait d'être fatigant. Dès l'aube, il projetait de se lancer sur la route pour Eza... dans l'espoir y retrouver ses parents, ainsi que Cael, Yan et Léti.

Tous vivants, si les dieux le voulaient bien.

*

Nolan aurait donné beaucoup, beaucoup, pour convaincre Eryne d'aller s'installer dans une auberge... mais lui faire emprunter le souterrain avait déjà été tellement laborieux ! Le novice savait qu'il n'aurait pas gain de cause deux fois de suite auprès de sa sœur. D'ailleurs, pendant qu'ils arpentaient les rues de Lorelia, elle n'avait eu en bouche que des expressions telles « vêtements propres », « grand baquet d'eau chaude », ou « bonne literie de soie »... Rien d'autre ne semblait occuper ses pensées, si ce n'est, bien sûr la disparition de leurs parents.

Le jeune homme avait un tel mauvais pressentiment sur le projet d'Eryne qu'il en venait à espérer que personne ne viendrait leur ouvrir. Cela faisait un petit moment déjà qu'ils martyrisaient la cloche du palais de Sarcy, sans déclencher autre chose que les aboiements furieux des molosses derrière la grille. L'embarras de Nolan grandissait en même temps que l'impatience de sa sœur, qui s'échinait sur le carillon sans considération aucune pour la tranquillité du voisinage.

— C'est tout de même incroyable ! s'emportait-elle, ses petits poings sur les hanches. Roban a bien vingt ou trente personnes à son service, et il n'y en aurait pas une pour venir nous accueillir !

— Il est déjà très tard... Ils doivent penser avoir affaire à des farceurs, ou à des ivrognes...

— Ils pourraient au moins se donner la peine de vérifier ! Supposons que nous venions de la part du roi lui-même ! Quel manque de respect !

Sans conscience de son culot, elle fit de nouveau rouler le battant dans la cloche, pendant de si longs instants que Nolan commença à craindre l'arrivée d'une patrouille. Ce quartier de Lorelia était parmi les plus riches de la cité, et les fauteurs de trouble n'y étaient généralement pas tolérés bien longtemps ! Une escouade de gros bras allait fatalement sortir de l'un ou l'autre des domaines voisins pour les contraindre au silence...

— Ah, tout de même ! s'exclama soudain Eryne. Eh bien, heureusement qu'une vie n'était pas en jeu !

Une lampe venait juste d'être allumée dans un proche bâtiment, qui ne pouvait être que le logement du gardien. Peu de temps après, un homme d'âge avancé en sortait en seuls chemise et sabots, avec une lanterne et une lance démesurée en mains. Il semblait absolument furieux et alors qu'il s'approchait, sa voix couvrit jusqu'aux aboiements ininterrompus des dogues !

— Bande de malades, vous n'avez rien de mieux à faire ? Fichez le camp d'ici avant que je ne sorte vous piquer le cul !

— Si vous êtes aussi rapide au javelot qu'à assumer vos fonctions, nous n'avons rien à craindre ! répliqua Eryne, scandalisée par l'apostrophe.

— Heu... Mais nous sommes désolés de nous présenter aussi tardivement, intervint Nolan. Nous sommes des amis de messire Roban... Peut-être reconnaîtrez-vous ma sœur, la damoiselle Eryne de Kercyan ?

La jeune femme ne se fit pas prier pour tomber la capuche de son manteau et dresser fièrement la tête dans la lumière de la lanterne. À la façon dont le gardien rentra la sienne dans ses épaules, Nolan comprit qu'ils étaient bien identifiés. En quelques sifflets et autant de coups de pied, l'homme renvoya les molosses à leur chenil. Ce retour au silence fut un véritable soulagement pour les oreilles du novice.

— Mais que faites-vous là, en pleine nuit ? reprit le gardien. Sans escorte, sans carrosse... On vous a pillé ?

— Laissez-nous donc entrer ! s'impatienta Eryne. Et allez prévenir votre maître de notre visite.

— C'est que... Pardonnez-moi, mais... messire Roban est certainement couché, et mon travail est d'empêcher qu'il soit importuné...

— Eh bien ! reprit la damoiselle. À moi, messire Roban demandait de considérer sa maison comme toujours ouverte ! Tenez-vous donc à le faire mentir ?

Le gardien ne prit qu'un instant de réflexion avant d'aller chercher la clé et la faire jouer dans la serrure. Peu de temps après, il menait les de Kercyan dans le vestibule du palais, pour les abandonner aux bons soins du maître d'hôtel tiré du lit pour l'occasion...

En moins d'un décime, pas moins de six nouvelles personnes furent réveillées pour accueillir dignement ces visiteurs imprévus. On alluma quelques candélabres, on ranima le feu dans une salle de séjour, on proposa nourriture et rafraîchissements... Autant Nolan se voyait de plus en plus embarrassé par la situation, autant Eryne appréciait ces attentions en connaisseuse. Elle n'avait pas traîné à déposer son caban crasseux dans les bras d'une soubrette ! Confortablement installée dans un profond fauteuil, un verre de vin junéen à la main, la damoiselle semblait renaître...

Le maître des lieux lui-même se fit un peu désirer. Il n'apparut que deux décimes plus tard, alors qu'Eryne sirotait son troisième verre. Nolan ne put s'empêcher de sourire en découvrant le blond nobliau d'une trentaine d'années, soigneusement coiffé, rasé, et apprêté en habits de soirée. Le novice imaginait très bien le gaillard bondir hors de son lit à l'annonce d'une visite de l'aînée des de Kercyan ! Les yeux du galant brillaient de convoitise alors qu'ils échangeaient les salutations d'usage, et ses premiers mots furent d'ailleurs pour la belle.

— Ma chère, vous ne pouvez savoir à quel point votre visite me réjouit ! J'ose seulement espérer qu'elle n'est pas motivée par quelque malheur ? Mes gens me disent que vous arrivâtes sans escorte, ni carrosse ?

— Mon ami, je vous épargnerai la liste des péripéties que nous avons connues sur la route de votre palais, répondit Eryne avec un sourire enjôleur. Mais c'est, effectivement, l'infortune qui m'a guidée jusqu'à votre porte. Pour commencer, mes parents, le duc et la duchesse, ont mystérieusement disparu au soir dernier. Un sombre individu monte depuis la garde devant notre manoir, nous obligeant à nous défiler par un autre chemin...

Le vin et la chaleur avaient délié la langue de la damoiselle, qui parla ainsi sans discontinuer pendant plusieurs décilles. Elle se contrôla juste assez pour ne pas mentionner la pièce secrète et le souterrain qui partait de leur maison, mais pour le reste, et malgré ses promesses, elle fit un compte rendu complet de ses malheurs : le froid, la longue marche dans Lorelia, ses pieds mouillés, le sac trop lourd, son manteau qui sentait la chique, etc. En brave amoureux éperdu, Roban de Sarcy ponctuait chacune de ses phrases d'un hochement de tête compatissant ou compréhensif. Nolan éprouva rapidement de la sympathie pour le bonhomme, mais il était plus dubitatif quant à l'aide qu'il pourrait réellement leur apporter... Il était même difficile de croire que le courtisan pouvait avoir quelque relation que ce soit avec la fameuse Légion Grise !

— Mon palais est bien sûr le vôtre, tout le temps qu'il faudra pour démêler cette affaire, promit-il solennellement. Je vais donner des ordres pour que vous soyez installés le plus confortablement possible. Ma chère, n'hésitez pas à me faire part de vos désirs, je mettrai un point d'honneur à tous les satisfaire !

— Mon cher comte, je me souviendrai bien de cette offre ! minauda Eryne, rayonnante.

— Le mieux serait d'envoyer quelques hommes devant le manoir de Kercyan, intervint Nolan. Ils pourront vérifier que l'inconnu est toujours devant notre porte, ou confirmer sa disparition...

— Je me charge de cela dès cette nuit, assura Roban. Et je vais adresser un message à... mon autorité, afin qu'elle mette tout en œuvre pour retrouver le duc et la duchesse. Promettez-moi seulement de ne pas écourter votre séjour au mépris de la sagesse ? Même si le brigand qui campe à votre grille s'est enfui, il serait risqué de retourner trop vite à vos foyers...

— Nous serons prudents, acquiesça le novice. Et je vous engage vivement à en faire autant... Nous n'avons aucune idée de la menace réelle qui plane sur cette affaire, et je ne me pardonnerai pas de vous apporter de graves ennuis en seuls remerciements de votre hospitalité.

L'espace d'un instant, le regard du nobliau gagna en profondeur. Il sembla plus réfléchi, plus sûr de lui, plus maître de ses émotions que lorsqu'il dévorait des yeux la belle Eryne...

— N'ayez aucune crainte pour ma personne, annonça-t-il avec un sourire complice. Il faudrait déployer un certain nombre de moyens pour réussir à me causer du tort.

— Mais bien sûr, Nolan, enchaîna la damoiselle. Avec le Comte, nous sommes en parfaite sécurité !

Roban de Sarcy retrouva aussitôt son expression amoureuse, et l'air vaguement niais qui allait de pair. Malgré tous ces engagements et ces belles paroles, le novice ne partageait pas l'avis de sa sœur. En fait, il n'était même pas certain qu'il existât un endroit au monde où ils seraient hors de danger...

Le reste de l'entrevue ne présenta pas grand intérêt à ses yeux. Eryne et son soupirant se rapportèrent les dernières calomnies en vogue à la Cour, en leur donnant le doux nom de « potins mondains ». Ils finirent ensemble la bouteille de vin entamée, Nolan n'y ayant pratiquement pas touché... Pendant ce temps, femmes de chambre et lingères se chargèrent de préparer leurs lits. C'est avec un réel soulagement que le novice entendit sa sœur avouer sa fatigue, et qu'ils purent enfin prendre congé de leur hôte.

Le sourire comblé d'Eryne, alors qu'ils découvraient leurs suites particulières derrière le maître d'hôtel, avait quelque chose de vaguement agaçant. Mais comment Nolan aurait-il pu faire la morale à son aînée, alors que lui-même avait tant à se reprocher ?

Le Comte Roban tint promesse, en tout cas. Par la fenêtre de sa chambre, le novice put voir s'éloigner le messager qu'il avait dépêché auprès de sa mystérieuse « autorité » dans la Légion Grise. D'autres personnes allaient être tirées du lit, cette nuit...

Le tout était de voir si elles pourraient vraiment faire quelque chose pour les aider. Ou si leur intervention n'allait pas aggraver la situation.

*

Le soleil s'était lentement élevé sur l'horizon, dépassant les hauts sommets du Rideau, répandant sa lumière et sa chaleur sur la Sainte-Cité, le Grand Empire, puis le royaume lorelien et l'Arkarie orientale, avant de doucement réveiller le Matriarcat. Sous les premiers rayons caressant la garrigue kaulienne, les fleurs de séda se déployaient avec lenteur, les lys dentelés et les chatoines relevaient la tête, tandis que les cris aigus des virvois se mesuraient aux babilles des merles charognards... Au milieu de cette nature en éveil, Amanón était debout depuis un moment déjà, et prêt à partir depuis presque aussi longtemps.

Les inquiétudes du jeune homme n'avaient pas faibli pendant la nuit ; au contraire. Il lui tardait de gagner le village natal de Yan et Léti, et d'avoir peut-être des nouvelles de ses parents, ou de n'importe quel membre de leur petite famille. Aussi lança-t-il son cheval au galop dès les premières lueurs du jour, sans pouvoir réprimer une forte sensation de vide et de solitude...

Il avait déjà passé bon nombre de nuits à la belle étoile, mais jamais sans compagnie comme il venait de le faire. Que ce soit dans le cadre de ses activités d'interprète, ou au cours des lointaines parties de chasse où l'entraînait autrefois son père, il avait toujours apprécié de partager une veillée riche en discussions agréables, en histoires étonnantes ou en confessions amicales... En lieu et place, il s'était retrouvé seul avec ses angoisses.

Le fait de ne pas avoir allumé le moindre feu de camp n'avait pas amélioré son moral. Le froid l'avait torturé pendant plusieurs décans, ravivant la douleur des coups récoltés lors de sa lutte contre les Valipondes, notamment les coupures laissées par les lacets sur ses poignets. Elles étaient si mordantes qu'il se demandait si les collets n'étaient pas imbibés d'une espèce d'acide. À moins qu'il ne s'agisse d'un effet naturel du venin de *l'araignée rétiaire*... Les profonds sillons creusés dans sa chair ne se refermeraient pas avant une décade, au moins.

À supposer que je vive aussi longtemps, songea Amanón en se contractant sur sa selle. Car il était certain que ses mystérieux ennemis n'allaient pas en rester là. L'attaque qu'il avait subie n'était pas le fruit du hasard. Les fanatiques semblaient parfaitement savoir ce qu'ils voulaient, et *où* le trouver. Et si le garçon qu'ils cherchaient était bien le jeune Cael, mieux valait se préparer au pire !

Corenn et Grigán s'étaient probablement retrouvés mêlés à cette histoire, tout comme lui-même... Ils avaient alors décidé de mettre le fils de Léti et Yan à l'abri, fuyant tous trois sans avoir le temps de prévenir qui que ce soit... Voilà l'idée à laquelle Amanón s'accrochait comme un naufragé, dans l'océan de théories plus pessimistes qui le submergeait parfois.

Pour autant, il ne pouvait oublier le regard à la fois hostile et détaché du gardien du dortoir. L'homme semblait sûr de lui, ou plutôt, sûr de la puissance de son groupe. Et la logique lui donnait raison... Les Valipondes étaient peut-être infiltrés à Grand'Maison depuis des années, à divers niveaux de responsabilité. Ils avaient sûrement des signes de reconnaissance, des réunions secrètes, une hiérarchie interne... Peut-être même continuaient-ils à recruter parmi les soldats, les greffiers et les secrétaires, et jusqu'aux Mères, pourquoi pas !

Et même si le phénomène ne concernait que les gardiens des différents dortoirs, leur situation de veilleurs de nuit leur permettait de fouiller régulièrement les bureaux du gouvernement. Un simple double des clés, et c'était tout le courrier officiel du Matriarcat qui tombait sous des regards indiscrets ! L'ensemble des archives, des rapports secrets, des lettres de pouvoir et de change... Le service de Corenn était particulièrement sensible : en tant que Mère chargée des Relations Mondiales, c'est sur sa table que passait la majorité des documents confidentiels !

Peut-être Corenn avait-elle justement découvert l'existence de la secte à l'intérieur de Grand'Maison... Peut-être sa disparition était-elle directement liée à son travail... L'idée tenait la route, à ce petit détail près : les Valipondes s'intéressaient à *Cael*. Pourquoi ? Comment ? Avait-il, lui aussi, percé le secret des fanatiques ?

Après leur échec de la veille, les hommes en chemises vertes allaient sûrement se retourner vers la maison natale du garçon, tout comme lui... À moins qu'ils ne l'aient déjà visitée, bouleversant par la même occasion la vie de Yan et Léti. Il avait pu se produire tellement de choses, pendant son absence !

Amanón espérait avoir quelques éléments de réponse avant l'apogée. S'il parvenait à maintenir l'allure soutenue qu'il imposait à son cheval, il serait en vue d'Eza et de la côte à la mi-journée... Jamais deux décans ne lui avaient paru aussi longs.

*

Après une fin de soirée délicieuse, conforme à l'idée qu'elle se faisait de la vie et de ses plaisirs, Eryne s'était retrouvée seule dans une chambre du palais de Sarcy et la mélancolie l'avait aussitôt rattrapée. Une fois couchée, elle s'était glissée sous une quantité impressionnante de coussins bordés de flanelles pour tenter d'échapper à sa tristesse... Les cauchemars ne lui avaient pourtant pas épargné des images de tunnels nauséabonds, de rats longs de trois pieds et, surtout, d'étranges vagabonds emportant ses parents vers un funeste destin. La jeune femme accueillit donc le matin avec une réelle sensation de délivrance ; d'autant que le Comte Roban avait tout mis en œuvre pour agrémenter son réveil !

Le ballet de ses préventions commença par le passage d'une petite chambrière, ouvrant les rideaux à moitié pour permettre à Eryne de s'habituer à la lumière. Puis, le maître d'hôtel lui-même vint s'enquérir des souhaits de la damoiselle pour le petit déjeuner. Deux autres bonnes s'activèrent ensuite à remplir une énorme baignoire en cuivre d'eau chaude et parfumée... La jeune femme en rêvait depuis si longtemps qu'elle s'y plongea avec délices, dès que le paravent fut déployé.

Elle y resta un bon moment ; suffisamment en tout cas pour que Nolan vienne la saluer et prendre brièvement de ses nouvelles. En réalisant que son frère allait avoir la primeur des informations récoltées par Roban, elle se força à sortir de l'eau... mais un autre sujet allait la retenir encore : le choix d'une toilette ! Le comte avait fait disposer cinq robes différentes sur le lit de la belle, toutes plus luxueuses les unes que les autres, et Eryne eut bien du mal à se décider.

Elle jeta finalement son dévolu sur une robe à tournure, qui mettait en valeur ses yeux par sa couleur vert d'eau, et soulignait son bassin par une coupe très particulière. Le seul problème venait du bustier, vraiment près du corps ! Impossible de glisser son pendentif en dessous, sans déformer le tissu de manière hideuse... Elle se résigna donc à porter le bijou rustique sur sa poitrine, malgré l'esthétisme douteux de l'objet. Qu'importe, elle avait juré à ses parents de ne jamais le quitter, même dans son bain, et ce n'était pas en cette période troublée qu'elle allait manquer à son vœu !

Quand, enfin, elle fut séchée, vêtue, coiffée et poudrée, à l'aide d'une lingère bombardée caméristе pour l'occasion, elle franchit le seuil de sa chambre avec une plus grande confiance dans l'avenir. Allons, cette journée ne pourrait être que porteuse de bonnes nouvelles !

Nolan et Roban de Sarcy l'attendaient autour d'une table majestueuse, bien que trop couverte de bougies, de fleurs et d'argenterie pour un simple petit déjeuner... Qu'importe, Eryne fut sensible à l'attention ! Elle laissa même le jeune comte embrasser sa main avec plus d'empressement qu'il n'était convenable, flattée d'être traitée comme Eurydis en personne.

— Ma chère, vous rayonnez véritablement ! s'exclama le courtisan en la dévorant des yeux. Ah, que ne puissiez-vous illuminer ainsi mon palais chaque matin...

— C'est vous que je dois complimenter, Roban, pour votre jugement éclairé en matière de toilettes féminines ! Je suppose que vous avez tiré un pauvre marchand de son lit, pour vous procurer ces robes magnifiques ?

— Si fait... J'avais demandé à mes gens d'avoir le même soin pour messire votre frère, mais il semble qu'ils aient eu moins d'intuition pour trouver quelque chose à son goût.

— Cela n'a rien à voir avec la qualité de vos présents, démentit le jeune prêtre avec embarras. Le port de la robe de novice fait simplement partie de mes vœux, et...

— Bien entendu, j'aurais dû y songer, le rassura Roban. Qu'importe, je ferai livrer toutes ces tenues en votre manoir ; vous aurez tout loisir de les porter quand vous serez devenu Maz !

Nolan adressa un simple signe de tête en guise de remerciement, contrariant Eryne par la même occasion. La damoiselle trouvait son cadet un peu ingrat et distant, avec leur hôte si serviable ! Elle accepta la chaise que Roban lui présentait, puis enchaîna aussitôt avec la question qui lui brûlait les lèvres :

— Alors, comte, avez-vous des nouvelles de nos parents ? Vos gens ont-ils trouvé quelque chose ?

Le visage du courtisan prit une teinte beaucoup plus sombre, ravivant quelques-unes des inquiétudes de la jeune femme.

— Nous en parlions justement... Les hommes que j'ai envoyés cette nuit en votre manoir ne sont pas revenus. J'avais pourtant insisté sur l'urgence de leur rapport... J'ai donc dépêché un autre groupe qui n'a trouvé aucune trace d'eux, ni du brigand qui campait à votre porte. Le duc et la duchesse ne sont pas rentrés, non plus. Je suis désolé de n'avoir rien de plus réjouissant à vous annoncer pour l'instant...

Eryne échangea un regard déçu avec Nolan, puis contempla les nombreux plats couvrant cette table de petit déjeuner, l'esprit ailleurs. Elle n'avait soudain plus beaucoup d'appétit. La disparition des agents de Roban confirmait les plus sombres de ses suppositions... Rey et Lana n'étaient pas simplement partis en fugue amoureuse. Il leur était *réellement* arrivé quelque chose.

— J'ai laissé deux gardes en poste dans votre cour, reprit le jeune comte. Ils m'avertiront s'il se passe quoi que ce soit. Et nos recherches continuent... D'un moment à l'autre, j'aurai la visite d'un représentant de mon autorité. Nous en saurons probablement davantage.

Eryne lui rendit un sourire forcé, pendant que le maître d'hôtel commençait à remplir leurs assiettes.

— Cher Roban, mais quand avez-vous trouvé le temps de mettre tout cela en place ? Avez-vous seulement dormi ?

— Du plus doux des sommeils, ma chère ; si ce n'est le chagrin que me cause votre malheur, bien entendu. Ne vous souciez pas du reste. Je n'ai eu que quelques ordres à donner cette nuit et ce matin, se rengorgea le courtisan.

— La Légion Grise est donc si puissante qu'on le dit ? demanda-t-elle ingénument.

Eryne voulait faire là une sorte de compliment, mais sa question sembla plutôt mettre leur hôte dans l'embarras. Il conserva le silence jusqu'au moment où tous les domestiques eurent quitté la pièce.

— Il me serait difficile de mentir sur mes responsabilités dans le... réseau, qui protège le royaume, expliqua le comte. Toute la Cour a eu vent de ma nomination. Mais pour le reste, je dois m'efforcer au secret, comprenez-vous ?

— Absolument, assura Eryne en rougissant. Pardonnez ma naïveté, je...

— *Ceci étant dit*, reprit Roban avec un clin d'œil et un sourire, et dans le but de vous rassurer sur le sort de vos parents, je peux vous confirmer que la Légion n'a *jamais* été aussi puissante. Et c'est justement un peu grâce à votre père !

— Comment ça ? demanda Nolan, intrigué.

— Eh bien, c'est simple... Le duc Reyan a été le seul à percer le secret du plan de ce roi barbare, Saat, avant la bataille du Mont-fleuri. Le seul ! Aucun des agents loreliens n'avait entendu parler de ce tunnel creusé sous le Rideau ! C'était un échec cuisant pour la Légion Grise. Inutile de vous dire qu'au sortir de la guerre, il y a eu de sérieux remaniements... Des changements de méthode... Quand j'ai été recruté, le ministère était devenu beaucoup plus efficace. Et le roi Bondrian en augmente les crédits presque chaque année. La Légion est maintenant l'organisation secrète la plus puissante au monde !

— J'avoue que tout cela me met assez mal à l'aise, commenta le novice.

Eryne lui retourna un regard à la fois surpris et courroucé, tandis que le comte haussait simplement les sourcils. La jeune femme n'en revenait pas. Quelle mouche piquait donc son frère ? Tenait-il absolument à contrarier, pire, insulter l'homme qui faisait de son mieux pour les aider ?

— Heu... C'est bien normal, enchaîna Roban, troublé. Vous suivez l'enseignement d'Eurydis... *Savoir, Tolérance, Paix*... Sachez que les actions de la Légion tendent également à faire respecter ces valeurs. Même si, pour cela, il nous faut parfois les ignorer...

Nolan reposa délicatement sa fourchette avant de lever un regard franc vers le jeune comte.

— Je serais bien ingrat de blâmer votre travail, expliqua le novice. C'est tout le côté *clandestin*, qui me déplaît particulièrement. Comprenez-moi. Je vis la majeure partie du temps à Ith. En apparence, la Sainte-Cité est la plus belle, la plus ouverte, la plus accueillante des villes des Hauts-Royaumes... En réalité, c'est une véritable niche à faux prophètes, à annonciateurs d'apocalypses répétées, à maîtres du monde d'opérette, tous à la tête d'un petit *réseau* capable des pires atrocités au nom des volontés obscures de leurs chefs. Saisissez-vous ? Ceux qui se cachent ont, d'après moi, toujours une bonne raison de le faire. Pourquoi la Légion n'opère-t-elle pas au grand jour ? Pourquoi tant de secrets, même ici, à Lorelia ?

— Parce qu'il faut combattre les individus dont vous parlez avec leurs propres armes, répliqua Roban, piqué au vif.

— Maman n'aimerait pas t'entendre parler ainsi de la Sainte-Cité, ajouta Eryne, révoltée. Jamais je ne t'avais vu réagir comme ça !

Nolan soutint son regard quelques instants, une expression indéfinissable sur le visage... puis il reprit sa fourchette et piqua un petit bout de lard.

— Tout le monde change, conclut-il en avalant la viande.

*

Au terme d'une chevauchée presque ininterrompue, Amanón aperçut enfin les flots paisibles de la mer Médiane. La route gagna bientôt la côte et finit par la longer, épousant son tracé déchiqueté et ses reliefs usés par les vents marins... À peine un décime plus tard, le jeune homme était en vue d'Eza.

Le voyage avait pris plus de temps qu'il ne pensait. Mais il n'aurait pas pu demander davantage à sa monture, peu habituée à de tels efforts... La chaleur croissante de cette journée ensoleillée n'avait pas facilité les choses, et la pauvre bête, haletante, s'était souvent mise d'elle-même au pas de trot.

C'est en dépassant les premières maisons du village qu'elle sembla regagner quelque vigueur. Corenn et Grigán faisant régulièrement ce trajet, leurs chevaux n'avaient même plus besoin d'être guidés... D'autant qu'ils étaient nés ici, dans le haras de Yan et Léti, et qu'ils y avaient passé leurs jeunes années. Ainsi, la monture d'Amanón prit naturellement la direction de son ancienne écurie, pressée à coup sûr de plonger le nez dans un grand réservoir d'eau fraîche.

Le jeune homme lui-même était souvent venu à Eza, pendant son adolescence. Le petit village de pêcheurs semblait immuable... Quelques dizaines de maisons aux façades jaunes, des ruelles non pavées pour la plupart, et partout, partout, des signes de la proximité de la mer... Bateaux en réparation dans les cours de fermes, filets suspendus entre deux hangars, vieux paniers à crabes abandonnés dans des remises ouvertes... Toute l'histoire, l'économie et l'avenir d'Eza se basaient sur les flux des marées et le travail des artisans pêcheurs. À se demander pourquoi Yan et Léti, si différents de leurs voisins, n'avaient jamais songé à s'installer ailleurs !

Amanón savait qu'ils avaient beaucoup voyagé, notamment avec ses propres parents, avant de retourner en leur village natal et de concevoir Cael. Pour assurer leur quotidien, ils auraient normalement dû reprendre leurs activités de jeunesse, rejoindre un équipage, peut-être, ou commencer à travailler la terre... Mais les deux Kauliens n'étaient pas revenus de leurs aventures sans ambition. Et ils avaient acquis tellement de savoir et de maturité qu'il leur était impossible de faire comme tout le monde !

Léti commença donc par créer un haras, le seul de toute la province sud du Matriarcat. Sa passion pour les chevaux, révélée par ses voyages et ses liens d'amitié avec Grigán, lui permit de venir à bout de toutes les difficultés. À trente-huit ans, la fière Léti était désormais à la tête d'un élevage réputé jusqu'à Goran, et comptant en permanence pas moins d'une trentaine d'étalons et de juments. Elle était également la conseillère attitrée de la Mère du village, même si elle refusait d'endosser elle-même cette charge de chef de communauté... Au grand dam de Corenn, qui voyait là une occasion idéale de croiser sa nièce à chaque réunion.

Pour sa part, Yan avait conservé un esprit rêveur, qui s'était montré de plus en plus avantageux avec le temps. Sa curiosité insatiable, son intelligence et les expériences de ses voyages lui donnaient constamment de nouvelles idées, sur tout et n'importe quoi ! Par exemple : utiliser du bois d'écorcier pour construire des bateaux... Quand ils mouraient, ces arbres devenaient si durs qu'on ne pouvait les détruire que par le feu ; et encore, leur combustion était extrêmement lente. Une coque fabriquée dans un tel bois devait résister à toutes les tempêtes... Tout ce que les Kauliens avaient à faire, c'était importer quelques troncs d'Arkarie ou du pays d'Oo, où ils poussaient en abondance.

Autre exemple : la fabrication du papier. Lorsqu'ils n'étaient pas faits de peau, toutes les feuilles et cahiers du monde connu étaient produits à partir de fibres végétales, notamment de fougères. Or, Yan avait remarqué qu'une plante du Val humide, *l'algue grise*, serait idéale pour cette utilisation : d'une croissance rapide, présente en grande quantité, facile à récolter, etc. Il suffisait peut-être de l'implanter ailleurs que dans sa région d'origine, trop inhospitalière, pour avoir une réserve de matière première inépuisable...

Ce sont quelques-unes de ces idées que Yan avait évoquées un jour parmi d'autres, lors d'un dîner avec Zarbone, l'ami de Grigán au Beau-Pays. Deux ou trois lunes après, le Kaulien avait aimablement répondu à une lettre du riche personnage, où celui-ci lui demandait son autorisation d'utiliser certaines de ses réflexions... Et moins d'un an plus tard, le jeune Yan avait eu la surprise de recevoir une énorme somme d'argent de Zarbone, autoproclamé son « associé » ! Chaque année depuis, le marchand lui envoyait une part des bénéfices qu'il réalisait avec ses idées, malgré l'embarras du Kaulien qui n'imaginait pas mériter autant de reconnaissance.

Les nouvelles richesses de Léti et Yan ne leur avaient pas tourné la tête, loin de là. Ils s'en étaient servi pour acheter quelques terres à la sortie du bourg et y construire une maison dans le style classique du Matriarcat, mais en deux fois plus grande et confortable. Ils y coulaient depuis des jours tranquilles, entre le travail au haras, l'éducation de Cael et... les activités professorales de Yan. En effet le Kaulien, à l'abri de tout besoin matériel, s'était proposé d'apprendre à lire à tous les enfants du village qui le souhaitaient. Après quinze ans de cette entreprise bénévole, son succès n'avait pas faibli, et les Mères des hameaux voisins réfléchissaient très sérieusement à la manière d'instituer le même service dans leurs communautés.

Amanón avait beaucoup d'affection pour le couple et leur fils. Il avait toujours considéré chacun d'eux comme faisant partie intégrante de sa famille... même si, finalement, Corenn n'était que la cousine de la mère défunte de Léti, ce qui faisait d'eux des parents plutôt éloignés.

Alors qu'il sortait du bourg, se dirigeant vers le haras situé à quelques centaines de pas, le jeune homme adressa une prière muette à Lusend Rama, dieu des cavaliers et des messagers. Il espérait de toute son âme retrouver les personnes chères à son cœur, en bonne santé, attablées autour d'un copieux déjeuner et devisant gaiement des choses du quotidien, comme si tout allait bien... Comme si trois inconnus n'avaient pas étranglé le chien de Grigán, avant de s'attaquer à Amanón. Comme si des fanatiques vénérant un démon-araignée ne fomentaient pas un étrange complot à Grand'Maison. Comme si tout le monde n'avait pas mystérieusement disparu...

L'atmosphère pesante semblant régner dans le domaine n'était guère encourageante. La barrière principale était grande ouverte, et l'angoisse d'Amanón monta d'un cran alors qu'il pénétrait la vaste cour intérieure. Aucun bruit ne filtrait des différents bâtiments, étables, écuries et greniers à foin, pas plus que de la maison aux façades fleuries. Dans la pâture accolée, deux douzaines de chevaux se groupèrent près de la clôture, tandis que celui du jeune homme allait s'abreuver au réservoir central... Amanón quitta sa selle en promenant un regard inquiet autour de lui. Jamais il n'avait vu l'endroit si calme, si vide. Malgré tous ses espoirs, il semblait qu'ici aussi, il s'était produit quelque chose...

Un frisson glacé le parcourut quand il aperçut une jument errant seule dans le domaine. C'était celle de

Corenn, sans doute possible ! Comment était-elle arrivée jusqu'ici ? Pourquoi n'était-elle pas attachée ou mis à l'enclos ? On ne l'avait même pas dessellée ! À moins que son cavalier n'ait qu'une légère avance sur Amanón ? Mais *qui* était-il ?

Le jeune homme hésitait à donner de la voix ; la prudence et le nœud qui s'était formé dans sa gorge l'en empêchaient. Pour la deuxième fois en quelques décans, il tira sa lame courbe et entama une exploration discrète d'un endroit où il n'avait que des bons souvenirs... Comment imaginer qu'un danger pouvait surgir de ces granges où il aimait à jouer, dans ses années d'enfance ? Comment croire que des assassins le guettaient depuis les ateliers même où son père aimait à travailler ?

Pourtant, le silence était trop intense pour être normal. Même en supposant que Yan et Léti se soient absentés, l'un de leurs deux palefreniers aurait dû venir à la rencontre d'Amanón... Jamais Léti n'aurait laissé son précieux haras sans personne pour le garder, ou tout au moins pour soigner ses bêtes !

Le jeune homme commença donc par faire rapidement le tour de la maison, tapant discrètement aux portes de devant et de derrière, avant d'entamer l'exploration des dépendances et de l'écurie principale. À la manière dont les quelques chevaux enfermés dans leurs stalles réagirent nerveusement à son approche, il sut ne pas s'être trompé sur la gravité de la situation. La forte odeur de crottin lui apprit également que le travail de nettoyage n'avait pas été fait. Ces bêtes n'étaient pas sorties depuis le matin, voire depuis la veille... Une jument, en particulier, s'agitait bruyamment dans son compartiment. Amanón s'approcha avec douceur, main levée, pour tenter de l'apaiser d'une ou deux caresses...

Il ne s'attendait pas à ce qu'il découvrirait au fond de la stalle ! La surprise le figea un instant, pendant lequel toutes ses angoisses ressurgirent en une vague de peurs et de craintes.

Face contre terre, à moitié recouvert par de la paille souillée et du crottin, reposait le corps inanimé du plus vieux des palefreniers.

Et juste à côté de lui, blotti contre le mur, les yeux vagues et les cheveux ébouriffés, se morfondait Cael.

*

Une fois le petit déjeuner achevé, Nolan n'avait pas osé reparaître devant Roban de Sarcy. Il avait regagné sa chambre en prétextant un léger accès de fatigue et s'y tenait cloîtré depuis, au grand soulagement de leur hôte et, à coup sûr, à la satisfaction d'Eryne... Les deux courtisans avaient ainsi eu toute la matinée pour roucouler en tête-à-tête. Nolan les avait aperçus, par la fenêtre, qui se promenaient dans les jardins du palais, bras dessus dessous. Probablement en échangeant quelques nouvelles légèretés sur les personnages phares du royaume... À moins qu'ils n'aillent un peu plus loin, déjà, dans l'aventure amoureuse qui se dessinait à l'horizon ?

Le jeune novice regrettait son récent manque de diplomatie envers le comte Roban, mais il ne se faisait guère d'illusions quand aux chances réelles du nobliau d'amener sa sœur aux épousailles. Eryne était d'une inconstance presque proverbiale ! Elle choisissait ses galants avec goût, certes, mais aucune de ses relations ne durait plus de quelques décades. Existait-il seulement, l'homme capable d'enlever la belle au cocon familial qu'elle chérissait tant ?

De toute manière, le jeu de séduction auquel ils se livraient depuis la veille était insupportable au cadet des de Kercyan. Il ne ravivait que trop certaines blessures qu'il cherchait à oublier... Mais comment effacer ces événements de sa mémoire ? Nolan ne savait plus où trouver son réconfort. Dès qu'il était mêlé à une conversation, il lui tardait de s'isoler ; et quand enfin il était seul avec ses pensées, elles le faisaient trop souffrir et il lui manquait alors un peu de compagnie...

Pour tenter de se distraire, Nolan ouvrait au hasard le *Livre de la Sage* d'Eurydis et commençait à étudier. Mais les mots glissaient sur son esprit sans y laisser leur marque, et il lui arrivait parfois de parcourir plusieurs pages sans en retenir ne serait-ce que le thème ! Ce matin-là ne fit pas exception. Après être resté un décan entier dans un fauteuil, l'ouvrage sacré sur ses genoux, à contempler le blanc qui séparait les lignes manuscrites, le jeune homme sortit brutalement de sa rêverie et referma le livre avec un mélange d'amertume et de mélancolie. Que ne pouvait-il revenir sur ce qui était fait... Remonter le temps de quelques lunes...

Et, que n'aurait-il donné, pour pouvoir se confesser à sa mère...

Sentant monter une crise de désespoir, il chercha à la combattre en se lançant dans une activité manuelle. Il fouilla donc son sac en quête de son masque ithare et entreprit de nettoyer chacune de ses facettes avec un petit chiffon humide. C'était un objet de grande valeur, le seul qu'il conservât en permanence, et qui lui avait été offert par ses parents au début de son noviciat. Fait sur mesure, d'après un moulage de son visage ; serti de plaquettes de cuivre et d'argent... Le masque ne passait pas inaperçu, même dans les rues de la Sainte-Cité où la moitié des gens utilisait de semblables accessoires. Nolan avait donc pris l'habitude de ne le porter que dans les grandes occasions... Mais à cet instant précis, alors qu'il faisait briller chaque éclat métallique de l'objet, il comprit soudain que plus jamais il n'oserait le porter en public. Surtout pas devant les gens qu'il aimait.

Dépité, il interrompit sa tâche et resta un moment à regarder les yeux vides du masque posé sur le lit. Des yeux qui n'existaient pas, mais qui semblaient l'accuser depuis très, très loin. Depuis l'au-delà, peut-être...

Soudain emporté par une colère sourde, il rangea l'objet dans sa housse protectrice et renfonça le tout dans son sac. Le temps de quelques battements de cœur, et il finit de se préparer à sortir, emmenant toutes ses affaires avec lui. Eryne était en sécurité avec son galant, parfait, tant mieux pour elle ! Mais Nolan voulait faire plus qu'attendre les bons services de la Légion Grise. Il allait retrouver les amis de Rey et Lana, demander leur aide et participer activement à la recherche de ses parents !

Canne en main et sac sur l'épaule, il se dirigeait ainsi vers la porte de sa chambre quand trois coups y furent frappés. Le jeune homme pensait découvrir sa sœur, mais il s'agissait seulement du maître d'hôtel...

— Messire Roban vous prie de bien vouloir le rejoindre dans la bibliothèque, annonça l'homme d'une voix neutre. Les visiteurs que vous attendiez sont arrivés.

Nolan bredouilla un remerciement, puis s'engagea dans l'escalier de marbre en laissant le domestique derrière lui. Si seulement ces fameux visiteurs pouvaient être ses parents ! Mais il s'agissait probablement d'une autre paire de sbires œuvrant dans l'ombre de la couronne... Malgré son dédain pour leurs méthodes de travail, le jeune homme se prit à espérer qu'ils étaient porteurs de bonnes nouvelles. De toute manière, il ne perdait rien à les écouter !

C'est donc avec une certaine fébrilité qu'il se fit indiquer le chemin de ladite bibliothèque, par une servante occupée à dresser une nouvelle table somptueuse pour le déjeuner. En avisant les piles de vaisselle que l'on projetait de mettre encore sous son nez, Nolan vit sa décision renforcée : il quitterait le palais dès la fin de cet entretien !

Il ne posa même pas ses affaires pour s'inviter dans ce qui servait de bureau à Roban de Sarcy. Le nobliau était là, debout à côté d'Eryne, tenant la main de la belle lovée dans un fauteuil. Ils affichaient de tels sourires béats qu'il ne restait aucun doute quant à une prochaine aventure amoureuse entre eux... De l'autre côté de la pièce, trois inconnus jetèrent un regard inquisiteur sur le novice qui refermait la porte. Ces hommes déplurent aussitôt à Nolan. Quelque chose dans leurs expressions le mettait mal à l'aise... Il devait bien reconnaître, également, avoir un certain parti pris à leur encontre.

Sa méfiance augmenta encore, quand le plus proche des étrangers passa dans son dos pour quitter la pièce. Nolan supposa qu'il allait monter la garde devant la porte. Le novice avait beau essayer de se raisonner, de tels comportements lui donnaient des fourmis dans les jambes, c'est-à-dire une terrible envie de fuir loin, très loin, en emmenant Eryne avec lui. Mais il semblait bien le seul à ressentir cela...

— Votre charmante sœur a insisté pour que l'on vous attende, annonça le comte. Quelle délicate attention, n'est-ce pas ?

— Merci, acquiesça Nolan en adressant un petit sourire à son aînée.

— Alors, messires, quelles sont les nouvelles ? reprit Roban, en s'adressant aux inconnus. Savons-nous enfin quelque chose à propos du duc et de la duchesse ? Dites-moi qu'on les a vus à l'entrée d'une auberge romantique ! C'est bien là votre espoir, ma chère ?

En contraste avec l'humeur enjouée du comte, les hommes de la Légion affichaient un air grave. Le plus grand quitta l'armoire où il était adossé et remit son baudrier en place avant de se tourner vers le Maître des lieux... Nolan ne put s'empêcher de percevoir ce geste innocent comme une menace. Quel besoin avaient ces hommes de porter autant d'armes à leurs ceintures, ici même, à Lorelia, dans le quartier le plus sûr de la cité ?

— Je n'ai malheureusement pas de message à vous transmettre, annonça le légionnaire. Nos ordres sont seulement d'escorter les héritiers de Kercyan jusqu'à l'autorité.

Les deux intéressés exprimèrent aussitôt leur surprise en ouvrant des yeux ronds. Le comte Roban lui-même en perdit son sourire, lâchant la main d'Eryne pour se placer les poings sur les hanches.

— Qu'est-ce à dire ? Expliquez-vous, mon ami ! Mes consignes étaient très précises. Je voulais que l'on se renseigne sur le duc et son épouse ! Qui a demandé que mes amis soient soustraits à mon hospitalité ?

— Notre chef de groupe, messire. Lui-même devait tenir ses ordres de plus haut... Je regrette, mais il me faut obéir.

— Il est hors de question que je vous suive, intervint Eryne, furieuse et effrayée à la fois. Roban, renvoyez ces hommes, s'il vous plaît !

— Peut-être serez-vous conduits jusqu'à vos parents, suggéra l'inconnu. Je vous l'ai dit, damoiselle, j'ignore tout de votre affaire.

— Mais comment pouvez-vous agir ainsi aveuglément ! s'emporta Nolan, à bout de patience. Pensez-vous vraiment que nous allons vous suivre sans savoir ce qu'il en est ? Quelle sottise !

L'homme accusa l'insulte avec une grimace, puis échangea un regard entendu avec son comparse avant de se retourner sur le novice.

— Vous vous préparez à devenir Maz, lança-t-il avec un mépris évident pour cette vocation. Mais avez-vous déjà vu le dieu dont vous répandez la parole ? Non, vous lui obéissez, tout comme moi. Je fais seulement mon travail, messire.

— Vous ne le ferez plus très longtemps, croyez-moi ! explosa le comte, scandalisé. Comptez sur moi pour rapporter vos outrages et votre incompétence à qui de droit ! En attendant, je vous somme de quitter mon palais et de courir droit à votre chef de groupe pour lui demander de se présenter ici même, et avant un décan, s'il veut éviter le cachot !

— Je regrette, messire... conclut l'inconnu avec un petit soupir. Mais... j'ai des ordres...

Il n'avait pas achevé sa phrase que son comparse tirait soudain une dague et se jetait sur Roban, désemparé ! Le comte encaissa trois violents coups au ventre avant de commencer à se défendre maladroitement, cherchant à repousser l'arme avec ses mains nues et blessées, tandis que sa chemise se couvrait de sang...

Une expression de terreur absolue se peignit sur le visage d'Eryne, qui ouvrit la bouche en un grand cri silencieux avant de s'écrouler dans son fauteuil, les yeux révulsés...

Dans le même instant, Nolan lâchait son sac et cherchait à dénuder sa canne-épée ! Mais il dut suspendre son geste au contact froid d'un glaive sous son menton... Le plus proche des légionnaires le tenait à sa merci, avec une humiliante facilité.

Entre-temps, l'assassin avait abandonné sa victime à son agonie. De Sarcy avait dû recevoir une vingtaine de coups au ventre, mais il tenait toujours debout, promenant un regard d'incompréhension sur les acteurs de la scène... Une sorte de hoquet lui fit cracher du sang sur le menton, et il s'écroula sur le côté, brutalement, sacrifié par le réseau même qui avait fait son prestige.

— Vous tiendrez-vous tranquille ? demanda l'homme à la rapière.

— Vous nous tuerez, de toute façon ! se révolta Nolan. Vous n'avez pas laissé la moindre chance au comte !

— J'en avais l'autorisation... Il était un obstacle à notre mission.

— Votre *mission* ? cracha le jeune homme, en écartant la lame de sa gorge. Nous escorter jusqu'à votre chef, vraiment ? Vous me croyez assez idiot pour avaler ça ?

— Vous n'avez pas le choix, rappela l'inconnu en maintenant son arme. Alors, vous tiendrez-vous tranquille ?

Nolan avait toujours sa canne en main ; il n'était pas sûr que l'homme l'ait identifiée comme une épée... Mais il avait deux adversaires décidés en face de lui, plus un troisième derrière la porte. Et Eryne, inconsciente, innocente... Vulnérable.

— Comme vous dites, je n'ai pas le choix, conclut-il en ramassant son sac. Mais vous paierez pour votre crime, soyez-en sûr !

Malgré cette bravade, le novice avait une très forte envie d'adresser une prière à Eurydis... C'était la première fois depuis longtemps.

Il n'y vit rien d'autre qu'un signe de son désespoir.

*

Quelqu'un le secouait doucement par l'épaule en répétant son nom. Cael en prit soudain conscience, en même temps qu'il se demandait depuis quand on essayait d'attirer ainsi son attention. Sa pensée suivante fut pour Dalabert, le palefrenier qu'il avait retrouvé étranglé... Mais justement, comment le défunt pouvait-il l'appeler, tirer son bras, alors qu'il était si tragiquement immobile ? Le garçon fut pris de nouveaux vertiges pendant que son esprit se raccordait brutalement à la réalité. La proximité du cadavre et la forte odeur de crottin lui furent soudain insupportables. Bousculant la silhouette qui tentait de le retenir, il se rua hors de l'écurie et succomba à une série de haut-le-cœur douloureux, acides comme l'intérieur de son estomac vide...

Alors qu'il se remettait à peine, se redressant en s'essuyant la bouche, la haute position du soleil dans le ciel bleu fut pour lui une source supplémentaire de désorientation. Quand il était entré dans l'écurie, il faisait encore nuit... Impossible qu'il se soit écoulé autant de décans !

— Ça va aller ? demanda soudain une voix familière.

Cael pensait bien connaître son propriétaire, mais il dut plisser les yeux et réfléchir pour identifier formellement l'homme qui venait à sa rencontre. Son esprit encore engourdi lui montra d'abord un adulte de type ramgrith, vêtu de noir et avec une lame courbe à la main... Grigán ? Non, celui-ci était beaucoup plus jeune, avec des cheveux couleur corbeau et un col de barbe finement dessiné...

Amanón !

L'apparition du cousin fidèle acheva de dissiper le brouillard des pensées de Cael. Tous les événements tragiques vécus depuis la veille lui revinrent en mémoire, avec une brutalité crue qui fit vaciller le garçon quelques instants. Les injonctions répétées de la Voix dans son crâne... Puis sa lutte avec les inconnus en chemises vertes, à Grand'Maison... Sa fuite éperdue dans les ruelles de Kaul, sa détresse devant l'absence de Corenn et Grigán... Ensuite, sa longue cavalcade jusqu'à Eza, avec la jument prise dans l'écurie de sa grand-tante... De nouveau, la rencontre de la solitude dans un haras vide de tout occupant... Et enfin, l'horrible découverte du corps de Dalabert, un homme qui travaillait pour ses parents depuis toujours, et avec lequel il avait tant de bons souvenirs qu'il n'aurait su tous les énumérer.

Cette dernière tragédie avait eu raison de sa résistance. Cael se rappelait seulement de s'être assis dans la paille, à côté du corps... Peut-être s'était-il endormi ? Peut-être avait-il perdu conscience ? À moins que son esprit n'ait erré, d'une manière indescriptible, hors du temps et du monde...

La *Voix*, en tout cas, ne l'avait pas quitté depuis son agression par le gardien du dortoir. Elle semblait seulement s'être retirée quelques instants plus tôt, alors qu'il vomissait en luttant contre le vertige... Comme si l'esprit qui hantait son crâne fuyait la présence d'Amanón, ou estimait que son intervention n'était désormais plus nécessaire.

L'adulte et l'adolescent, l'interprète et l'élève prodige, se firent face avec un sourire contraint. Le plus âgé posa une main chaleureuse sur l'épaule du plus jeune, qui y répondit de la même manière... puis tous deux finirent par s'abandonner à une sincère accolade, trop heureux de n'être plus seuls dans l'épreuve qu'ils traversaient. Cael avait l'impression de ne pas avoir parlé à quelqu'un depuis au moins une décade. Les premiers mots qui franchirent ses lèvres lui semblèrent d'ailleurs prononcés par une bouche étrangère.

— Il y a quelqu'un d'autre avec toi ? Tante Corenn ?

Amanón hocha négativement la tête, avec une tristesse évidente.

— Et tes parents ? Tu sais où ils sont ? demanda le cousin en retour.

Cael ne put répondre que par un long soupir... Il ressentait soudain tout le poids, tout le manque de l'absence de Yan et Léti. Il avait beau passer trois décades sur quatre à Grand'Maison, depuis deux ans, son cœur et ses pensées allaient toujours à ce haras où il avait grandi... C'était trop déroutant de ne pas trouver sa mère au travail au manège, en train de débourrer un poulain, ou son père en pleine leçon avec une bande de petits bouts, à l'ombre des arbres qui fermaient le domaine... Et maintenant... Dalabert, mort... Tout le reste... Rien ne serait plus comme avant.

Le garçon sentit soudain une larme mouiller sa joue, et il se détourna pour l'essuyer rageusement. Il ne voulait pas craquer et s'apitoyer sur son sort ; en tout cas pas devant Amanón, pour qui il avait tant d'estime. Mais son cousin avait l'air si triste, également... Qu'était-il arrivé ? D'autres drames, d'autres horreurs ?

— Est-ce que... quelqu'un est mort ? s'entendit demander Cael.

— Non, affirma Amanón, en promenant son regard alentour. Enfin... je l'espère. J'ignore où sont mes parents... Probablement avec les tiens, comme d'habitude. Mais toi, qu'est-ce que tu fais ici ? Que s'est-il passé ?

Le garçon raconta en quelques mots ce qui lui était arrivé à Grand'Maison, et ce qui avait suivi, tout en avalant un peu d'eau à la fontaine centrale. Il en profita pour se rincer longuement le visage et la nuque, comme si cela pouvait effacer le souvenir de ces mauvaises expériences et l'écho de la Voix qui l'avait possédé pendant si longtemps... Amanón l'écouta avec beaucoup d'attention, sans l'interrompre, mais Cael devina l'angoisse croissante du jeune homme rien qu'à son expression grave et à la manière dont il serrait sa lame courbe. C'était bien la première fois, d'ailleurs, que le garçon voyait son cousin se promener avec une telle arme dans les mains...

— Des hommes m'attendaient chez moi, hier soir, révéla bientôt le fils de Corenn. Je crois que... c'étaient les mêmes. Ils te cherchaient.

Ce fut au tour de Cael d'entendre le récit d'Amanón ; une histoire tout aussi incompréhensible et angoissante. Pourquoi ces « Valipondes » en avaient-ils après lui ? Peut-être projetaient-ils de l'enlever, pour demander ensuite une rançon à ses parents ? Mais alors, pourquoi s'en prendre aussi à Amanón ? Et où étaient donc passés Léti, Yan, Corenn et Grigán ?

— Le gardien du dortoir n'a pas pu venir ici, réfléchit Cael, malgré son trouble. Il n'en aurait pas eu le temps. Je l'ai vu toutes les nuits et tous les matins... Et maintenant, il... il est mort.

— C'est donc *quelqu'un d'autre* qui a tué Dalabert, acquiesça le cousin. Le malheureux a dû être surpris pendant son travail dans l'écurie, hier soir... Et depuis, personne n'est venu ici.

Cael refusait d'accepter cette horrible conclusion, mais il était pourtant parvenu à la même. Les assassins qui avaient frappé au haras n'étaient pas ceux qu'ils avaient affrontés à Kaul... Pour autant, les deux drames étaient forcément liés. Amanón avait donc raison, il existait bel et bien un complot à Grand'Maison... Une terrible conspiration, dont leurs familles semblaient être une cible importante.

— On ne devrait peut-être pas rester ici, annonça-t-il soudain.

— Je suis soulagé que tu le comprennes, avoua le cousin avec un soupir. Je vais t'accompagner à l'intérieur et tu prendras quelques affaires... On vérifiera que tes parents n'ont pas laissé un mot, aussi. Malheureusement, ça me surprendrait.

— On part tout de suite ? Mais... et les chevaux, et Dalabert ?

— On ne peut plus rien pour lui, se désola Amanón. Son collègue montera bientôt du village pour prendre sa garde... Il trouvera le corps et s'occupera des bêtes. La priorité est surtout de nous mettre à l'abri.

Cael ne put qu'acquiescer, troublé quand même à l'idée de quitter sa propre maison comme un vulgaire pillard. Une fois la porte d'entrée franchie, avec Amanón comme escorte, le garçon ne perdit pas de temps à remplir un petit sac de voyage et sortit au plus vite de ces pièces si étrangement vides. Maintenant que le départ était décidé, il refusait de céder à ses émotions et aux regrets qui allaient de pair... Et il lui fallait absolument lutter contre la tristesse et l'angoisse qui l'assaillaient à chaque fois qu'il songeait à ses parents.

Il retourna à l'intérieur, pourtant, pendant que son cousin dessellait sa monture pour une autre moins fatiguée. Il traversa plusieurs salles et gagna une petite remise, où Yan et Léti tenaient à l'abri quelques-uns de leurs souvenirs de voyage... Là, il souleva le couvercle d'un coffre imposant et y découvrit une tenue faite de cuir noir et de plaques d'acier. Les vêtements de sa mère ; ceux qu'elle portait une vingtaine d'années plus tôt, alors qu'elle était à peine plus âgée que lui... Une véritable panoplie de guerrière, offerte par Grigán lui-même à une adolescente au caractère bien trempé.

Cael n'imaginait pas porter cette tenue, bien sûr ; même si la taille et la coupe avaient été plus conformes à son physique. Son intérêt allait à autre chose.

La rapière qui était cachée dessous.

Il l'empoigna avec un respect presque religieux ; en caressa doucement le fourreau, avant de passer la ceinture qui le maintenait autour de sa taille. Ce nouveau morceau de métal pendant le long de sa jambe n'eut pas l'effet rassurant qu'il escomptait. Jamais il n'avait porté d'arme ; pas plus que ses parents, depuis qu'ils étaient revenus s'installer à Eza... Il espérait seulement ne pas avoir à s'en servir.

Plus que tout, il souhaitait pouvoir la rendre bientôt à sa propriétaire légitime, avant de l'embrasser tendrement et de serrer son père contre lui.

Amanón l'appela depuis l'extérieur ; le garçon referma soigneusement le coffre et prit la direction de la sortie. Il ne fit qu'un crochet par le cellier, où il emplit ses poches de galettes de fromage et de gaufres au miel... Il n'avait pas mangé depuis la veille, et son estomac, après avoir été tellement maltraité, commençait à se rappeler à lui.

Son cousin était déjà en selle ; il remarqua forcément la rapière sur la cuisse de Cael, mais ne fit aucun commentaire... Sans un mot, le garçon grimpa sur sa jument et prit la route à la suite de la seule famille qui lui restait.

Il n'avait même pas songé à demander où Amanón comptait les emmener. À cet instant, cela n'avait guère d'importance.

Le plus dur était de ne pas se retourner sur la maison qui l'avait vu naître.

*

Eryne se réveilla aussi brutalement qu'elle s'était évanouie. Son corps flottait de manière étrange ; elle comprit qu'on était en train de la porter et commença à se débattre, avant de réaliser qu'il s'agissait seulement de Nolan...

Son petit frère la déposa doucement à terre, lui laissant le temps de recouvrer ses esprits ; mais un nouveau vertige l'envahit, l'obligeant à prendre appui sur un mur voisin. L'espace d'un instant, elle se demanda où elle était, ce qui s'était passé... Puis les événements lui revinrent en mémoire dans toute leur horreur. La disparition de ses parents. La trahison des légionnaires. Le comte Roban, lâchement frappé dans sa chair.

Elle chercha aussitôt la silhouette du malheureux, mais seuls Nolan et les trois assassins l'encerclaient. Ils semblaient se trouver encore dans le palais de Sarcy...

Peut-être même venaient-ils seulement de quitter la bibliothèque. Eryne ne pouvait dire combien de temps elle était restée sans connaissance.

Un seul regard échangé avec son frère suffit à confirmer ses craintes. Oui, Roban était mort, et d'effroyable manière... Une avalanche d'émotions emporta la jeune femme, qui se plaqua sur la poitrine de Nolan pour y chercher un peu de réconfort. Pourquoi ? Pourquoi lui ? Et pourquoi eux ?

À ces questions se mêlait un terrible sentiment de culpabilité. S'ils n'étaient venus demander l'aide du comte, il serait toujours en vie... Et Eryne regrettait jusqu'au petit jeu de séduction auquel elle s'était livrée avec Roban, qui n'avait d'autre but que de témoigner de sa gratitude, mais qui avait peut-être précipité la mort du courtisan en le forçant à prendre la défense de la damoiselle. Un profond sanglot, presque un gémissement monta de sa gorge tandis qu'elle s'accrochait à son frère, maudissant le destin qui les avait plongés dans la détresse, et en même temps remerciant tous les dieux de les avoir jusque-là épargnés.

— Bon, si vous pouvez marcher, allons-y, pressa le plus grand des légionnaires.

Le seul son de cette voix ramena toutes les humeurs d'Eryne à un seul sentiment. La *colère*. Avec un sursaut de fierté, elle ravala ses larmes et se redressa face au glaive que l'homme pointait vers son ventre.

— Je vous ferai *pendre*, lança-t-elle d'un ton plein de haine. Tous les trois ! Avant une décade, vous serez ligotés sur un gibet place d'Uliterre, je le jure. Et moi je serai tout près, avec le père de Roban, pour applaudir quand le bourreau enverra votre corps se tortiller au bout d'une corde !

Si l'inconnu fut touché par la menace, il n'en montra rien... Après un instant lourd de tension, il indiqua seulement à Eryne d'avancer au bout du couloir. La jeune femme consentit à obéir, sans pour autant quitter son expression méprisante. Elle avait vaguement espéré que ses dures paroles auraient une quelconque influence sur les assassins, mais ces hommes paraissaient bien déterminés à aller au bout de leurs projets, quels qu'ils soient...

Peut-être Nolan en avait-il appris davantage. Il restait malheureusement peu de chance pour cela, les légionnaires prétendant tout ignorer de la suite des événements... Mensonge honteux, ou vérité absurde ? De toute manière, ils ne semblaient pas disposés à parler. Pas plus qu'ils ne l'avaient fait avant leur crime horrible...

Le désespoir revint peu à peu assaillir la jeune femme, qui s'efforça en vain de le combattre. À peine deux jours plus tôt, elle était heureuse, insouciante, baignée de l'affection de ses parents, avec sa prochaine soirée au palais de Kolimine pour seule préoccupation... Comment une existence pouvait-elle basculer si vite dans la tragédie ? Quelles horreurs les attendaient encore ?

Le plus terrible était de se sentir complètement impuissante. Personne ne viendrait les aider. Il n'y avait aucun papa enjôleur, ou maman bienveillante à appeler au secours. Pas un ami puissant pour la servir, ni même un domestique fidèle... Ceux de Roban brillaient d'ailleurs par leur absence, dans les couloirs qu'ils traversaient alors. Peut-être leur avait-on donné certaines consignes. Peut-être craignaient-ils pour leur propre vie. Qu'arriverait-il, de toute manière, si l'un d'entre eux osait soudain barrer la route au trio d'assassins ? Il serait taillé en pièces, comme son maître. Eryne ne se sentait pas la force d'assister à une autre exécution d'innocent ; elle était aussi convaincue que personne ne répondrait à ses cris désespérés... Elle était seule, seule avec son petit frère, marchant vers un destin qu'elle imaginait funeste, et sans aucune chance d'y échapper.

Malgré sa révolte et sa colère, ses yeux s'emplirent de nouvelles larmes. L'éclat du soleil les rendit douloureuses, alors qu'ils franchissaient la dernière porte vers l'extérieur. Moins d'un décan plus tôt, elle se promenait dans ces allées au bras de Roban... La journée s'annonçait magnifique, sur Lorelia... Et maintenant... Maintenant...

Ses joues furent rapidement noyées, mais pas un soupir ou un sanglot ne monta de sa gorge. Eryne gardait d'ailleurs les sourcils froncés, le port haut, tandis que les assassins les escortaient vers la sortie des jardins du palais. Elle devinait qu'une fois ces grilles dépassées, l'on n'entendrait plus parler d'eux... La famille de Kercyan aurait entièrement disparu, et personne n'y trouverait jamais d'explication. Puis, on finirait simplement par oublier qu'ils avaient vécu...

Ils n'étaient plus qu'à vingt pas environ de la rue déserte. Ils longeaient à peine la maison du gardien... Noble et fière, la jeune femme comptait les instants en s'efforçant d'accepter son destin... quand la porte de la loge s'ouvrit soudain à la volée !

Les légionnaires se mirent aussitôt sur leurs gardes, jetant des regards nerveux à l'intérieur. Eryne s'attendait à découvrir le vieux domestique qui les avait reçus la veille... mais c'est un homme rugissant qui bondit hors de la bâtisse, fonçant tel un véritable bélier humain ! La lance qu'il tenait contre son flanc vint transpercer le ventre d'un des assassins, jetant un flot de sang sur les graviers blanchis du chemin ; et le blessé eut à peine le temps d'envisager sa mort qu'un coup de barre d'acier dans le visage lui fracassa le nez et le crâne ! Il ne s'était pas encore écroulé que son agresseur se précipitait à l'assaut des deux autres, hurlant des cris de guerre dans une langue inconnue, tout en faisant tournoyer son arme exotique avec une adresse de jongleur...

Eryne ne connaissait pas l'homme, mais elle identifia rapidement le manteau : une lourde pelisse de voyage, incongrue par cette chaleur... Le même vêtement que portait le brigand planté devant le manoir de Kercyan !

Ce guerrier fou furieux était leur espion de la veille !

Déroutée, trop surprise pour songer à fuir, la jeune femme assistait à un duel dont l'un des enjeux était rien moins que sa propre vie. Les légionnaires maîtrisaient leurs armes, mais l'inconnu dégageait une sorte de force sauvage, renversante, contre laquelle on pouvait difficilement lutter... Son aspect seul devait faire hésiter bien des adversaires. Plutôt grand, bien bâti, les cheveux châtains en bataille, le corps serré dans une tunique en daim, et ces cris puissants lancés d'une voix profonde... Eryne s'imagina voir là son premier barbare, un Thalitte, peut-être. Et cette rencontre ne lui procura pas le sentiment de répulsion auquel elle s'attendait.

Pendant que Nolan tirait sa canne-épée, le guerrier mettait en défaut les légionnaires à grands coups d'acier. Ses frappes étaient d'une telle violence que les autres hésitaient même à s'approcher... À ce jeu d'attaques et de contres, le glaive du chef de groupe finit par être arraché des mains de son propriétaire, qui dut reculer pour le ramasser. Nolan tenta de le gagner de vitesse mais, une fois devant l'assassin, ne put se résoudre à frapper... Son adversaire en profita pour récupérer sa lame et se mettre en garde. Le novice aurait alors pu être défait en cinq ou six passes, mais le légionnaire se contenta de chercher à le désarmer, obéissant jusqu'au bout aux ordres mystérieux qu'il avait reçus.

En revanche, le barbare mit largement ce temps à profit. À un contre un, la lutte ne semblait même plus équitable ! Le Lorelien qui avait poignardé Roban paya cher pour son crime. Après avoir fait illusion quelques instants, par des esquives désespérées, il fut successivement atteint au flanc, à la cuisse et au bras gauche, qui se brisa dans un angle improbable. L'arme du guerrier inconnu fendit l'air une fois encore pour finir sa course sur la clavicule de l'homme agenouillé... sa mort ne fut pas immédiate, mais son visage n'exprimait que douleur quand il s'écroula.

Le barbare n'était déjà plus là pour le constater. En trois bonds de fauve, il avait surgi derrière Nolan pour le tirer brutalement en arrière. Comme Eryne, le novice ne put alors qu'assister à un duel d'apparence inégale... Le légionnaire multipliait les attaques, mais son glaive se voyait toujours détourné par l'imposante barre d'acier, quand il n'encaissait pas en plus un grand coup de poing gainé de métal dans la figure. Après quelques échanges de ce type, c'est carrément du plat du pied que le guerrier repoussa son adversaire, avant de profiter de sa position déséquilibrée pour venir faucher son cou, d'une violente frappe de son arme tenue à deux mains.

La tête de l'assassin fut pratiquement arrachée par l'attaque, et c'est à cet instant seulement qu'Eryne accusa le choc de toute cette violence. Elle n'avait jamais vu quelqu'un mourir, *avant*. Sage Eurydis, elle n'avait même jamais vu quelqu'un *mort*... Et cet homme, barbare, sans pitié, avec son acier monstrueux, qui s'approchait maintenant de Nolan...

Les jambes de la jeune femme refusèrent soudain de la porter, et ses yeux échappant à tout contrôle lui montrèrent un pan de ciel... puis plus rien.

*

C'était comme au sortir du sommeil. La jeune fille recouvrait doucement l'usage de son esprit et de ses sens, un par un, très lentement... Mais en même temps, elle était déjà consciente de toute la scène, comme quelqu'un qui y assisterait en spectateur. Ainsi, elle savait que le vent était froid, avant même de le sentir courir sur ses mains... Elle se voyait montée sur un grand cheval, avant de remarquer la douce chaleur de l'animal contre ses mollets... Et elle n'avait pas oublié être loin, très loin déjà de sa maison, mais commençait à peine à en éprouver de la tristesse.

Elle comprit bientôt que la réalité la rattrapait graduellement, telle la marée montante. Son esprit raccordait chacune des choses qu'elle avait vue, entendue ou ressentie à une véritable émotion. Et elle se rappelait aussi avoir déjà vécu cela, à une autre époque. Au début, c'était même plusieurs fois par jour... Ses absences ne se prolongeaient jamais, *avant*.

Combien de temps était passé depuis son dernier plongeon dans l'inconscient ? Son esprit encore embrouillé ne pouvait répondre, trop occupé à faire le tri entre les événements réels et les chimères échappées de ses rêves. Mais devant les vagues énormes de souvenirs qui venaient la frapper pour refluer aussitôt dans l'inconnu, devant leur nombre et leurs aspects si différents, elle comprit que cette absence-là avait duré plusieurs décades. Des lunes entières, sans prononcer un mot, sans manifester la moindre émotion...

L'instant présent se dévoilait en même temps que le passé. La jeune fille fut bientôt capable de s'intéresser au paysage qui l'entourait : une plaine à l'herbe grasse, où affleuraient quelques massifs de granite... Loin devant, à l'horizon, un groupe de montagnes masquait une partie du ciel. Pourquoi s'y dirigeait-elle ? Elle ne s'en rappelait pas. Pas encore.

Quelqu'un l'accompagnait. Une imposante silhouette chevauchait devant elle... La jeune fille remarqua seulement alors la longe qui guidait sa monture, derrière celle du grand-père.

Oui ! *Son grand-père !* Elle l'avait reconnu, dans une soudaine illumination ! Comme elle se rappelait maintenant son propre nom, Niss ! *Niss du Clan de l'Oiseau !*

Tout le reste lui revint plus vite, dès lors, comme un raz-de-marée inondant ses pensées... Et la jeune fille fut brutalement frappée d'horreur en découvrant un souvenir terrible, inacceptable, dans les méandres de son esprit ! Ses parents, sa grand-mère Ispen, et les autres, ils... Dans la rivière... Ils...

L'émotion était trop forte. Impuissante, Niss se voyait replonger dans les ténèbres dont elle émergeait à peine... Au prix d'un effort inhumain, elle réussit à entrouvrir la bouche, laissant échapper un souffle de voix, un appel désespéré mais écrasé par le bruit des sabots... Puis elle perdit le contrôle de ses pensées et de ses actes, sans même en avoir conscience, sans pouvoir s'en désoler.

Bowbaq se retourna sur sa petite-fille, bien installée sur sa selle, tranquille et sage, comme toujours... Le géant soupira tristement et reporta son regard sur la route. Un instant, il avait cru l'entendre dire « Grand-père ».

*

Nolan courait aussi vite que possible, mais il avait du mal à ne pas se faire distancer par le guerrier. Dire qu'en plus, l'homme portait Eryne sur son épaule ! C'était une véritable force de la nature, vive et puissante à la fois, comme ils l'avaient constaté pendant son combat contre les légionnaires. Le troisième Lorelien s'était à peine écroulé que l'inconnu avait ramassé la damoiselle évanouie et pris d'autorité la direction de la sortie, avec un simple signe de main à l'intention du novice. Nolan n'avait pas vraiment eu le choix ! Il s'était aussitôt lancé dans le sillage de l'étranger, regrettant de ne pouvoir échanger au moins quelques mots avec lui...

Ils fuyaient ainsi depuis un bon moment déjà, dévalant les ruelles sous les regards intrigués des badauds, et s'enfonçant toujours plus dans la cité basse... loin des quartiers riches, du palais de Roban, et des quatre morts qu'ils y avaient laissés.

Bien sûr, le jeune homme avait reconnu leur espion de la veille. Sa présence au palais de Sarcy et son intervention plus que décisive avaient décuplé le nombre de questions que Nolan se posait à son sujet. Le guerrier n'avait rien de commun avec les fantômes qui obsédaient ses pensées... Bref, l'inconnu ne l'avait certainement pas suivi depuis Ith. Il n'était même pas natif des Hauts-Royaumes. Un Estien, à coup sûr ; probablement un Wallatte, issu des peuples barbares qui avaient perdu la bataille du Mont-fleuri...

Malgré l'aide que l'étranger venait de leur apporter, le novice était donc à cent lieues de lui faire confiance. Les de Kercyan avaient connu trop de mauvaises surprises, ces derniers temps. Et l'homme, même seul, avait prouvé qu'il était plus redoutable qu'un trio d'assassins aguerris. Savoir Eryne à la merci d'une telle brute plongeait Nolan dans un indicible état d'anxiété... et son cœur n'en battait que plus vite, dans les efforts qu'il faisait pour maintenir sa course et garder sa sœur à portée de vue.

Il fut donc doublement soulagé en voyant le guerrier ralentir peu à peu, alors qu'ils pénétraient le labyrinthe des venelles bordant le port. La robe du novice était moite de sueur, et l'espace entre ses épaules, où reposait son sac à dos, littéralement trempé... À bout de souffle, les membres lourds, Nolan se prépara tout de même à tirer l'épée cachée dans sa canne. Quelles que soient les intentions de l'étranger, il n'allait pas tarder à les dévoiler, et rien ne garantissait qu'il ne faudrait pas combattre encore !

Le guerrier progressait visiblement au hasard. Il descendit plusieurs ruelles aux relents d'urine, lançant des regards de tous côtés, avant de bifurquer vers l'un des nombreux canaux qui irriguaient la cité. Il s'arrêta finalement sous un pont étroit et vert de mousse, déposant Eryne et sa robe magnifique contre un muret dont la saleté constituait un tiers de l'épaisseur...

Enfin, Nolan put mieux étudier le visage de l'inconnu. Ses traits fortement marqués et son regard incisif témoignaient d'une existence rude, bien loin des riches civilisations des Hauts-Royaumes. L'homme était jeune, même si, sous certains profils, on l'aurait jugé dix ans plus âgé qu'Eryne... Les cheveux trop longs qui collaient à son front et à sa nuque lui donnaient l'air plus sauvage encore. Effet renforcé par ses vêtements de trappeur, excessivement chauds pour la saison, les maniques d'acier qui couvraient ses poings, et la terrible *lowa* qu'il maniait avec une redoutable dextérité !

Nolan avait déjà vu de nombreuses armes de ce type ; l'armée des envahisseurs en avait laissé des centaines, en se retirant de la Sainte-Cité. Son apparence était celle d'une lourde barre d'acier, dont seul le dernier pied était tranchant. La garde se composait d'un petit bouclier rond, juste suffisant pour protéger les deux mains parfois nécessaires à l'exécution de certaines attaques. Enfin, un anneau fondu dans le métal, à l'extrémité de la pointe, permettait de transformer la masse-épée en un fléau dont la nature était limitée à la seule imagination humaine : chaîne, tresse barbelée, poids... Une certaine force était requise pour le maniement de l'objet, mais l'inconnu, plutôt grand et bien bâti, n'avait pas de souci à se faire de ce côté-là.

Courbé en deux, mains sur les genoux, Nolan attendait de récupérer son souffle pour parler, mais il connut un formidable regain d'énergie en voyant soudain le guerrier gifler sa sœur ! Il tira aussitôt sa canne-épée et en brandit la lame devant le barbare, qui se contenta de lui retourner un regard impatient.

— J'essaie seulement de la ranimer, expliqua-t-il avec un fort accent wallatte. Il faudra peut-être courir encore et nous irons plus vite si je n'ai pas à la porter !

Le novice trouva la réponse sensée, mais il ne baissa pas son arme pour autant. Il allait lui falloir beaucoup, beaucoup d'explications avant qu'il fasse confiance à un inconnu tel que le guerrier. Par chance, ils parlaient au moins une langue commune ! L'idiome ithare était certes largement répandu dans les Hauts-Royaumes, mais rarissime dans les territoires estiens... Encore une raison de s'interroger sur cet homme singulier.

— Dites-moi votre nom ! demanda Nolan, sur un ton qu'il espérait impressionnant.

Les mouvements désordonnés que fit Eryne en se réveillant interrompirent l'échange. La jeune femme agitait les bras devant son visage, cherchant à se protéger d'un agresseur imaginaire... Puis elle ouvrit les yeux et hurla en découvrant le guerrier accroupi devant elle ! Son cri fut brutalement étouffé par la main que le Wallatte plaqua aussitôt sur ses lèvres, et la pauvre damoiselle, assise dans une boue verdâtre, ne retrouva un peu de calme qu'en remarquant la présence de Nolan auprès d'eux.

— Lâchez-la, maintenant, pressa le novice. Vous voyez bien qu'elle va mieux !

Le guerrier obtempéra et Eryne s'essuya machinalement la bouche, avant de remarquer que ses mains étaient couvertes de limon.

— Excusez-moi, bredouilla-t-elle, l'air égarée. Je... Vous... Vous n'êtes pas effrayant... C'est moi qui... Enfin, je vous remercie de nous avoir sauvés, conclut-elle avec un sourire forcé.

Le Wallatte lui répondit d'un clin d'œil, et poussa même jusqu'à faire une caresse rapide sur la joue de la belle ! Ce geste révolta Nolan plus encore que la gifle, sans qu'il puisse expliquer pourquoi.

— Je vous ai demandé votre nom ! répéta-t-il, fâché pour de bon.

Le guerrier changea alors d'expression... Il ramassa négligemment sa lowa et se dressa de toute sa hauteur, dépassant Nolan d'une bonne tête. Le regard qu'il posa alors sur le novice était sans équivoque.

— Commence par ranger cette lame. Je ne suis pas de vos ennemis, mais je ne laisserai pas un étranger croire qu'il peut me donner des ordres !

Les deux hommes se défièrent ainsi quelques instants, puis Nolan se rendit à la raison. Jamais il n'aurait la force de frapper le premier, sans avertissement préalable, et surtout sans motif digne de ce nom. Toute lutte qui pourrait éclater était perdue d'avance... Le novice choisit donc de contourner le guerrier, puis aida sa sœur à s'extraire de la boue collante, avant de seulement ranger sa canne-épée. Il n'aurait su dire s'il se trouvait lâche ou sensé... Peut-être un peu des deux. Mais c'était un sentiment qu'il connaissait bien.

— Nous ne devrions pas rester ici, intervint Eryne, en jetant des regards dégoûtés sur ses vêtements, les piliers verdâtres du pont et l'eau nauséabonde qui coulait dessous. Il y a de meilleurs endroits pour parler...

— Le tout est de savoir si nous nous y rendrons à *deux* ou à *trois*, expliqua Nolan. Alors ? Votre nom ?

Le guerrier se campa fermement sur ses jambes avant de parler. Il semblait qu'il attendait ce moment depuis des jours, peut-être même des décades entières.

— Je suis le prince Ke'b'ree Lu Wallos, fils de la reine Che'b'ree, annonça-t-il avec fierté.

*

Zuïa éclata d'un rire soudain, aussi bref qu'inattendu, et surprenant même la tueuse pourtant habituée aux agissements imprévisibles de la déesse. Instinctivement, Zejabel posa la main sur sa *hati*, mais rien dans ce paysage ne semblait avoir causé l'hilarité de l'éternelle. Comment aurait-il pu en être autrement ? Partout où le regard se portait, ce n'étaient que rochers, bancs de sable et herbes coupantes... On ne devait pas trouver une seule âme humaine sur tout le territoire, la sienne exceptée.

La tueuse attendit une décille encore, guettant un signal ou une explication de Zuïa, mais la déesse replongea bientôt dans sa méditation, un léger sourire sur ses lèvres ridées. Depuis qu'elles avaient abordé les Hauts-Royaumes, l'éternelle ne s'était pas davantage expliquée sur les raisons de ce voyage. C'était particulièrement troublant pour Zejabel, habituée à partager tous ses secrets... Néanmoins, et suivant l'enseignement qu'elle avait reçu, elle restait en tout point fidèle à Celle-qui-Juge. Agir autrement n'était pas imaginable. Même si la tueuse avait la forte impression de perdre son temps...

C'était déjà leur troisième jour sur place et elles n'avaient rien fait. *Rien*, si ce n'est installer un camp de fortune, ramasser du bois, trouver de l'eau douce, bref, diverses corvées à peine dignes de leurs serviteurs du Lus'an !

Zejabel avait également effectué quelques patrouilles, à la fois de surveillance et de reconnaissance, mais l'unique danger à craindre en ces lieux était la présence de tortues géantes. Les reptiles, enfouis dans le sable, en surgissaient parfois avec l'écume aux lèvres, et seuls de bons réflexes permettaient d'échapper à une terrible morsure... Chaque fois qu'elle le pouvait, la tueuse se déplaçait donc de rocher en rocher. Elle entretenait ainsi la souplesse et l'agilité acquises pendant ces années d'entraînement qui avaient fait d'elle la *Kahati*, l'héritière désignée de la déesse.

Zejabel se savait le troisième plus important personnage de l'île de Zuïa, après l'éternelle elle-même et le Judicateur Suprême. Elle avait gagné cet honneur au prix de nombreux sacrifices et de multiples batailles. Elle avait souffert les privations, les mises à l'épreuve, les exercices inhumains, pour jouir du privilège de résider au Lus'an, la seule région véritablement accueillante de son pays natal. Et, quelques lunes à peine après son élévation, alors qu'elle atteignait enfin son but, il lui semblait ne jamais avoir été si étrangère au monde qui l'entourait...

On ne l'avait pas préparée à quitter son île, à traverser la mer, ou même à cuire sa propre nourriture. D'ailleurs, qui aurait pu lui prédire un tel avenir ? Jusqu'alors, Zuïa n'était pratiquement jamais sortie du Lus'an. Le secret de son existence en dépendait... Quel événement majeur, hors de la compréhension des mortels, avait pu pousser l'éternelle à rompre cet isolement séculaire ?

De nouveau, la déesse laissa échapper un petit rire, sans même ouvrir les yeux... Par principe, Zejabel balaya les environs du regard, puis elle repoussa les outils qu'elle était en train de nettoyer et se mit également en position de méditation. Elle devait savoir ce qui amusait tant l'éternelle !

Elle atteignit assez vite l'état *d'Esthésia*, finalement, ce qui la réjouit plutôt, étant donné son manque de pratique... Mais malgré ses efforts, elle échoua à concentrer son attention sur un groupe d'esprits en particulier. Tout lui parvenait dans un brouhaha inintelligible, difficile à suivre...

Elle refit pourtant une tentative, puis encore une autre... Inévitablement, la *Langueur* finit par la frapper et la tueuse dut s'allonger sur le sol, temporairement vidée de toute énergie, le souffle court.

Il lui faudrait être patiente. Son initiation venait à peine de commencer, après tout... Quelques lunes de travail ne suffisaient pas, pour devenir une véritable déesse.

*

Les deux héritiers de Kercyan s'interrogèrent du regard, mais aucun ne semblait connaître les noms que le Wallatte venait de lancer. Eryne doutait que le barbare fut un véritable prince, comme il le prétendait, même si cette idée présentait un indéniable aspect romantique...

La damoiselle devait bien avouer que, malgré l'horreur que lui inspirait la violence du guerrier, sans parler de son manque de manières, eh bien... elle se sentait inexplicablement attirée par lui. En y réfléchissant, ce n'était pas si étonnant que ça : l'homme était d'une beauté sauvage, il dégageait une impression de force rassurante, et il leur avait probablement sauvé la vie en les arrachant aux mains des légionnaires.

Pour autant... ils étaient tellement différents l'un de l'autre, qu'Eryne ne s'imaginait pas lui accorder ne serait-ce qu'un baiser ! Enfin, peut-être...

La jeune femme peinait à faire le tri dans ses émotions. Elle ne se souvenait pas d'avoir été déjà aussi troublée par un homme... Et, se faisant cette réflexion, elle songea au pauvre Roban, mort d'avoir été trop gentil. Non, décidément, elle devait chasser le Wallatte de ses pensées ; tout cela n'était que pulsions contrôlables, après tout !

— Pourquoi nous avoir espionnés ? demanda Nolan, avec une méfiance affichée. Nous vous avons repéré, hier, devant le manoir !

— Je n'ai rien fait pour me cacher, précisa le barbare. Je voulais voir votre mère, Emaz Lana. Vos serviteurs ne m'auraient sûrement pas laissé franchir la grille, alors j'attendais.

De nouveau, Eryne et son frère exprimèrent leur surprise par des regards croisés.

— Notre mère ? Mais pourquoi ? reprit le novice.

— J'ai un message à lui remettre. De la part de la reine Che'b'ree.

— Mais de quoi s'agit-il ? intervint Eryne. Nos parents connaissent-ils au moins celle qui vous envoie ?

Un étrange rictus se dessina sur le visage du Wallatte, sans que la damoiselle puisse l'interpréter.

— Ils étaient *ennemis* pendant la bataille du Montfleuri, révéla-t-il sans détours. Votre mère a épargné la vie de la mienne. Elle lui a permis de quitter les combats avant le massacre de son armée.

Eryne et Nolan ouvrirent alors de grands yeux stupéfaits. Jamais ils n'avaient entendu parler de cette histoire ! Mais Reyan et Lana se montraient si discrets sur cette période de leur vie...

— Elles ne se sont jamais revues, poursuivit le barbare. Mais les reines Wallattes ont le sens de l'honneur, quoi que vous en pensiez. Ma mère a toujours considéré avoir une dette envers la vôtre. Aujourd'hui, elle a l'occasion de la rembourser.

— De quelle manière ? demanda spontanément la damoiselle. Sait-elle quelque chose sur la disparition de nos parents ?

— Eryne, inutile de trop parler, rabroua Nolan.

— Je suis déjà au courant, railla le guerrier. Vous avez envoyé des hommes me cueillir devant le manoir, cette nuit... Leur résistance à la douleur était plutôt limitée. Ils m'ont appris tout ce que je voulais savoir.

L'expression à la fois dure et amusée du Wallatte, à l'évocation de scènes de torture, suspendit temporairement toute attirance que la damoiselle pouvait éprouver à son sujet. Ainsi, voilà comment le barbare les avait retrouvés au palais de Roban ! En « questionnant » les légionnaires !

— Mais, ces hommes... demanda-t-elle. Qu'est-ce que... Vous les avez... tués ?

Le guerrier ne fit rien pour affirmer le contraire, ce qui était déjà une réponse en soi. Un *sauvage*, un *meurtrier*, voilà celui qui se pavanait devant eux, avec son arme monstrueuse au bout du bras, songeait Eryne. Mais que serait-il advenu de son petit frère et d'elle-même, si le Wallatte n'était intervenu ?

— Puisque vous connaissez la disparition de nos parents, reprit Nolan, vous savez aussi qu'il vous sera difficile de remettre votre message en mains propres. Délivrez-le nous. S'il nous est d'une quelconque utilité, vous aurez accompli la volonté de votre mère et vous pourrez rentrer à Wallos.

Le guerrier ricana d'un air entendu, ses cheveux longs glissant sur son front...

— Franchement, rien ne me ferait plus plaisir ! Le problème, c'est que je n'ai aucune idée des projets de ma mère. Elle m'a simplement demandé de conduire Emaz Lana jusqu'à Goran.

— Quoi ! bondit Eryne. Mais jamais elle ne vous suivrait comme ça, sans raison !

— La reine des Wallattes semble penser le contraire, répliqua le barbare. J'ai appris à ne plus discuter ses ordres. J'accomplirai ce pour quoi je suis venu.

— Mais, enfin ! Puisque Lana a disparu ! s'impatienta Nolan.

— Alors, je vous aiderai à la retrouver. Mon bras ne sera pas de trop, je crois. Vos ennemis ne savent pas tenir une lame, mais ils paraissent nombreux et puissants.

Cette déclaration gonfla le cœur d'Eryne, qui y vit soudain un nouvel espoir. Oui, le guerrier était une brute, un inconnu sans scrupule, qui n'hésitait pas à recourir à la torture... Un sauvage sans pitié et ennemi héréditaire des Hauts-Royaumes... Mais la damoiselle avait envie de cet homme à ses côtés dans l'épreuve qu'ils traversaient. Elle était couverte de boue, sans endroit où se réfugier, traquée sûrement par la Légion Grise... Qui mieux qu'un barbare pourrait l'aider à survivre dans les jours difficiles qui s'annonçaient ?

Nolan semblait plus dubitatif. Le novice réfléchit longuement avant de reprendre la parole.

— Et si jamais Lana refusait finalement de vous suivre à Goran ? demanda-t-il, sourcils froncés.

— Je ne l'y traînerai pas de force, si c'est ce que vous pensez. Le message aura été délivré. Libre à votre mère de ne pas y répondre.

Le frère et la sœur se consultèrent du regard, mais la décision semblait déjà prise...

— La première chose à faire sera de parler avec Corenn, Grigán et les autres, imposa Nolan. C'est ce que les parents auraient voulu.

Le Wallatte haussa les épaules d'un air indifférent, pendant qu'Eryne acquiesçait avec insistance. Son frère avait déjà fait cette proposition deux jours plus tôt, mais elle avait préféré l'emmener chez Roban... Sa décision pèserait sur sa conscience pour le reste de ses jours. Sans cette aventure, pourtant, elle n'aurait peut-être pas rencontré le guerrier mystérieux...

— Pardonnez-moi, au sujet de votre nom... Comment doit-on le prononcer ? Ke'b'ree, à la manière de votre pays ? Ou Kebree ?

— L'un ou l'autre, ça m'est égal. Ceux qui m'estiment m'appellent juste Keb.

Keb. Eryne répéta le mot plusieurs fois, mentalement. Un nom bien à l'image de l'homme. Beau comme un taureau sauvage. Et tranchant comme le fil d'une épée.

*

Eza était loin déjà derrière les sabots des chevaux. Amanón avait préféré contourner le village de pêcheurs, à travers la garrigue, plutôt que de s'exposer encore aux regards des curieux. Cael, surtout, ne devait pas être remarqué... Moins ils laissaient de traces de leur passage, et plus il serait difficile aux Valipondes de les retrouver. Car le jeune homme était convaincu que les fanatiques les recherchaient, à Grand'Maison, à Kaul, et même dans tout le Matriarcat. En s'engageant naïvement dans la bourgade, un peu plus tôt dans la journée, il avait peut-être donné l'alerte à toute la secte d'assassins !

C'est donc avec beaucoup de tension qu'ils avaient parcouru les premiers milles. Amanón avait ensuite profité du tracé capricieux du chemin pour décider d'une halte, juste derrière une colline abrupte... Ils avaient attendu là pendant un long décime, guettant l'arrivée d'éventuels poursuivants tout en avalant quelques rations. Personne ne s'était montré, et les deux fugitifs étaient repartis pratiquement sans échanger un mot. Chacun appréciait la compagnie de l'autre, mais ils devaient réfléchir à tellement de problèmes qu'il leur était difficile de faire la conversation...

Pour sa part, en plus du mystère complet qui enveloppait la disparition de leurs parents, Amanón était préoccupé par deux choses. La santé de Cael, tout d'abord. Quand il avait trouvé le garçon, prostré, sourd au monde qui l'entourait, à côté du palefrenier déjà raidi... eh bien, le jeune homme avait cru que son cousin *lui-même* était le meurtrier. Ce n'est qu'en découvrant le visage violacé du pauvre hère, ainsi que la trace laissée par le garrot sur son cou, qu'il avait reconnu la culpabilité des Valipondes. Cael s'était tout de même montré long à réveiller, et de larges pans de son récit restaient plutôt obscurs. De toute évidence, le garçon n'en gardait que de vagues souvenirs... C'était la pire « crise » qu'il ait jamais eue. On pouvait malheureusement en craindre d'autres.

La deuxième chose qui tourmentait le jeune homme était tout aussi grave. Il n'y réfléchissait qu'avec une tristesse poignante, qui l'abattait et le poussait à presser son cheval en même temps. La côte qu'ils longeaient en devenait interminable, tandis qu'une poignée de phrases tournaient en boucle dans son esprit...

Il s'agissait des dernières volontés de sa mère.

Amanón refusait de croire au pire, mais comment ne pas y songer ? Des assassins plus que déterminés avaient déjà tué Dalabert. Ses propres parents et ceux de Cael avaient disparu sans laisser de trace. Et son cousin et lui-même avaient également subi des attaques... Comment ne pas imaginer que Corenn, Grigán, Yan et Léti aient été lâchement agressés dans leurs demeures ? Puis étranglés, et leurs corps emmenés pour servir dans un rituel macabre ? Les Valipondes mangeaient la chair des animaux sacrifiés, disait-on. Le jeune homme ne pouvait y penser sans que de noires idées viennent lui retourner les entrailles.

Non, ses parents n'avaient pu finir comme ça... Pourtant, Amanón devait les considérer comme perdus. C'était le souhait de Corenn. Sa mère l'avait depuis longtemps préparé à leur disparition brutale... Cette dernière n'était pas inéluctable, mais Corenn s'était toujours montrée une femme prévoyante. Tous leurs ennemis n'étaient pas morts, rappelait-elle parfois. Et le jeune homme avait appris à craindre les Züu, sans imaginer qu'un jour le danger viendrait des Valipondes...

Cela ne changeait toutefois rien aux volontés de sa mère. Elle avait laissé certaines consignes précises à suivre en cas de tragédie. Amanón les avait entendues plusieurs fois, d'une oreille ennuyée, mais il mesurait à présent toute l'importance que ces quelques recommandations pouvaient avoir pour sa génitrice. Et il était bien décidé à les respecter jusqu'au bout !

Tout d'abord : si le moindre doute subsistait sur l'origine de la mort de Grigán et Corenn, ne pas s'attarder sur leurs dépouilles. Fuir, fuir loin de tous les endroits et personnes qu'ils fréquentaient. Ne plus se fier qu'à leurs amis fidèles, à Eza, à Lorelia et en Arkarie.

Ensuite, ne jamais, sous aucun prétexte, enlever le pendentif qu'il avait reçu dans ses jeunes années. Amanón trouvait ce sentimentalisme un peu exagéré, mais l'habitude avait vaincu sa réticence. Il portait ce bijou depuis si longtemps que l'objet semblait se fondre dans sa personne...

Enfin, aller chercher le testament laissé par sa mère. Un testament dont il avait oublié jusqu'à l'existence, puisqu'on ne l'avait plus évoqué en sa présence depuis des années. Mais l'objet était bien réel, caché quelque part sur les rivages kauliens, au même endroit que ses parents et lui l'avaient enterré, une décennie plus tôt...

Du moins, Amanón espérait l'y trouver encore. Jamais il n'était retourné en ces lieux. L'enfouissement de cette boîte mystérieuse avait été une expérience trop étrange ; il avait eu la désagréable impression d'ensevelir ses parents eux-mêmes, malgré leurs efforts, sur le moment, pour dédramatiser la chose. Cette histoire de testament caché dans le plus grand secret avait néanmoins, à ses yeux, des airs de folie douce, et le jeune homme s'était empressé de la couvrir d'une épaisse couche de nouveaux souvenirs... Jusqu'à ce jour, qu'il n'aurait pas cru voir arriver si tôt, et même qu'il n'aurait pas cru voir arriver du tout.

Le cinquième décan tirait à sa fin quand les cavaliers approchèrent de leur but, dans une région située bien à l'ouest d'Eza. Amanón songea qu'il était resté en selle pratiquement toute la journée. C'était loin d'être la première fois, et certainement pas la dernière... Il ralentit cependant l'allure, promenant son regard entre la plage caressée par la marée haute, et le relief couvert de buissons qui dessinait le rivage.

— Où on est ? finit par demander Cael, également sensible à la beauté simple du paysage.

— Près de Bodoine... C'est le village natal de ma mère, expliqua Amanón. Sauf erreur, il doit se trouver à quelques milles par là, vers le nord... C'est plutôt une bourgade de fermiers, que de pêcheurs.

— Et qu'est-ce qu'on fait ici ? enchaîna le garçon, après avoir si longtemps retenu la question. Tu crois que tante Corenn est là-bas ?

— Malheureusement non, soupira l'interprète. Mais elle m'a peut-être laissé un... message, pas loin. Surveille les environs, et préviens-moi quand tu verras un gros rocher en forme d'œuf. C'est un signe de repère.

Cael n'en demanda pas plus, et Amanón lui en fut reconnaissant. Il ne se sentait pas prêt encore à prononcer certain mot. *Testament*. Cela avait un côté trop irrévocable à son goût.

Ils continuèrent ainsi au pas de trot, pendant un bon moment, si long que le jeune homme commença à craindre d'avoir manqué l'indice. Ils finirent par le trouver, pourtant, découvrant en même temps la masse grosse comme une barrique de vin, et dont la surface granitique dépassait à peine entre les ronces de séda. Le temps, ou plus probablement quelques gamins en mal d'occupation l'avaient couché sur le côté, donnant à cet œuf de pierre une allure moins noble que lorsqu'il était pointé vers le ciel... Amanón fit s'arrêter sa monture et se laissa glisser à terre, en priant pour que les saccageurs n'aient pas altéré d'autres choses toutes proches.

— Ma mère jouait sur cette plage quand elle était enfant, annonça-t-il avec l'impression de se parler à lui-même. C'est pour ça qu'elle a choisi cet endroit, loin de tout, de Grand'Maison, de Kaul et même d'Eza... Personne ne serait venu fouiller ici.

Cael quitta également sa selle, tandis que le jeune homme scrutait les environs à la recherche d'une silhouette humaine. Les lieux étaient bel et bien déserts.

— Prends l'écope dans mes fontes, demanda-t-il à son cousin. Je vais en avoir besoin pour creuser.

Sans attendre le garçon, il fouilla dans ses poches et en sortit une petite boussole... Un objet rarissime dans le Matriarcat, et qui lui avait été remis par son père au départ de son premier voyage d'adulte. Ce simple souvenir accrut encore son émotion. Maintenant qu'il s'approchait du rocher, il se rappelait très bien les détails de cette journée étrange où ils avaient enterré la boîte... La joie de Corenn, retrouvant ses lieux d'enfance et narrant vingt anecdotes touchantes... Le sourire de Grigán, si rare et d'autant plus précieux... Une décennie plus tard, Amanón était tristement revenu pour prendre connaissance de leur testament.

Chaque pas qu'il faisait entre les buissons lui semblait empreint de gravité. À partir du rocher, il lui fallait compter douze enjambées vers l'est ; puis douze encore en direction du nord... Mais le jeune homme serait presque allé tout droit au bon endroit, comme si son père et lui venaient seulement de lâcher leurs pelles, tassant le mélange de sable et de terre à grands coups de bottes.

Dès qu'il commença à creuser, agenouillé entre les ronces et les herbes coupantes, Cael se précipita pour l'aider. Avec l'écope ou à mains nues, les cousins entamèrent la chair de leur monde, fouillant ses entrailles en quête d'une chose qui n'appartenait qu'aux hommes... Une sourde angoisse monta en Amanón, alors que la cuvette s'élargissait sans qu'ils fassent de découverte. Dans son souvenir, la boîte n'avait pas été enterrée si profondément... Peut-être se trompait-il ? Avec un outil digne de ce nom, la tâche eut été plus facile...

Il continua à ramener de la terre derrière lui, rageusement, désespérément, comme si cette action seule devait aider à lui rendre ses parents. Il commençait à croire que jamais il ne retrouverait ce *fichu* testament quand, soudain, l'écope plongée dans le trou rendit un son métallique... Le jeune homme ne prit que le temps d'échanger un regard fiévreux avec son cousin avant de creuser de plus belle, découvrant peu à peu une boîte aux reflets de bronze, jusqu'à pouvoir l'arracher au sol où les années l'avaient ancrée. Il finit de brosser l'objet du plat de la main, vérifiant avec soulagement que le temps ne l'avait pas altéré. Puis il le posa sur le sable, entre Cael, stupéfait, et lui-même, envahi par l'émotion.

— C'est ça ? devina le garçon. Qu'est-ce qu'il y a, dedans ?

Amanón contempla longuement la chose, d'une taille plutôt modeste, avant de répondre.

— Je n'en sais rien, avoua-t-il finalement. Une lettre, j'imagine...

Sans se donner davantage de temps pour réfléchir, il attrapa la boîte et en déverrouilla le couvercle. À l'intérieur se trouvait un nouveau coffret, en bois précieux... Amanón fut troublé de reconnaître là un objet fabriqué par son père. Avec délicatesse, il l'ouvrit à son tour et fit basculer son contenu sur sa paume ouverte... Son visage se peignit d'une surprise de plus en plus grande, alors qu'il examinait respectueusement leur découverte.

En guise de testament, c'est *tout un livre* que Corenn lui avait laissé en héritage. Un ensemble de plusieurs carnets reliés, couverts de dessins étranges et de l'écriture fine, si particulière, de sa mère.

Des centaines et des centaines de pages, au contenu aussi mystérieux qu'important pour ses parents !

*

Le soir était venu sur Lorelia, couchant les ombres des palais, des hautes bâtisses bourgeoises et des murailles de la cité. Dans la ville basse jouxtant le vieux port, la nuit semblait même tomber plus vite que dans les autres quartiers... Le sixième décan n'était pas achevé que déjà, les tavernes s'emplissaient de poivrots, de laissés-pour-compte et de nobliaux en mal d'aventure. Un premier meurtre eut bientôt lieu dans l'Impasse des Barbiers, faisant résonner un cri d'agonie vite étouffé par les rires, les chants et les airs de lune-à-corde qui s'échappaient des lupanars jusque dans la rue...

C'était dans un de ces garnis misérables, également connu comme maison de passe, que Keb avait mené Nolan et Eryne. Le Wallatte avait expliqué qu'il était entré en ville deux jours plus tôt, temps qu'il lui fallut pour trouver l'adresse d'Emaz Lana. Le barbare ne voyait aucune raison de quitter cette « auberge » pour une autre et Nolan avait réussi à convaincre sa sœur de l'intérêt des lieux : jamais les légionnaires ne viendraient chercher les héritiers de Kercyan dans un endroit pareil ! Ils s'y étaient donc installés avec le peu de bagages encore en leur possession.

Par chance, leur « cagnotte » de secours faisait partie de ces biens sauvés dans la déroute. Ils possédaient donc assez de terces pour se loger, se nourrir et... se vêtir, à commencer par remplacer la robe à tournure d'Eryne, irrécupérable après son passage dans la boue. La jeune femme avait versé quelques larmes en abandonnant le seul cadeau qu'il lui restait de Roban, mais elle avait consenti à enfiler une tenue plus discrète. Jupe longue et corsage de boulangère ne la transformaient pas pour autant : quelles que soient ses parures, elle restait une damoiselle au menton dressé haut, et sur laquelle chacun se retournait !

Nolan était déjà soulagé de la voir accepter autant de sacrifices. Il savait que, une fois passé le choc des événements de la journée, le caractère égoïste et impatient de sa sœur reprendrait le dessus... Il espérait seulement, le moment venu, bénéficier de l'appui de plusieurs personnes sensées pour la maintenir dans cet état de prudence.

Le novice lui-même avait choisi d'abandonner sa robe marquée des symboles eurydiens, alors que rien ne l'y décidait jusqu'alors. Pas même le drame qui avait précipité son départ de Ith... Cela torturait plus que jamais sa conscience, mais il ne se sentait toujours pas le courage d'en parler à Eryne. En quoi cela les avancerait-il, de toute manière ? Peut-être même que sa sœur choisirait de le bouder, refusant de le voir, ou pire, fuyant seule vers une destination inconnue... Pour veiller sur elle et tenter de réparer ses fautes, Nolan devait absolument continuer à garder son secret. Il viendrait bien un temps pour les confessions...

Malgré ces réflexions qu'il espérait sages, le novice ne se décidait pas à descendre dans la salle commune de la taverne. Il était mal à l'aise dans sa tunique de manouvrier, point tant à cause de son aspect modeste, que pour la façon dont elle soulignait la maigreur de son corps et la nudité de son crâne... Pourtant, par le passé, des femmes avaient déjà complimenté sa beauté. Nolan avait toujours eu du mal à croire en leur sincérité. Lui se voyait comme un jeune homme plutôt quelconque, novice parmi des milliers d'autres, et dont la seule particularité venait d'un lignage composé d'un duc et d'une Emaz... Rien à voir avec un personnage comme Keb, sûr de ses avantages, fier de sa force et maître de son destin.

En songeant que le barbare était seul en compagnie d'Eryne, Nolan se résolut à quitter sa chambre et à dévaler les trois étages d'escaliers poisseux. La salle commune n'était qu'à moitié pleine, mais elle baignait déjà dans une atmosphère malsaine d'odeurs de vinasses, de feu de tourbe et de tabac de Lineh. Quelques groupes d'hommes mangeaient en bavardant bruyamment, tandis que d'autres, solitaires, reluquaient ou négociaient les charmes des cinq ou six pensionnaires « permanentes » de l'établissement... Des prostituées, membres de la Guilde des Trois-Pas, comme on l'appelait à Lorelia.

Keb lui fit un signe depuis le banc le plus éloigné, et Nolan s'empressa de rejoindre sa sœur et le barbare. Eryne vivait visiblement un moment très éprouvant. Elle se tenait dos contre le mur, bras croisés sur sa poitrine, et sursautait chaque fois qu'un rire gras rebondissait sur les poutres noircies du plafond... Le soulagement qu'elle afficha en repérant Nolan n'échappa pas à ce dernier. Il s'en voulut d'avoir autant tardé à descendre pour le repas.

Le Wallatte, lui, semblait plutôt d'humeur joyeuse. Le novice en comprit la raison en découvrant le gros pichet de vin, déjà à moitié vide, qui trônait sur leur table. Eryne, habituée aux grands crus de la cave du manoir, n'avait même pas touché au verre posé devant elle... Et Nolan ne prit qu'avec une certaine répugnance celui que Keb lui tendait.

— À la santé de nos mères ! s'exclama le Barbare d'une voix déjà pâteuse.

Il vida son godet d'un trait et le reposa d'un geste brusque, faisant claquer sa manique d'acier sur le bois gondolé. Puis il tourna son regard vers le novice, l'encourageant à l'imiter... Nolan renifla le liquide avec méfiance, puis en laissa couler la moitié dans sa gorge avant de toussoter.

— Sage Eurydis, qui donc peut boire *ça* ! s'exclama-t-il avec une grimace, en s'essuyant la bouche.

Keb dut trouver le commentaire très comique, car il partit d'un rire bruyant et remplit d'autorité les verres des deux hommes. De l'autre côté de la table, Eryne semblait tétanisée par le dégoût que lui inspirait cette boisson, ces lieux... ou même ce nouveau compagnon qu'était le barbare.

— Je ne quitterai plus ma chambre jusqu'à ce que nous partions d'ici, annonça la damoiselle à son frère. Tu iras nous chercher à manger où tu veux, mais il est hors de question que je revienne me balader entre ces tables, ni même dans ce quartier !

— Nous sommes là pour quelques jours au moins, Erync... cxpliqua Nolan. C'est long, quand on est enfermé... Si tu ne sors pas de temps en temps, tu pourrais devenir mélancolique, ou irritable. Et puis, ça va sembler étrange aux habitués...

— Tu n'auras qu'à dire que je suis malade ! D'ailleurs, c'est sûrement ce qui m'attend, avec les horreurs qu'on risque de nous servir à manger ! Enfin, en supposant qu'ils daignent venir prendre notre commande !

Keb s'esclaffa encore, en pleine déglutition d'un nouveau verre, projetant dans son éclat d'hilarité des gouttelettes de vin sur le corsage « neuf » de la damoiselle excédée. Les excuses amusées du barbare ne changèrent rien à l'humeur de la belle, encore plus rouge de colère et de honte. Le silence tomba un moment sur la tablée... jusqu'à ce que le tenancier sorte une frotique de sous son comptoir, et ne commence à en jouer un air entraînant. Nolan pressentit la catastrophe en voyant le regard du Wallatte s'illuminer...

— Tu ne veux pas boire à la santé de nos mères, sourit-il à Eryne, mais tu ne peux pas refuser de danser !

— Bien sûr que si ! répliqua la damoiselle. Personne ne peut m'obliger à me ridiculiser devant ce parterre de vilains !

— Je vais te montrer une danse de mon pays, poursuivait le barbare sans l'écouter. Allez, viens, amusons-nous...

Ce faisant, il essayait de tirer Eryne par le bras... Avant que Nolan ne décide d'intervenir, sa sœur repoussa brutalement un Keb totalement surpris par cette réaction.

— Une autre fois ! lança-t-elle, fâchée pour de bon. Vous êtes complètement saoul !

Quelques rires saluèrent la réplique depuis les tables voisines, achevant d'humilier le guerrier stupéfait... Son expression changea brutalement. Il frappa un grand coup de poing sur la table, ramenant au silence les amuseurs, et dressa un index colérique devant Nolan et surtout Eryne.

— Vous devez savoir que j'ai *également* une dette envers Lana, révéla-t-il soudain. La reine Chebree qu'elle a épargnée, il y a vingt-trois ans, portait un enfant en son ventre. C'était *moi* ! Votre mère m'a sauvé, *moi* ! Je vis avec le poids de cette créance depuis toujours, mais aujourd'hui, après avoir massacré les types qui vous tenaient au bout de leurs lames, j'estime que nous sommes quittes ! Compris ? Nous sommes *quittes* !

Il acheva cette sortie théâtrale en avalant le verre de Nolan d'un trait, pour le reposer bruyamment et s'éloigner de leur table. Malgré cette scène regrettable, le novice poussa un soupir de soulagement. Les choses auraient pu prendre une tournure beaucoup plus violente !

Le jeune homme n'était pourtant pas au bout de ses surprises. Il remarqua qu'Eryne ne quittait pas des yeux la silhouette du barbare, en pleine conversation avec deux des pensionnaires des lieux...

— Je lui ai bien dit que nous danserions une autre fois, n'est-ce pas ? demanda-t-elle d'un air pincé. Alors, pourquoi se précipite-t-il dans les griffes de ces catins ?

*

Cael s'était un peu éloigné du campement caché entre les dunes ; il n'était même pas certain que Amanón se soit aperçu de son départ. Depuis qu'ils avaient déterré ce journal, une sorte de testament laissé par la tante Corenn, son grand cousin était complètement absorbé par sa lecture... Il n'avait levé le nez qu'au déclin du jour, annonçant simplement qu'ils s'installaient sur place, avant de replonger dans son livre sitôt un feu allumé au centre d'une cuvette sableuse.

Le garçon voulait respecter ce recueillement. Même s'il ne voyait pas comment ces cahiers écrits des années auparavant pourraient les aider dans la situation actuelle, il comprenait l'intérêt pressant d'Amanón pour les écrits de sa mère. Alors, Cael avait pris sur lui de s'acquitter des corvées indispensables... Il s'était chargé des chevaux, comme Léti le lui avait appris dès son plus jeune âge. Pour rafraîchir les bêtes assoiffées, d'ailleurs, presque toutes les gourdes disponibles y étaient passées ! Le garçon avait également ramassé ce qu'il pouvait de bois de flottage, et s'était même débrouillé pour préparer un repas avec des fèves trouvées dans les fontes d'Amanón. Mais le cousin avait mangé froid, trop occupé à tourner page après page pour seulement se souvenir de la gamelle posée à côté de lui...

La nuit était désormais bien installée sur le Matriarcat, pour un règne qu'elle partageait chichement avec une lune sur le déclin. Et pour la troisième fois ce soir, Cael arpentait un morceau de plage en espérant fatiguer ses inquiétudes... L'image de ses parents s'imprimait évidemment sur toutes ses pensées ; pourtant, le garçon ne pouvait croire *vraiment* qu'il ne les reverrait plus. Sans se l'expliquer, il avait la conviction qu'ils étaient toujours en vie, quelque part... Mais peut-être était-il seulement trop choqué pour accepter la vérité ?

Au plus profond de son sommeil, la *Voix* dans son esprit avait hurlé des choses à propos de ses parents. Le garçon en gardait un vague souvenir, en forme de sifflement douloureux, mais il n'osait forcer davantage sa mémoire de peur de succomber à une nouvelle crise. De toute manière, cette Voix n'était-elle pas l'expression de ses propres pensées ? Tout ce qu'elle pouvait prétendre ou annoncer émanait de lui-même, de ses expériences, de ses peurs et de ses désirs... Imaginer autre chose était trop effrayant !

Cael était déjà suffisamment préoccupé par son proche avenir. Encore deux nuits plus tôt, il avait sa place dans l'un des dortoirs de Grand'Maison. La veille, il s'était assoupi dans une écurie, à côté de la dépouille d'un ami... Et ce soir, il s'apprêtait à dormir à la belle étoile, avec le roulement lointain des vagues pour répondre à ses soupirs. Et demain ? Et le jour d'après ? Et même, à la décade suivante ?

Plus loin, ça pourrait être *Lorelia*. Lors d'une conversation très sérieuse, des années plus tôt, ses parents lui avaient donné une étrange consigne... Elle tenait en quelques mots : si un jour ils se trouvaient séparés les uns des autres, ils devraient se retrouver en une certaine *Place des Repentis*, au cœur de la riche cité du royaume voisin.

Avec les Valipondes à Kaul et à Eza, le garçon ne voyait rien de mieux à faire que suivre ce plan ! Mais, tout débrouillard et intelligent qu'il était, il ne s'imaginait tout de même pas accomplir ce voyage sans compagnie. Il n'avait que quatorze ans, après tout, et n'avait jamais franchi les frontières du Matriarcat. La vingtaine de reines-lune qu'il gardait en poche lui suffirait à peine à acheter quelques provisions... Et il reconnaissait très justement que porter une rapière à son côté ne faisait pas de lui un homme capable de se défendre ; loin de là.

Son espoir était de convaincre Amanón de l'accompagner, mais il n'avait pour l'instant aucune idée des projets de son cousin. Lui-même semblait dépassé par les événements, à la recherche d'un signe, ou de quelque chose y ressemblant... Comment interpréter autrement cette chasse au testament à laquelle ils s'étaient livrés ?

Cael craignait aussi qu'Amanón ne décide de faire cavalier seul, en l'abandonnant aux bons soins d'une quelconque et lointaine relation. Le garçon n'avait aucune envie de rester en arrière, à attendre désespérément de bonnes nouvelles ! En cela, il avait hérité du caractère volontaire et indépendant de ses parents. S'il n'était pas encore un adulte, il ne se considérait tout de même plus comme un enfant, et il entendait participer à tout ce qui serait entrepris pour retrouver leurs aînés et condamner les Valipondes. En songeant à la manière dont le pauvre et innocent Dalabert avait été lâchement assassiné, Cael en venait même à regretter que la peine de mort ne soit pas appliquée dans le Matriarcat ! Obliger les coupables à travailler quelques années aux biens communautaires lui semblait loin d'être un châtiment suffisant... Mais la douleur et la rancune altéraient peut-être son jugement.

Ces réflexions poursuivaient ainsi leur chemin, au gré des humeurs changeantes du garçon, quand les appels d'Amanón retentirent soudain dans les ténèbres. Cael en fut d'autant plus surpris que ces cris vibraient d'affolement ! Il revint aussitôt vers le campement, courant vers la silhouette du cousin qui s'époumonait en haut de la dune... Amanón ne s'interrompit qu'en repérant le garçon et dévala à sa rencontre, lame courbe en main, visiblement prêt à affronter un danger dont Cael ne voyait encore aucun signe.

— Ton pendentif, est-ce que tu as ton pendentif ? s'inquiéta l'interprète, tendant la main pour vérifier lui-même.

Le garçon recula par réflexe et se contenta de tirer l'objet de sous ses vêtements, surpris par la demande. En quoi ce bijou de famille valait-il toute cette agitation ?

Amanón lâcha un long soupir, visiblement soulagé, puis souleva la fine chaîne qui pendait à son cou en se lançant dans un discours agité...

— Tu sais que j'ai le même, rappela-t-il en exhibant l'objet. Nous, nous en avons hérité de nos parents, mais il en existe au moins six autres, identiques, pareils ! Écoute-moi, Cael. Ce sont plus que des bijoux, tu comprends ? Il ne faut jamais, *jamais* les enlever, d'accord ? C'est parce qu'*ils* n'étaient plus protégés qu'ils ont disparu. J'en suis sûr.

Le garçon avait peine à reconnaître son cousin ! Il était plus que fébrile : il semblait tout à fait *fiévreux*. Son regard bondissait d'un point à l'autre des alentours, comme si une bête sauvage allait soudain surgir des ténèbres... Qu'est-ce qui avait pu l'angoisser ainsi ? Tout de même pas la simple lecture de ce testament ?

— Explique-moi, demanda Cael, désemparé. Protégés contre quoi ? Et quel rapport avec les pendentifs ?

Amanón lui réclama le silence d'un geste, tendant l'oreille à quelque chose que le garçon n'avait pas entendu. Sa nervosité commençait à gagner le jeune Kaulien, sur le point de tirer sa rapière... mais le cousin mit bientôt un terme à son mutisme.

— Je ne peux pas t'expliquer maintenant, annonça-t-il avec certitude. Il m'en faut lire plus, encore, et j'ai besoin d'y réfléchir avant d'en discuter. Mais n'enlève pas ton pendentif, d'accord ? Pour aucune raison au monde !

Impressionné par l'avertissement, Cael baissa les yeux sur le bijou pendu à son cou... Quand il reporta son regard sur Amanón, ce fut pour le voir s'éloigner vers le camp à pas rapides. Quoi, il n'allait tout de même pas le laisser comme ça ! En quelques foulées, le garçon rejoignit l'homme pressé.

— Dis-moi au moins ce qu'on fera demain, insista-t-il. J'ai besoin de savoir !

— Demain, on part pour Lorelia, annonça le cousin sans tourner la tête. Mes parents m'ont laissé certaines consignes en cas d'urgence ; j'imagine que les tiens ont fait la même chose... Il faut absolument retrouver les autres. Au plus vite.

Cael dut bien se contenter de cette réponse, car Amanón replongea dans son livre dès leur retour au campement, balayant toute nouvelle question d'un geste distrait. Le garçon finit par se glisser entre ses couvertures, les yeux fixés sur la silhouette accroupie du jeune homme...

Le testament de la grand-tante Corenn semblait vraiment fascinant. Et angoissant, aussi.

Il suffisait de voir les différentes expressions d'Amanón, passant de la plus extrême concentration à une nervosité à fleur de peau, pour le deviner.

Livre XI

Les Gweloms

Bowbaq avait mis deux jours pour gagner Cyr-la-Haute, première cité lorelienne après la frontière arque ; puis une journée encore pour atteindre le versant sud des *Tarentelles*, la chaîne de montagne qui protégeait les Hauts-Royaumes des rigueurs septentrionales... S'il avait été seul, le grand-père aurait peut-être voyagé plus vite. Mais il lui fallait constamment veiller sur Niss et anticiper sa fatigue, puisque la jeune fille ne se plaignait jamais et aurait pu s'écrouler d'épuisement sans prononcer un mot ! Elle n'avait d'ailleurs pas ouvert la bouche depuis la disparition du reste de la famille ; au grand regret de Bowbaq, qui ne s'était pas senti aussi seul depuis longtemps.

Même son chien Galou lui manquait cruellement. Mais il n'aurait pas été raisonnable d'cmmener le rouvier dans une telle expédition... Le géant l'avait donc laissé aux bons soins de son voisin, de même que ses deux poneys et ses quatre chèvres, menant tout ce petit troupeau le long des six lieues qui le séparaient de la ferme la plus proche. Il n'avait gardé que les deux chevaux *rodiens* offerts par Léti, deux bêtes massives et résistantes, avec lesquelles ils avaient fait toute cette première partie du voyage.

Ce soir-là, et après avoir séjourné deux nuits de suite dans des refuges de chasse, ils s'étaient arrêtés dans la première des nombreuses auberges qui bordaient la route menant à Lorelia. Bowbaq n'aimait guère ces hôtelleries payantes, d'ordinaire, mais les signes arques gravés sur l'enseigne de l'établissement l'avaient mis en confiance. Il s'était même réjoui de trouver des compatriotes derrière le comptoir ; un couple issu du Clan de l'Anator, allié fidèle de l'Oiseau. Les trois adultes avaient consacré une bonne partie de la soirée à échanger des souvenirs sur leur région natale, en éclusant un pichet de *milo* traditionnel d'Arkarie, bien entendu.

Niss, elle, avait avalé deux pleins bols de soupe épaisse avant de se glisser à quatre pattes sous la table. Pendant un long moment, elle avait joué avec le chat de la maison, une bête rondouillarde au caractère placide... Puis la jeune fille avait commencé à imiter ses miaulements, ce qui avait aussitôt alerté son grand-père. Avec quelques remerciements, il avait pris congé de leurs hôtes en emmenant sa pupille dans leur chambre.

La pièce était petite mais chaleureuse, à l'image de l'ensemble de l'auberge : des planches du sol au plafond, une peau tannée en guise de tapis, un coin d'aisance masqué d'un rideau... Bowbaq s'assit pesamment sur le lourd édredon, pendant que Niss se préparait pour la nuit. C'était probablement la dernière fois qu'ils rencontraient des Arques avant longtemps... Encore trois jours de voyage et ils seraient à Lorelia, une ville que le géant n'avait jamais aimée. Oh, il s'y était bien rendu quelques fois avec Ispen, pour rendre visite à l'ami Reyan et l'amie Lana... Mais le grand-père préférait de loin recevoir ses compagnons dans son chalet de rondins. En vérité, il avait toujours détesté la foule !

Il commençait à s'inquiéter, justement, des effets que pourrait produire la proximité d'autant de personnes sur la pauvre Niss. Depuis le drame qui avait plongé la jeune fille dans cet état laconique, à ses dix ans, ses proches cherchaient à la ménager. Niss ne devait pas écouter trop de conversations en même temps ; il fallait éviter qu'elle joue longtemps avec les animaux ; et il était primordial de pas user de violence en sa présence... Toutes recommandations formulées par Bowbaq lui-même, mais dont il n'avait jamais autant senti le poids. Comment empêcher la jeune fille de tendre l'oreille à tout ce qui se disait dans une rue bondée de monde ?

Comment prévenir les scènes de colère, de malveillance, de brutalité auxquelles elle risquait fort d'être confrontée dans les jours prochains ?

Le danger était de la voir s'enfoncer plus loin encore dans ses rêveries... Peut-être même était-il déjà trop tard pour espérer une guérison. À quoi Niss avait-elle assisté exactement, assise au bord de cette rivière ?

Ce qui revenait à demander, pour la centième fois : comment avait disparu leur famille ? Où étaient donc les êtres chers ?

Depuis qu'il avait quitté sa maison, le grand-père avait largement eu le temps de ruminer. Une nouvelle idée s'était peu à peu installée dans son esprit, malgré ses efforts pour l'ignorer...

Pour connaître la vérité, il lui suffisait de lire dans les pensées de sa petite-fille !

Ses talents d'erjak l'en rendaient capable. Bowbaq pouvait pénétrer l'esprit de n'importe quel humain à portée de vue, et même lui adresser un court message ! Seulement, la pratique était considérée comme *impolie* dans la tradition arque, c'est-à-dire, quasiment criminelle. Les rares fois où il s'en était servi, le grand-père avait ressenti un tel sentiment de culpabilité que la tristesse l'avait tenu pendant plusieurs jours. Sans compter la rancœur, pour ne pas dire l'hostilité qui se développait aussitôt chez le sujet de l'expérience...

Dans le cas de Niss, la chose serait pire encore. Violer son esprit pouvait briser à jamais le fragile équilibre qui s'y maintenait depuis trois ans. Bowbaq n'imaginait pas prendre ce risque, même si tout le reste de leur famille devait en être sauvé !

La jeune fille revint près du lit, en robe de chambre tombante jusqu'aux chevilles, à l'image de ses cheveux masquant son regard... Le grand-père se leva pour lui céder la place, puis remonta les draps sur elle. Comme d'habitude, elle s'installa sagement sur l'oreiller, avec une ombre de sourire quand la main de Bowbaq caressa sa joue...

Ils avaient toujours été proches, songea le géant avec nostalgie. Et ils riaient beaucoup, à une autre époque, quand la jeune fille enchaînait de longs séjours chez ses grands-parents... Quand Bowbaq lui servait de professeur.

Mille fois depuis, il avait regretté que Niss ait hérité de ses pouvoirs d'erjak.

*

La cérémonie ne devait pas avoir lieu avant un demi-décan, mais la place des Repentis grouillait déjà d'une populace affairée, comme une colonie de fourmis s'agitant dans la lumière de cette matinée ensoleillée. Le quartier accueillait quotidiennement le plus grand marché de Lorelia ; excepté à la septime de chaque décade, où le titre était enlevé par la place des Cavaliers... Mais le cœur ménager de la cité se trouvait bien là, au croisement des vieilles ruelles voisinant la porte de Lermian, les halles couvertes et le très ancien établissement royal de bains publics.

Cael observait chaque détail de ce décor avec beaucoup d'intérêt. Il avait tellement entendu parler de Lorelia, dans les discussions familiales ou pendant les cours de Grand'Maison, qu'il avait peine à croire en sa propre présence dans la cité phare des Hauts-Royaumes !

Après trois jours de chevauchée soutenue, et la traversée de deux fleuves sur des bacs à peine flottants, le garçon et son cousin étaient arrivés porte des Ducs la veille dans la soirée. La loi lorelienne frappait cependant les visiteurs tardifs d'une taxe spéciale, visant à restreindre les allées et venues une fois le sixième décan passé... L'impôt était si élevé qu'à la tombée de la nuit, seuls les nantis et les nobles se retrouvaient à pouvoir entrer ou sortir librement. Le couvre-feu ainsi instauré satisfaisait pleinement la couronne, toujours en mal de quiétude entre ses murailles.

Cael et Amanón s'étaient donc installés dans l'une des nombreuses auberges d'étape qui bordaient les routes extérieures. Ils n'étaient entrés en ville qu'au petit matin, après avoir laissé leurs montures en gardiennage... Les Kauliens avaient ensuite traversé tous les quartiers nord de la cité, demandant leur chemin à deux reprises, pour atteindre enfin cette fameuse place des Repentis : le but de ce voyage, et le centre de tous leurs espoirs !

Le garçon souhaitait de tout cœur retrouver *au moins* l'un des siens. Léti, Yan, Corenn ou Grigán... Même si cette possibilité semblait bien faible, à une telle distance du Matriarcat, et après les diverses attaques des Valipondes.

Cael voulait y croire, malgré tout. Le sentiment de solitude qui l'avait peu à peu gagné, après son départ du haras, lui était devenu insupportable. Et le mutisme d'Amanón n'arrangeait pas les choses... Depuis qu'il avait lu le testament de Corenn, son cousin n'était plus le même. Il passait la plupart du temps perdu dans ses réflexions, quand il ne relisait pas certains passages de ces cahiers pour ce qui semblait être la centième fois... Il était aussi beaucoup plus tendu, et distant avec tout le monde. Même avec Cael.

Le garçon ne savait toujours pas de quoi la grand-tante parlait dans ses pages. Amanón éludait toutes ses questions à ce sujet, et Cael avait rapidement cessé de l'interroger, comprenant que son cousin n'était pas prêt à en révéler davantage. Par moments, le garçon avait même l'impression que l'interprète se *méfiait* de lui ! Ce n'était pas facilement décelable ; à peine quelques regards appuyés... Mais ils suffisaient à le mettre mal à l'aise. Quels que soient les secrets de Corenn, ils avaient placé une barrière sur le terrain d'amitié que partageaient les deux cousins. Et Cael en souffrait d'autant plus qu'il n'avait personne d'autre à qui se confier...

Alors, le garçon scrutait le visage de chaque passant, espérant trouver l'un ou l'autre membre de leur famille avant le moment convenu. Ou plutôt, le moment *supposé*, car les consignes de leurs parents étaient plutôt succinctes : « Si un jour nous sommes séparés, retrouvons-nous place des Repentis à Lorelia... » Après réflexion, Amanón avait présumé que cette rencontre devrait se produire pendant l'office du *Tiers-arbitre*. Dans ce quartier, c'était l'événement marquant de la journée, et donc un signe de repère logique...

La « cérémonie » en elle-même ne présentait guère d'intérêt pour un étranger. Amanón était déjà venu à trois ou quatre occasions à Lorelia, et en avait assez appris lors de ces séjours pour expliquer les grandes lignes de la chose à son cousin... Huit fois par décade, donc, le viguier royal rendait publiquement justice sur l'esplanade même du tribunal bordant la place des Repentis. Il ne traitait qu'une seule affaire, choisie pour ses aspects particuliers, et lui permettant de rafraîchir la mémoire des Loreliens quant aux lois régissant leur cité. Certains notables trouvaient la méthode plus « éducative » que les exécutions ; d'autres n'y voyaient qu'une comédie à peine digne d'un spectacle de bateleurs... De toute manière, le Tiers-arbitre ne se substituait pas aux pendaisons et autres joyeusetés de la place d'Uliterre, et la tradition de ces jugements publics était maintenue jour après jour, année après année, souverain après souverain.

En y réfléchissant, Cael pensait deviner pourquoi leurs parents avaient choisi cet endroit comme point de rencontre. Entre les crieurs s'agitant derrière leurs étalages, les ménagères, les gamins en vadrouille, les artisans ambulants, les valets en mission, les curieux qui se massaient déjà devant le tribunal, et d'une manière générale tous les badauds dont on ne faisait qu'imaginer les occupations, les lieux concentraient une population importante et assez bruyante... Un homme s'y trouvant soudain menacé par des inconnus pouvait facilement reculer et se perdre dans la foule, puis disparaître dans l'une des nombreuses ruelles attenantes. Ou, plus simplement, il pouvait espérer l'assistance des témoins de son agression... mais à quatorze ans, Cael ne se faisait déjà plus de fausses idées sur l'esprit d'entraide censé animer les adultes.

Amanón semblait également plus décontracté, depuis qu'ils étaient entrés en ville. Comme si ce noyau de civilisation pouvait le protéger contre ses nouvelles peurs... À moins qu'il ne se réjouisse de retrouver bientôt des personnes chères. Cael lui aurait bien posé cette question-là, *au moins*, mais le cousin était de nouveau plongé sur les cahiers reliés de Corenn, sourd et aveugle à tout le reste.

Le garçon ne put se retenir de lancer un regard discret sur le livre ouvert, comme il l'avait fait à deux ou trois reprises ces derniers jours. Malheureusement, l'écriture de la grand-tante était trop fine et trop serrée pour qu'il puisse reconnaître le moindre mot d'aussi loin... Les seuls éléments qu'il avait discernés étaient d'étranges suites de dessins, comme tirés d'un alphabet farfelu ou, plus étonnant encore, recopiés dans un grimoire de sorcellerie !

Cael lui-même trouvait cette idée ridicule, sans pour autant pouvoir s'empêcher d'y réfléchir. Comment imaginer que la sage, la respectée Corenn puisse s'intéresser de près ou de loin à la magie, à la divination, ou à tout autre charlatanisme ? Pourtant... Tous ces mystères, ces histoires de pendentif, et les symboles mystérieux couvrant les pages du testament...

Le garçon n'en saurait pas davantage, de toute manière, tant qu'Amanón n'aurait pas décidé de lui en parler. Avec une pointe de frustration, il reporta son attention sur la place et les centaines de personnes qui s'y croisaient. Lui-même et son cousin étaient installés sur le côté, tranquillement adossés à l'une des maisons de trois étages bordant les lieux... Quand la cérémonie du Tiers-arbitre commencerait, ils s'approcheraient du volumineux bassin central abritant une fontaine. Si jamais quelqu'un devait venir à leur rencontre, ce serait à *ce* moment et à *cet* endroit.

Le problème, c'est que ça pouvait être à n'importe quel jour de la décade. Ou de la suivante. Ou, pourquoi pas, de l'année à venir !

Le rendez-vous pouvait même avoir été manqué... mais Cael préférait ne pas y songer.

*

Nolan avait dû insister, ce matin-là, pour décider Keb à l'accompagner une fois encore. Et si le Wallatte avait cédé, il montrait plutôt grise mine. La patience ne faisait certainement pas partie des qualités du guerrier ! Dès le premier jour, il s'était plaint de leur longue attente en place des Repentis ; surtout parce qu'il n'en était rien sorti. Et ce ne fut pas mieux le lendemain... Eryne elle-même ne se gênait pas pour manifester son exaspération, depuis la chambre où elle restait terrée. Nolan devait constamment rappeler à l'un et à l'autre qu'ils n'avaient pas de meilleur plan à leur disposition !

Ce rendez-vous au nord de Lorelia avait été fixé par leurs parents, dans un passé déjà lointain. Mais il s'agissait alors d'un simple point de ralliement pour enfants égarés... L'endroit était facile à trouver, même pour un petit garçon ou une fillette de six ans. C'était plus aisé, en tout cas, que de se faire indiquer le manoir de Kercyan dans une ville qui comprenait plusieurs centaines de bâtiments de ce genre !

Eryne et Nolan n'avaient pourtant jamais eu l'occasion de se perdre dans les rues de la cité, et l'histoire s'était plus ou moins noyée dans leurs souvenirs. Du moins, jusqu'à une douzaine d'années plus tôt, où le novice avait entendu son père mentionner de nouveau la place des Repentis... C'était au cours d'un repas avec leurs amis Arques et Kauliens ; tout à fait le genre de réception que Eryne, déjà jeune fille, fuyait sous n'importe quel prétexte. Ce jour-là, il était question d'une sorte de « lieu de regroupement d'urgence »... Nolan avait compris ensuite qu'il s'agissait du même quartier, situé entre le tribunal et les bains publics, mais ne s'était pas préoccupé davantage de cette conversation entre adultes.

Les choses prenaient désormais une tout autre portée. Le novice avait eu le temps de réfléchir, pendant son séjour chez le comte Roban. Il en était arrivé à une certaine conclusion... De même que ses parents avaient aménagé une pièce secrète dans leur maison, et rassemblé un trésor ainsi que de l'équipement de secours, ils avaient prévu un point de ralliement avec leurs amis fidèles, les seuls en qui ils gardaient confiance ! La sortie des souterrains balisés par Reyan ne se trouvait d'ailleurs qu'à cinq ou six rues ; ce n'était pas une coïncidence. Les de Kercyan et les autres, hommes et femmes menacés par les tueurs züu depuis la bataille du Mont-fleuri, avaient décidé de se retrouver *là* en cas de danger.

Bien sûr, Nolan et Keb pouvaient se rendre vingt fois en place des Repentis sans faire la moindre rencontre... Le novice soutenait qu'ils ne perdaient pas grand-chose à essayer au moins quelques jours. Leur seul autre choix était de quitter Lorelia et sa maudite Légion Grise, mais rien ne prouvait qu'ils ne croiseraient pas les espions de la couronne sur la route de Kaul ; en supposant que les assassins ne soient pas tout bonnement postés aux portes de la cité !

Avec de tels ennemis, la marge de manœuvre du petit groupe était forcément réduite. Et Nolan savait que la situation pouvait encore empirer... Pendant qu'il remontait les rues loreliennes, le guerrier bâillant à ses côtés, le novice se contractait à la vue de chaque silhouette porteuse d'un masque ithare. Même l'indifférent barbare finit par s'en apercevoir !

— T'as piqué un truc dans un temple, ou quoi ? lança-t-il bientôt, amusé par sa propre raillerie.

Nolan se contenta de hausser les épaules, ne sachant que répondre. Il s'était déjà habitué à l'irrespect du Wallatte, de même qu'à ses excès en toutes choses. En fait de prince d'une des plus grandes nations estiennes, Keb se comportait comme le pire des soudards, buvant chaque soir jusqu'à la nausée, et finissant systématiquement la nuit avec l'une des prostituées de leur « auberge ». Eryne en était scandalisée à un point tel qu'elle n'avait pas d'autre sujet de conversation, alors que le barbare, au contraire, ne lui adressait pratiquement plus la parole...

Depuis ses dernières révélations, d'ailleurs, le guerrier n'avait plus montré aucun signe d'agressivité. Il semblait réellement décidé à retrouver Lana, même si ces longues matinées d'attente lui tapaient sur les nerfs. Il s'était aussi proposé de se rendre discrètement jusqu'au manoir de Kercyan... et n'y avait repéré aucune agitation particulière, à part les deux hommes qui en gardaient la grille !

Pour le Wallatte, enlever l'un de ces légionnaires pour l'obliger à s'expliquer était la meilleure chose à faire, mais Nolan et Eryne s'étaient catégoriquement opposés à l'idée. Les espions n'auraient probablement rien à leur confier ; l'opération pouvait les mettre tous les trois en danger ; et surtout l'idée même d'une séance de torture était inacceptable. Sans parler du sort final réservé au prisonnier...

Keb et Nolan avaient donc essayé de se renseigner d'une autre manière, dans les rues et les tavernes, auprès des marchands, des crieurs publics... On discutait assez peu de la mort de Roban de Sarcy, en définitive. La rumeur disait simplement qu'il avait été tué par une bande de cambrioleurs. En revanche, on racontait beaucoup plus de choses sur la disparition des de Kercyan. La version la plus répandue était celle où le duc était convaincu de traîtrise envers la couronne, et en fuite avec sa famille... Eryne et son frère supportaient difficilement une telle ignominie, mais ils s'accrochaient à l'idée que les ragots cesseraient dès la réapparition de Reyan et Lana.

Le danger était grand, en tout cas, de se faire interpeller dans la rue par n'importe quel curieux reconnaissant les héritiers du duc. Nolan était heureusement d'allure discrète, et ses longs séjours à Ith l'avaient préservé d'une trop écrasante notoriété. Pour plus de sûreté, il avait renoncé à se raser le crâne, tout comme il s'était séparé de sa robe de novice... Quant à Eryne, elle tenait parole et n'avait pas mis un pied hors de sa chambre en trois jours. Son frère lui apportait ses repas et lui faisait la conversation, de même que le Wallatte, quand ils devaient évoquer l'avancement de leurs plans... Mais la damoiselle mettait un point d'honneur à ignorer la décadence régnant au rez-de-chaussée de leur auberge. Nolan la soupçonnait malgré tout d'espionner Keb depuis le palier ; elle était trop bien renseignée sur ses frasques !

Aujourd'hui, peut-être, il aurait de bonnes nouvelles à rapporter à sa sœur aînée. Il fallait l'espérer, y croire, toujours... *Aujourd'hui*, il ne rentrerait pas seul avec le guerrier.

Quelques instants plus tard, les deux hommes parvinrent enfin place des Repentis. Ils s'installèrent près du bassin central, comme tous les jours, puis se préparèrent à une longue attente en observant la foule.

Sur l'esplanade du tribunal, les personnages officiels se mettaient en place. On allait bientôt raconter une nouvelle histoire, à l'issue encore inconnue.

*

Au premier roulement de tambour qui marquait le début de la cérémonie, Amanón referma le livre de Corenn et le rangea soigneusement, à l'abri derrière ses habits noirs. L'idée qu'il puisse abîmer les précieux cahiers, les égarer, ou pire, les voir tomber sous des regards curieux, était une torture mentale à laquelle il ne s'accoutumait pas. Par moments, il lui arrivait même de regretter d'avoir exhumé ce testament... C'était néanmoins la meilleure chose à faire. La seule qui leur donnait une chance de rester en vie ; à lui, ainsi qu'aux autres *héritiers !*

L'interprète était plus que tendu, pour ce premier rendez-vous place des Repentis. Il fallait pourtant se décider à bouger... Cael s'était déjà dressé, prêt à partir, le regard attiré par le tribunal où le ballet du Tiers-arbitre venait de commencer.

Amanón lui-même passa quelques instants à étudier la scène. Au centre de l'esplanade trônait le viguier royal, un grand vieillard d'allure respectable, paré des atours rouges et verts de sa fonction. Il était le seul à disposer d'un fauteuil, installé et retiré jour après jour par ses secrétaires. De part et d'autre de la terrasse couverte, avocats, procureurs, victimes et accusés attendaient de pouvoir s'expliquer publiquement. Un groupe de trois tambours, en retrait, devait ponctuer chaque étape de la cérémonie par force percussions. Enfin, une trentaine de *Bodonis*, les soldats du peloton spécial rattaché au tribunal, protégeait ces personnages derrière une haie croisée de pertuisanes.

À tous ceux-là, il fallait encore ajouter une équipe de cinq greffiers. Ces derniers étaient chargés de consigner les débats, bien entendu, mais aussi de sélectionner parmi les spectateurs un certain nombre de jurés temporaires... Hommes et femmes de tous âges et conditions, à la seule exigence qu'ils soient d'origine lorelienne. Leur rôle était purement consultatif, le viguier royal étant seul à rendre la décision finale ; mais chaque juré nommé se voyait rémunéré d'une terce d'argent ! Les candidats étaient donc toujours très nombreux, massés devant l'esplanade, espérant être choisis à la fin des débats pour grimper sur les marches et exprimer leur opinion. C'était le meilleur moyen que les souverains aient trouvé pour intéresser leurs sujets à la justice... De manière surprenante, cela semblait fonctionner. Le Tiers-arbitre était très suivi, même si c'était principalement par les plus démunis.

Avec toute cette foule drainée par le marché et la cérémonie, la place était vraiment bondée. Amanón ne parvenait à repérer le bassin central que grâce à la fontaine, dépassant de quelques pieds la forêt de têtes, de capuces et de couvre-chefs en tout genre. Il donna une petite tape sur l'épaule de Cael et lui fit signe de se frayer un chemin entre les badauds... Lui-même suivait juste derrière, main crispée sur sa lame courbe.

Le moment était crucial. Ils pouvaient *tout* trouver devant ce bassin. Parents, amis, ou plus probablement quidams étrangers à l'affaire ; mais aussi assassins fanatiques, Züu et Valipondes, renseignés sur le point secret de ralliement par la torture de leurs proches... ou par une autre source, dont la nature n'était même pas humaine.

Pour accomplir les derniers pas, Amanón retint son cousin par le bras et passa en tête. Le cœur du jeune homme battait excessivement vite, malgré ses efforts pour contrôler sa fébrilité... Enfin, l'ultime rideau de Loreliens fut franchi, et l'interprète put espionner tous les visages des silhouettes assises au bord de la fontaine.

Il reconnut aussitôt Nolan de Kercyan, bien qu'ils ne se soient plus croisés depuis leur adolescence. Le fils de Rey et Lana l'aperçut également et lui adressa un petit signe de main, visiblement troublé par la rencontre... Ce n'était rien à côté de l'émotion qui avait envahi Amanón. Retrouver là un des héritiers faisait partie de ses vœux les plus chers ! Mais en même temps, cela confirmait une tragique hypothèse, où l'on voyait le malheur frapper *tous* les héros de la bataille du Mont-fleuri, ainsi que leurs descendants... Quelle que soit cette malédiction, elle n'était pas contenue dans les seules frontières du Matriarcat. Le testament de Corenn sembla soudain peser plus lourd, dans la poche de l'interprète...

Le jeune de Kercyan s'était levé à leur approche, de même que le guerrier aux cheveux longs qui l'accompagnait. Aucun autre allié ou ennemi ne vint se joindre à la fête. Amanón commença alors à se détendre, un peu... Il regrettait, évidemment, de ne pas avoir trouvé son père et sa mère assis au bord de cette fontaine. À l'expression déçue de Cael, il comprit que son cousin pensait la même chose.

— Nolan, souligna-t-il en serrant la main que le Lorelien lui tendait. Ça fait longtemps...

Il ne savait que dire d'autre, troublé au-delà de ce qu'il imaginait. Après avoir lu et relu les confessions de Corenn, l'interprète savait que les liens qui l'unissaient au jeune homme, ainsi qu'à sa sœur, à Cael et à la lignée de Bowbaq, ne seraient jamais défaits. Leurs destins étaient inexorablement liés, bien que lui-même l'ignorât encore à la dernière décade... En saluant le noble fils d'un duc et d'une Emaz, aussi différent de lui que pouvait l'être un étranger, il avait tout de même l'impression d'embrasser un frère.

— Manó, répondit sobrement le Lorelien.

Malgré son émotion, ou peut-être à cause d'elle, Amanón ne put retenir un petit rire.

— On ne m'a pas appelé comme ça depuis des siècles !

— Excuse-moi, je...

— Non, c'est parfait, assura l'interprète d'une voix amusée. J'aime bien ce diminutif... Tu te souviens de Cael ? enchaîna-t-il en se tournant vers le garçon.

— Je ne l'aurais pas reconnu, avoua Nolan en serrant la main de l'adolescent. Mais je devais avoir douze ans, la dernière fois que j'ai accompagné mes parents à Kaul... Et toi, cinq ou six.

— Moi, je me souviens de ce jour, précisa Cael en souriant. C'était chez la tante Corenn, on jouait tous les trois... Je me rappelle même qu'on s'amusait à faire les pirates. Et j'étais le capitaine ! ajouta-t-il avec un petit rire.

— C'est possible, acquiesça Nolan. J'aimais beaucoup faire le pirate, à une autre époque. Et mon père adorait se déguiser avec nous...

Tous trois gardèrent leurs sourires aux lèvres, mais un silence embarrassé tomba sur le groupe. Amanón devinait que chacun partageait ses pensées... Où était-il, ce temps joyeux et insouciant ? Le passé évoqué ne pouvait faire oublier les raisons tragiques qui les avaient poussés à se rassembler. Il les rendait même plus cruelles.

Un sifflet aigu mit une fin brutale à ce recueillement. Le guerrier qui accompagnait Nolan venait de se rappeler à leur bon souvenir, de manière assez grossière ! Amanón prit seulement alors le temps de détailler l'homme, plutôt massif, et d'une allure sauvage, comme certains mercenaires traînant dans les Bas-Royaumes... On avait peine à imaginer comment un tel personnage pouvait se retrouver en compagnie d'un cadet de la haute noblesse lorelienne !

— Voici... Keb, présenta Nolan, de façon succincte. Il nous a beaucoup aidés, Eryne et moi.

Malgré cette déclaration, Amanón n'éprouva aucune sympathie immédiate pour le guerrier. Il y avait dans son attitude quelque chose d'assez moqueur... Comportement que l'interprète trouvait déplacé, au vu de la situation qu'il ne pouvait manquer de connaître. Et *cela* était gênant également. Le secret qu'Amanón portait depuis trois jours l'incitait à une extrême méfiance. Dans l'idéal, l'homme n'aurait même pas dû avoir vent de ce rendez-vous secret de la place des Repentis...

— C'est quoi comme nom, ça, *Keb* ? demanda-t-il, avec plus d'agressivité qu'il n'aurait voulu.

— Pas ramgrith, en tout cas, répliqua le guerrier sur le même ton. Le cuir noir est toujours à la mode dans le désert, on dirait ?

— Keb est Wallatte, s'empressa d'intervenir Nolan. Il est prince de sa nation. Fils unique de la reine Che'b'ree.

Ce dernier nom résonna comme un coup de tonnerre dans l'esprit d'Amanón. En un instant, il comprit. *Un Wallatte. D'à peu près son âge. La reine Che'b'ree.* Une vague d'effroi emporta toutes ses émotions ; comme touché par la foudre, il poussa brutalement Cael en arrière et tira sa lame courbe !

— C'est le fils du sorcier ! cria-t-il aux deux autres. Le fils de *Saat* !

*

La foule s'écarta aussitôt, faisant un cercle autour des trois hommes et de l'adolescent près du bassin. Cael ne comprenait pas ce qui se passait, mais l'expression d'animal piégé d'Amanón le poussa à tirer également sa rapière ! En face, le nommé Keb n'avait pas décroisé les bras... Le garçon osait à peine imaginer ce qui arriverait, lorsque le guerrier saisirait l'énorme barre d'acier pendue à sa ceinture pour répondre à la menace des Kauliens. Quant à Nolan, il semblait complètement perdu, hésitant entre brandir sa canne aux côtés de ses amis, ou se placer en rempart entre eux et le barbare ! Son regard allait des uns aux autres, tandis que les murmures des badauds s'amplifiaient...

— Je ne me reconnais *aucun* père, annonça finalement le guerrier. L'homme que tu as nommé n'est rien pour moi.

— C'était l'ennemi juré de mes parents ! insista Amanón. Un monstre, un assassin ignoble, responsable de dizaines de milliers de morts dans tous les royaumes !

— Et alors ? Je m'en fiche. Tout ça ne me concerne pas. Tu peux le maudire et insulter sa mémoire toute la journée, si ça te chante ! Ma mère fait ça à la perfection, conclut-il d'un air amusé.

— Keb nous a tout de suite avoué que nos aïeux étaient ennemis, intervint Nolan d'une voix anxieuse. Je pense que tu devrais ranger ton arme, maintenant, Manó. Les Bodonis vont finir par s'en mêler.

Cael guetta avidement la réaction de son cousin... puis relâcha un peu de tension en voyant l'interprète rengainer sa lame courbe, visiblement à contrecœur.

Le garçon ne perdit pas de temps à remettre au fourreau sa propre rapière, soulagé de ne pas avoir eu à l'utiliser déjà !

— Ça ne change rien, insista Amanón. Qu'est-ce que le fils d'Emaz Che'b'ree fait là avec toi ? J'ai peine à croire que tu te fies à lui !

— *Emaz* ? s'étonna Nolan, en levant un regard interrogatif vers Keb.

Les trois adultes semblaient assoiffés de longues explications... Autour du petit groupe, les badauds s'étaient rapprochés, et Cael repéra parmi eux une bonne poignée de curieux qui tendaient l'oreille pour connaître le fin mot de ce duel avorté.

— On ne devrait pas traîner ici, glissa-t-il à Amanón, avec un signe de tête vers la foule.

Le cousin et les deux autres étudièrent alors les environs, comme s'ils redécouvraient la place bondée dont ils occupaient le centre.

— Tu connais un coin tranquille ? chuchota l'interprète à Nolan. J'imagine que ta maison n'est plus sûre ?

— Le manoir est sous surveillance, acquiesça le Lorelien. Eryne, Keb et moi sommes installés dans la ville basse.

— Et tes parents ?

À l'expression triste du jeune homme, Cael pressentit l'annonce d'un drame... Mais comment pouvait-il en être autrement ? La seule présence de Nolan près de ce bassin répondait déjà à la question.

— J'ignore où ils sont, soupira-t-il. Ils ont disparu sans laisser de traces. Cela fait déjà... cinq jours.

— Les nôtres aussi. Nous les retrouverons, promit Amanón, coupant court aux interrogations surprises du Lorelien. Faufilons-nous jusqu'à une taverne, maintenant. J'ai hâte que ton nouvel « ami » nous raconte son histoire.

— Hé ! Je ne suis l'ami de *personne*, précisa Keb avec rudesse. Je suis seulement chargé de porter un message. Et tous vos petits problèmes ne m'intéressent pas.

— Tant mieux, parce que je n'ai aucune envie d'en parler devant toi ! répliqua Amanón.

Cette fois, le barbare posa la main sur son arme étrange... pour ce qui semblait n'être qu'un avertissement. Cael avait vraiment hâte d'abandonner cet endroit ; à chaque instant qui passait, la tension grimpait d'un cran entre son cousin et le guerrier ! L'intervention de Nolan fut heureusement décisive.

— Heu... Quitte à se réunir quelque part, j'aimerais autant rejoindre Eryne. Elle guette toujours notre retour avec impatience, et elle sera ravie de vous retrouver...

— Quoi, ça fait déjà plusieurs fois que vous venez ici ? s'étonna Cael.

— C'était la troisième, confirma le Lorelien. Jusque-là, vous êtes les seuls que nous avons rencontrés... Mais vous l'aviez deviné.

Le garçon acquiesça tristement, déçu par la nouvelle. Ainsi, Yan, Léti et les autres n'étaient pas venus au rendez-vous dans les trois derniers jours... Demain, peut-être ? On pouvait considérer cette première tentative comme un succès encourageant, après tout !

— Va pour la ville basse, conclut Amanón. Allez, montrez-nous le chemin !

Personne n'était dupe de la demande de l'interprète ; il tenait surtout à ne pas avoir le Wallatte dans son dos... Le guerrier le gratifia d'ailleurs d'un sourire carnassier, avant de traverser la foule à la suite de Nolan. Sur le point de les accompagner, Cael jeta un dernier regard sur l'esplanade où les débats du Tiers-arbitre étaient commencés depuis un moment. Le garçon n'avait aucune idée de l'affaire que l'on y traitait ; mais ce qui venait de se passer devant le bassin avait certainement cent fois plus d'importance !

— Méfie-toi de ce Keb comme de la peste, lui glissa Amanón au creux de l'oreille. Ce sont *ses parents* qui ont envoyé les Züu traquer les nôtres. Et je ne crois pas un mot de ses beaux discours !

Le cousin n'en dit pas davantage, laissant le garçon en proie à des questions toujours plus nombreuses. Le Wallatte avait-il quelque chose à voir avec les disparitions ? D'où Amanón tirait-il cette accusation ? Du testament de Corenn ? Quelles informations étranges pouvaient encore renfermer ces cahiers ?

Enfin, est-ce que la fameuse Eryne, dont il n'avait aucun souvenir, avait le caractère aussi fortement trempé que cette bande d'adultes aux nerfs bien tendus ?

Il fallait espérer que non !

*

Le cœur d'Eryne bondit dans sa poitrine quand elle entendit des voix étrangères se mêler à celles de Nolan et Keb, dans l'escalier. Elle se précipita à la porte de sa chambre et se battit avec le verrou, coincé, comme d'habitude ! Qui donc pouvait accompagner son frère ? Pas ses parents, en tout cas, car elle ne reconnaissait pas ces intonations... À moins que leurs mots ne soient perdus dans le brouhaha ?

C'est donc emplie d'espoir et d'exaltation qu'elle libéra enfin le passage et se rua sur le palier... Pour tomber nez à nez avec quatre jeunes hommes sur les dernières marches, ouvrant des yeux surpris devant l'agitation de la damoiselle !

La déception était grande. L'espace d'un instant, Eryne avait cru au miracle... Elle trouva tout de même la force de sourire aux nouveaux venus, les saluant d'un petit signe de tête. Il lui semblait reconnaître au moins celui vêtu de cuir noir. C'était le fils du bourru Grigán ; son nom était *Ganamón*, ou quelque chose d'approchant... L'autre, le garçon, lui était totalement étranger. Le petit frère du premier ? Ils avaient tous deux le teint hâlé des habitants des bords de mer, et un regard d'une grande profondeur.

— Bien le bonjour aussi ! railla Keb.

— Dépêchons-nous de rentrer dans la chambre, indiqua Nolan. Les tenanciers nous ont lancé un drôle d'œil, quand ils nous ont vus monter tous les quatre, expliqua-t-il à Eryne. Je crains qu'ils ne viennent nous chercher des histoires.

Avant qu'elle puisse protester, la damoiselle vit donc le groupe de bonshommes investir le seul espace privé qui lui restait... Surprenant de nouveaux pas dans l'escalier, elle s'empressa de suivre son frère et les autres et de remettre le verrou en place !

Quelques instants plus tard, les inconnus s'arrêtaient sur le palier. Ils ne prononcèrent pas un mot ; pas plus que la petite bande cachée derrière la porte... Enfin, après un moment qui parut très long, les indélicats redescendirent vers la salle commune sans avoir tenté quoi que ce soit.

Cela ne suffit pas à apaiser Eryne, toujours tendue à chacun de ses contacts avec la faune bigarrée de « l'établissement ». Pendant ces trois jours, elle n'avait cessé de trembler à l'idée qu'une brute puisse s'introduire de force dans sa chambre ! Elle avait supporté, ou plutôt subi le bruit des allées et venues dans les étages, les cris et gémissements de toutes sortes, les jurons qui montaient du rez-de-chaussée... Et cela, de jour comme de nuit, pratiquement sans interruption !

Pour tromper son attente et ses craintes, la jeune femme avait beaucoup prié. Cela lui avait semblé la meilleure, la seule chose à faire... L'épreuve qu'elle traversait était si pénible que les dieux eux-mêmes devaient la lui imposer. Quoi qu'Eryne eut à se reprocher comme mauvaise action, elle estimait en payer cent fois le prix en restant cloîtrée dans cette gargote !

Elle avait passé beaucoup de temps à songer à Keb, également. Il faut dire que la présence du barbare était difficile à ignorer ! Comment ne pas reconnaître le Wallatte à l'accent prononcé, quand il joignait sa voix à une chorale de poivrots ? D'ailleurs, tout ce que le guerrier faisait ou disait répugnait la damoiselle... Et pourtant, elle devait bien avouer ressentir une certaine fascination à son égard. Il était si différent des jeunes nobles de son entourage ! Si libre, si insouciant... Aux yeux du barbare, rien n'avait jamais d'importance, pas même l'argent qu'il semblait pourtant posséder en grande quantité. Et sa force, sa *brutalité* même étaient tellement rassurantes ! Plus les jours passaient, et plus la jeune fille appréciait de savoir le guerrier dans les parages, ou en ville avec Nolan, certaine qu'il pourrait protéger son petit frère.

Mais prier et rêvasser ne suffisaient pas à occuper trois longues journées, et Eryne avait dû se trouver d'autres activités. La première, évidente, fut de remplacer toutes les étoffes dégoûtantes qui composaient le « lit » ! La damoiselle avait chargé Nolan d'acheter des draps dignes de ce nom, en même temps que des vêtements de rechange. Le réconfort moral qu'elle tira de cette amélioration de sa condition la poussa à continuer... Après le couchage, Eryne s'était donc attaquée à la cuvette à ablutions mise à sa disposition, si crasseuse qu'on en discernait à peine les motifs rustiques ! Surmontant sa répulsion, elle avait nettoyé l'objet sur toutes ses facettes, comme une sainte relique. Pour cela, elle avait dû sacrifier l'un des chemisiers ramenés par son frère, et dont elle n'aimait pas la couleur mauve...

Petit à petit, et malgré son aversion pour les tâches ménagères, c'est la chambre tout entière que la jeune femme avait rafraîchie. Elle en venait à regretter que l'endroit ne soit pas plus grand, pour s'occuper encore ! Mais avec une armoire, une table, deux chaises et quelques bibelots, elle était déjà bien mieux lotie que Keb ou Nolan, dont les appartements respectifs se résumaient à un placard de trois pas de large sur quatre de long.

Voilà, sans doute, la raison qui avait poussé Nolan à convier tout le monde dans cette pièce. Comme d'habitude, Keb s'était jeté sur le lit aux couvertures parfaitement pliées... Les deux nouveaux venus s'étaient postés à la fenêtre, étudiant le triste paysage que constituait la rue d'en bas... Et le cadet des de Kercyan attendait, embarrassé, que chacun s'approche pour faire les présentations.

Il n'eut pas à se donner cette peine. Le fils de Grigán traversa bientôt la pièce pour saisir la main de la jeune femme et y déposer un rapide baiser, avec une courte révérence, dans le pur respect de l'étiquette en usage à la Cour !

— Damoiselle Eryne, pardonnez-nous cette intrusion discourtoise, annonça-t-il à la Lorelienne surprise. Peut-être vous souviendrez-vous de moi ? Nous nous sommes croisés, enfants, dans le manoir de vos parents... Amanón Derkel.

Le Wallatte partit soudain d'un petit rire, laissant chacun en imaginer la cause. Eryne en voulut au barbare de gâcher cet instant ! Ils lui semblaient tellement loin, déjà, les temps où on la traitait comme la future duchesse qu'elle était... Et pourtant, Roban n'était mort que quatre jours plus tôt.

— Je me souviens très bien de vous, mentit-elle au jeune homme aux cheveux sombres. Je suis heureuse de vous revoir, même si j'aurais préféré le faire dans d'autres conditions... Vous avez croisé mon frère dans la rue ?

— Nous nous sommes retrouvés place des Repentis, comme prévu, démentit Nolan. Les parents de Manó ont également disparu. Ainsi que ceux de Cael.

La révélation, brutale, paralysa Eryne quelques instants. Qu'est-ce que cela signifiait ? Combien de personnes étaient donc traquées par la Légion Grise ? Et *pourquoi* ? Pourquoi justement ces vieux amis de Reyan et Lana, parmi toutes les relations qu'ils avaient dans les Maz ou la noblesse ?

— J'ai besoin de m'asseoir, annonça-t-elle d'une voix faiblissante.

Le jeune garçon en retrait s'empressa de lui apporter une chaise, tandis qu'Amanón lançait un regard noir au barbare toujours allongé. Eryne n'était pas ce genre de courtisanes qui font semblant de s'évanouir pour attirer l'attention... D'ailleurs, elle avait déjà perdu connaissance à deux reprises, quelques jours plus tôt. Cette fois encore, son malaise n'était pas simulé. Elle se sentait réellement abattue, vidée de toute énergie... Comment ne pas l'être ? Nolan avait soupçonné un complot de grande envergure, et les événements lui donnaient raison. La situation ne pourrait donc pas s'arranger de manière simple, par le retour inopiné de Lana et Reyan, par exemple... Quelqu'un de puissant s'était déclaré leur ennemi, et ils ne savaient ni *qui*, ni même *pourquoi*.

Jamais la jeune femme ne s'était sentie aussi menacée. Jamais elle n'avait eu autant l'envie de se réfugier derrière une grande silhouette protectrice. Un père. Un frère. Un ami. N'importe qui.

— Il faut que nous parlions, annonça Nolan sur un ton plein de gravité. Chacun de nous doit partager ce qu'il sait.

— Oui. Mais seulement quand nous serons seuls, prévint Amanón en se tournant ouvertement vers Kebree. *Toi*. Tu as dit que tu te fichais de nos problèmes. Va donc faire un tour ailleurs ; la discussion ne va pas t'intéresser.

— Tout ce qui peut permettre de retrouver Lana au plus vite m'intéresse, répliqua le Wallatte avec un regard mauvais.

— Manó, il nous a sauvé la vie... rappela Nolan.

— C'est bien pour ça que je lui laisse le bénéfice du doute. Mais pas question de déballer nos secrets de famille devant lui !

— *Il reste*, énonça soudain Eryne.

Les quatre hommes, le guerrier y compris, tournèrent autant de regards surpris sur la damoiselle... Mais rarement elle avait été aussi décidée sur quelque chose.

— Il reste, répéta-t-elle, sur le ton impérieux qu'elle réservait aux fâcheux. Keb est avec nous. Et il n'y a rien à redire là-dessus.

*

En trois jours de cohabitation avec le Wallatte, Nolan n'avait pas eu à regretter la semi-confiance accordée au guerrier... Le novice partageait donc l'avis de sa sœur, mais il aurait préféré éviter la dispute qui s'annonçait. Amanón semblait avoir des raisons toutes particulières de mettre Keb à l'écart des débats ; si jamais on lui imposait le contraire, le Kaulien pourrait très bien claquer la porte de la chambre et se débrouiller seul pour retrouver leurs familles ! Il n'aurait plus manqué que ça...

— Vous n'êtes pas sérieuse, commenta l'interprète, agacé. Si vous saviez ce que ses parents ont fait aux vôtres, et aux miens...

— Peu importent les détails, trancha Eryne. Peu importent les luttes des générations passées ! Ke'b'ree est venu à nous en ami, et il a largement prouvé sa loyauté. Pardonnez-moi, Amanón, je ne cherche pas à vous contrarier... Mais après tout, je pourrais aussi bien me méfier de vous ! Nous nous connaissons à peine !

Le Kaulien ne s'attendait certainement pas à ça ; il en resta bouche bée... Puis il poussa un long soupir et fit quelques pas jusqu'à la fenêtre, suivi des yeux par le jeune Cael. Sur le lit, bras croisés derrière la tête, le barbare suivait la discussion d'un air vaguement amusé. Comme s'il n'était pas au centre même de la querelle !

— Keb connaît déjà les aspects de notre affaire, rappela Nolan. Qu'avons-nous de si important à cacher, après tout ?

Amanón se retourna sur lui et soutint son regard un court instant, sans répondre à la question... Pour autant, le novice comprit le message. *Le Kaulien avait des révélations à faire.* Probablement graves, vu l'ardeur qu'il mettait à défendre ses secrets... Somme toute, Nolan lui-même ne cachait-il pas des informations à sa propre sœur ? Chacun avait peut-être une pièce du puzzle, mais personne ne voulait être le premier à la poser sur la table.

— Si vous *saviez*, reprit Amanón. Si vous saviez... Vous comprendriez ma position. Vous me donneriez raison.

Avec un nouveau soupir, il se tourna vers le Wallatte.

— De toute façon, je ne changerai pas d'avis tant que tu ne m'en auras pas dit plus ! À commencer par : comment t'es-tu retrouvé ici, à Lorelia ?

— Et toi ? répliqua le barbare, nullement impressionné.

— Ah non, ça suffit, maintenant ! tempêta Eryne. Que l'un de vous fasse preuve d'intelligence en baissant sa garde ! J'ai toujours eu une sainte horreur des combats de coq !

Les deux hommes restèrent interdits par l'apostrophe... Nolan félicita sa sœur d'un signe de tête. Elle avait une manière bien personnelle d'apaiser les conflits, mais cela semblait fonctionner. Keb se redressa bientôt pour s'asseoir au bord du lit et faire face à Amanón.

— Ma mère m'a demandé de trouver Emaz Lana et de l'escorter jusqu'à Goran, annonça-t-il. C'est aussi simple que ça.

— Pourquoi ? Qu'y a-t-il de si important à Goran ?

— La reine Che'b'ree attend là-bas, intervint Nolan, qui en avait déjà longuement discuté avec le Wallatte. Il semble qu'elle veuille remercier notre mère de l'avoir épargnée pendant la bataille du Mont-fleuri...

— Remercier, *comment* ? poursuivit Amanón. Et pourquoi Che'b'ree n'est-elle pas descendue elle-même jusqu'à Lorelia ?

Keb témoigna de son ignorance en haussant les épaules.

— Rien ne l'oblige à justifier toutes ses décisions, énonça-t-il comme une évidence. C'est ma mère, mais c'est aussi la reine. Et c'est aussi la seule personne à qui je reconnais le droit de me donner un ordre !

— Ouais. *Sakkar !* jura l'interprète. Tout ça sent le piège à plein nez, vous ne le voyez pas ? J'ai même peine à croire que Che'b'ree ait pu devenir reine ! Il y a vingt ans, elle n'était que la maîtresse de Saat, une concubine parmi des dizaines d'autres, et promue Emaz sur le seul caprice du sorcier responsable de cette tragédie !

— Emaz ? s'étonna Eryne, comme son frère un peu plus tôt. Grande prêtresse, donc ? Mais de quel culte ?

— Demandez ça à votre nouveau compère, triompha Amanón. Je suis sûr qu'il sera ravi de nous en parler !

Assis au bord du lit, le front bas voilé par ses cheveux longs, Keb restait muré dans un silence inquiétant... Nolan remarqua les mains crispées du guerrier sur les couvertures, les veines qui battaient ses tempes, et il redouta un soudain accès de rage et de violence. Amanón ne prenait pas de gants pour lancer ses accusations !

— Ma mère était reine *bien avant* que Saat ne vienne semer le trouble dans nos peuples, lâcha-t-il enfin d'une voix tendue. La lignée des B'ree est au moins deux fois plus ancienne que celle des rois loreliens... et si tu lui manques encore de respect, ne serait-ce *qu'une seule fois*, Ramgrith, je te brise le crâne à coups de lowa !

Sur ce dernier mot, il leva un regard vengeur sur Amanón, dont le visage se renfrogna encore... La situation aurait peut-être dégénéré si Cael n'avait soudain demandé :

— Vous êtes prince, alors ? Et vous serez roi un jour ?

Tous les adultes se tournèrent vers le garçon, jusque-là à l'écart de la discussion. Il affichait une expression si volontairement innocente que même le barbare en fut désarmé !

— Je serai roi de Wallos, oui, acquiesça-t-il d'un air désinvolte.

— C'est un grand pays ? enchaîna immédiatement Cael.

Nolan fut soudain frappé par l'intelligence instinctive de l'adolescent. Alors que la tension montait dangereusement, alors que le guerrier se voyait montré du doigt, accusé, humilié devant Eryne, et près d'exploser, le garçon avait choisi de tempérer les humeurs en jouant les candides... et en rendant son honneur bafoué à un Keb surpris par ces questions naïves.

— C'était beaucoup plus grand autrefois, avoua-t-il à regret. Saat a fait tomber mon pays dans le chaos, précisa-t-il à l'intention des adultes. Les Solenes et les Thalittes ont profité de nos faiblesses d'après-guerre pour grignoter nos territoires... Ma mère était la seule souveraine wallatte encore en vie. Elle a eu la force de réunir les clans et de reconstruire un royaume, là où il n'y avait plus que misère et cendres. Depuis, le gibier est revenu, il y a du blé dans les champs, mais on doit constamment se battre pour maintenir les frontières !

— D'accord pour la reine et la lignée des B'ree, maugréa Amanón. Mais qu'en est-il de l'Ancien Culte ? C'est *ça* qui m'intéresse !

Nolan eut soudain l'impression qu'un vent glacé le traversait de part en part. *L'Ancien Culte*. Les mêmes mots qui étaient utilisés à Ith, dans... Pour... Le cœur du novice se mit à battre plus vite, tandis que sa peau se couvrait d'une sueur moite. Que savait Amanón exactement ? Et Keb ? Que venait faire sa mère là-dedans ?

— Che'b'ree a renié Celui-qui-Vainc il y a plus de vingt ans, annonça le guerrier. Elle a interdit toute mention de son nom sur nos territoires. Elle détestait être Emaz, et elle n'a jamais réutilisé ce titre. L'Ancien Culte n'existe plus, affirma-t-il.

Un silence suivit la réplique, pendant lequel l'interprète jaugeait de la sincérité du Wallatte... Nolan, lui, savait à quoi s'en tenir. Et la culpabilité qui rongeait son esprit l'empêcha de participer aux échanges qui suivirent.

— J'aimerais bien te croire, conclut Amanón. Tu dis sûrement la vérité... Mais je ne peux pas prendre le risque de me tromper. Désolé.

Après quelques instants de flottement, le guerrier se leva d'un bond et marcha vers la porte.

— Je m'en cogne, après tout ! lança-t-il en tirant le verrou. J'ai mieux à faire que de vous écouter vous lamenter sur vos parents, de toute façon ! On a sonné l'apogée, et j'ai faim, et soif !

Il franchit la porte sans un mot supplémentaire et la claqua brutalement, avant de dévaler l'escalier d'un pas lourd. Amanón gagna l'huis à son tour et remit le pêne en place, avant de rejoindre la fenêtre d'où il surveilla la rue. Eryne l'observait avec une expression atterrée...

— Je suppose que vous êtes fier de vous ? éclata-t-elle soudain. Et si jamais il ne revenait pas ?

— C'est mieux ainsi, certifia Amanón. Sa présence nous fait prendre trop de risques.

— Des *risques* ? Mais quels risques ? Le risque d'être poignardés dans une ruelle ? Mais qui va nous défendre, si nous sommes encore attaqués ? Vous, avec votre outil à couper les broussailles ? Ou mon petit frère et sa malheureuse canne ? À moins que vous ne comptiez sur cet enfant ?

— Heu... J'ai tout de même quatorze ans, rappela Cael.

— Ce Keb est peut-être sincère, mais il n'est pas concerné par notre histoire, insista Amanón.

— Pas concerné ? Il a tué trois hommes sous mes yeux dans le seul but de nous sauver ! Que vous faut-il encore ?

— Ça n'a rien à voir. Il n'est pas comme... Comme nous. Il ne possède pas *ceci*.

En deux mouvements, l'interprète sortit un pendentif de sous ses vêtements noirs... Cael l'imita aussitôt, présentant un objet semblable à ceux des héritiers de Kercyan ! Nolan échangea un regard surpris avec sa sœur. Qu'est-ce que cela signifiait ?

*

À l'expression intriguée des Loreliens, Cael comprit qu'ils n'en savaient pas plus que lui sur ces fameux pendentifs. Quand Amanón allait-il se décider enfin à parler du journal de Corenn et de son mystérieux contenu ? Le cousin semblait en connaître plus sur le passé obscur de leurs aînés que tous les autres réunis ;

et même sur Keb, dont il accusait le père d'être un sorcier, et la mère une prêtresse dangereuse !

— D'où tenez-vous ces bijoux ? demanda Eryne. Nolan et moi possédons les mêmes ; ils ont toujours été rattachés au duché de Kercyan !

Sous les yeux ébahis du garçon, le frère et la sœur dévoilèrent à leur tour les disques aux reflets d'argent... Leur rencontre prenait de plus en plus l'allure d'une réunion de société secrète !

— Ces pendentifs ne sont pas issus de l'histoire lorelienne, démentit Amanón. Vos parents ont prétendu cela pour vous habituer à les porter, ou bien vous aurez imaginé cette fable... Peu importe. Vous serez peut-être assez troublée, en tout cas, pour croire que nous sommes liés d'une manière dont Keb n'a aucune idée ?

— *Peut-être*, répéta Eryne, pensive. Que pouvez-vous révéler sur ces bijoux, alors ?

— Nous verrons cela plus tard, indiqua Amanón. Il y a tant de choses à dire qu'il vaut mieux procéder dans l'ordre... Commençons donc par confronter nos histoires. Voulez-vous parler la première ?

La jeune femme se dévoua, et Cael entendit donc le récit complet des différentes tragédies qui avaient bouleversé l'existence de la damoiselle : les attentes angoissées, la méprise sur le compte du Wallattc campé devant leur porte, le refuge trouvé chez un ami des quartiers nobles... Ce fut Nolan qui confia le secret du souterrain, honorant ainsi l'amitié sincère qui unissait leurs parents respectifs. Puis Eryne reprit sa narration d'une voix émue, en décrivant l'horrible assassinat du comte de Sarcy, le peu d'espoir qui leur restait, et enfin l'intervention décisive de Keb... À la manière dont elle relatait l'héroïsme du guerrier, on saisissait mieux sa réticence à l'écarter du groupe !

— Je ne comprends pas comment la Légion Grise a pu ainsi enlever mes parents dans leur propre manoir, conclut la damoiselle. Ils ont beau avoir des ressources, ils ne peuvent quand même pas traverser les murs !

— Ce n'est pas ce qui m'étonne le plus, commenta sobrement Amanón.

Il ne donna pas davantage d'explications, mais Cael supposa qu'il songeait aux Valipondes, tout comme lui-même... Les Kauliens et les Loreliens avaient donc été attaqués par deux groupes différents d'ennemis ? Mais pourquoi ? Et l'on pouvait sans regret écarter l'idée d'une coïncidence ; ces disparitions simultanées présentaient trop de points communs !

— À ton tour, Cael, invita le cousin.

Le garçon se voyait plus qu'embarrassé de se confier ainsi à des quasi-inconnus, mais il s'acquitta scrupuleusement de la corvée. Il avoua donc sa sortie nocturne à la bibliothèque de Grand'Maison, et ses inquiétudes après avoir surpris une conversation le mentionnant... Puis il relata le piège tendu par les Valipondes, sa fuite à travers la campagne jusqu'au haras parental, l'horrible nuit passée à côté du cadavre du palefrenier... Il termina par ses retrouvailles avec Amanón, laissant au cousin le soin de raconter le cheminement commun qui avait suivi.

Le seul élément dont il avait minimisé l'importance était sa Voix intérieure. Elle l'avait pourtant hanté pendant de longs décans, au point même de rendre flous certains de ses souvenirs... Mais Cael n'avait aucune envie de passer pour un garçon à l'esprit dérangé ; même si, parfois, il portait sur lui-même ce jugement sévère.

Eryne et Nolan l'avaient écouté avec beaucoup d'attention, et se montraient sensibles aux drames successifs vécus par l'adolescent. Le Lorelien, en particulier, semblait personnellement affecté par l'intervention des Valipondes. Évidemment : ils s'attendaient à une mise en accusation de la Légion Grise, et ils se retrouvaient avec une secte fanatique comme ennemi supplémentaire !

Enfin, Amanón prit la parole pour faire à son tour un récit détaillé de son périple : l'attaque des assassins dans sa propre demeure, la découverte de leur infiltration de Grand'Maison, puis son cheminement jusqu'à Eza... Eryne frissonna quand le cousin exhiba, à titre de preuve, les marques profondes que les collets avaient laissées sur ses poignets. Nolan sembla plus impressionné encore quand le Kaulien déposa sur la table les médaillons à l'emblème de l'araignée rétiaire. Sur l'un des bijoux, il restait des traces de sang séché.

— Mais quel rapport entre ces Valipondes et la Légion Grise ? demanda Eryne. Il s'agit tout de même de deux choses opposées !

— Sauf si l'un *au moins* des chefs de la Légion fait partie de la secte, expliqua Amanón. Il aurait alors toute une troupe d'espions à sa disposition. Ces hommes sont habitués à obéir sans poser de questions, vous l'avez constaté. Ils ne s'imaginent même pas travailler contre leur camp !

— On devrait peut-être avertir leur commandant en chef, proposa Cael. Il pourrait mener une enquête, faire quelque chose...

— Personne ne sait qui dirige vraiment la Légion, réfuta Nolan. Ce... commandant, ne rend compte qu'au roi. Et l'on n'approche pas le roi comme ça. Surtout depuis que notre père est accusé de trahison !

— Sans oublier que le roi *lui-même* est peut-être Valiponde, renchérit Amanón avec gravité.

— Ah non, quand même ! s'offusqua Eryne. Vous y allez un peu fort !

— Et pourquoi pas ? répliqua le cousin. Il faut tout considérer. Est-ce que vous auriez seulement imaginé, à la dernière décade, vous retrouver dans une telle situation ?

— Non, mais de là à prendre le vieux Bondrian pour un meurtrier sadique ! Vous devriez le voir ! Il lui faut l'aide de deux valets rien que pour grimper sur le trône ! Et ce n'est pas du siège du pouvoir, dont je vous parle !

— Je maintiens qu'il faut se méfier de tous, insista Amanón. J'aurais également trouvé invraisemblable la présence d'assassins à Grand'Maison, *avant*. Pour ma part, je ne remettrai ma vie entre les mains de personne.

Cael ne put qu'acquiescer à cette décision ; lui aussi avait été choqué par l'attaque essuyée dans ses propres foyers... Le garçon attendait, surtout, le moment où son cousin allait parler du testament de Corenn. Il avait promis tellement de révélations !

— Vous pensez donc que nos parents, *tous* nos parents, ont été enlevés par les Valipondes ? résuma Eryne.

— Je n'ai pas dit ça, réfuta Amanón. Nous ne sommes sûrs de rien. Leur disparition est peut-être due à un autre ennemi.

La damoiselle roula ses beaux yeux, effarée.

— Je vais bientôt croire que vous ne cherchez qu'à m'effrayer ! accusa-t-elle. Comment ça, un autre ennemi ? Les Züu ?

— Je ne sais pas. C'est possible. Ils ont pu faire alliance... Ou c'est quelque chose de plus grave, encore.

— Mais pourquoi les Valipondes en auraient-ils après Cael ? coupa soudain Nolan.

Chacun se tourna vers le novice, qui se tenait à l'écart depuis un moment. Le garçon avait bien compris qu'Amanón était sur le point de faire enfin des confidences, mais la question soulevée par le Lorelien était tout aussi importante à ses yeux... et il voulait bien pardonner cette interruption !

— Tu veux dire : pourquoi les Valipondes s'en prennent-ils à nos familles ? corrigea Eryne.

— Non, réfuta le jeune homme. Mais je me demande pourquoi ils ont essayé de prendre Cael *vivant*, alors qu'ils voulaient tuer tous les autres : Amanón, toi, moi, le palefrenier...

— Il n'est pas certain que les légionnaires nous auraient exécutés, avança la damoiselle d'une voix blanche.

— Ce n'est pas ce que tu pensais l'autre jour, rappela le novice. Et tu sais bien que j'ai raison ! Nous sommes recherchés dans le royaume comme des traîtres à la couronne. D'ici quelques décades, qu'il soit de mèche ou pas avec les Valipondes, le roi ordonnera la saisie de tous nos biens. Tu crois vraiment que la Légion Grise va s'embarrasser d'un procès ?

La jeune femme ne répondit pas, mais la douleur qui se peignit sur son visage faisait peine à voir. Fière et digne, elle ravala son amertume et croisa les bras sur sa poitrine, murée dans ses pensées...

— La clé de toute cette histoire vient peut-être de Cael, reprit Nolan. Si nous parvenons à comprendre pourquoi les Valipondes cherchent à le capturer, nous aurons sûrement répondu à la moitié de nos questions !

Ce fut au tour du garçon d'ouvrir des yeux ronds. Il ne s'attendait pas à ça ! Jamais il n'avait considéré l'affaire sous cet angle... Comment l'aurait-il pu ? Il n'avait rien d'extraordinaire, et ne possédait rien qui puisse intéresser une secte dont il ignorait jusqu'à l'existence, encore quelques jours plus tôt !

En quoi serait-il une pièce primordiale du plan des assassins ?

— Tu n'es sûrement pas loin de la vérité, commenta pourtant Amanón, devant l'adolescent sidéré. Le moment est venu, peut-être, de vous faire part de choses importantes... Ma mère m'a laissé une sorte de testament, expliqua-t-il en portant la main à sa poitrine. Elle y aborde plusieurs aspects du passé commun de nos parents... Et elle y parle également de Cael, conclut-il avec gravité.

Le garçon sentit soudain les regards des trois adultes peser sur lui. Qu'est-ce que cela signifiait ? Quel était donc le secret de la grand-tante Corenn à son sujet ? En se remémorant certaines attitudes méfiantes du cousin, Cael connut un regain d'anxiété. Quelle que soit la révélation à venir, elle allait forcément lui déplaire...

Trois coups soudain frappés à la porte suspendirent la conversation de manière intempestive. Comme si les fugitifs n'étaient pas déjà assez tendus !

— Ce doit être Keb, chuchota Eryne.

— Je l'ai vu s'éloigner dans la rue, souffla Amanón. Il ne peut pas revenir maintenant !

Personne ne bougeant, les coups furent répétés une première fois, puis une autre encore, plus brutalement. Cael songea qu'il n'avait même pas entendu de pas dans l'escalier. Soit le garçon était trop concentré sur la discussion, soit l'inconnu derrière le panneau était monté sur la pointe des pieds...

Après quelques instants de silence, un choc violent ébranla soudain la porte ! Eryne quitta aussitôt sa chaise pour courir au fond de la chambre, les mains sur les joues, tandis qu'Amanón tirait sa lame courbe et Nolan une canne-épée... Le cœur battant à tout rompre, Cael dénuda également sa rapière, alors que l'huis sursautait sous les coups répétés d'une hache dont le fer affleurait déjà ! Placés en une ligne de résistance improvisée, les deux hommes et l'adolescent faisaient face à l'unique issue de la pièce, dont la protection finit par céder dans un ultime craquement...

Neuf ou dix brigands au moins se tenaient derrière l'encadrement, tous armés de poignards ou de gourdins. Au milieu de ce groupe, le garçon reconnut le propriétaire de l'établissement, le gros tavernier qui avait lancé un regard mauvais depuis son comptoir...

— La Guilde des Trois-Pas déteste les francs-tireurs ! clama-t-il, essoufflé. Pas question de laisser une traînée empiéter sur mes affaires !

Et il fit un premier pas vers eux, hache à la main.

*

Amanón s'était naturellement placé au centre ; il se rapprocha de Cael pour mieux protéger son jeune cousin... Mais en serait-il seulement capable ? L'unique combat qu'il avait mené dans sa vie remontait à quelques jours, et la providence l'avait grandement aidé à vaincre les Valipondes. Nolan n'était pas plus expérimenté, si l'on en croyait sa sœur, et Cael n'avait jamais reçu la moindre leçon d'escrime ! Leurs chances de l'emporter semblaient bien minces...

— *Qui* appelez-vous *traînée ?* tonna soudain la voix d'Eryne.

L'interprète ne lança qu'un rapide coup d'œil en arrière, mais il eut le temps de constater l'expression scandalisée de la damoiselle, le pourpre de ses joues, la colère qui la tendait comme un arc... Mieux aurait valu, pourtant, garder son sang-froid !

— Nous ne voulons pas d'histoires, prévint Amanón à l'intention des malfrats. Laissez-nous partir tranquillement et il n'y aura pas de blessés.

— Je pose une nouvelle fois la question : *qui* appelez-vous *traînée ?* insista Eryne, de l'orage dans la voix.

— Tu vas m'donner tous tes gains, ma grognasse ! ordonna le souteneur. Et vous autres, j'vais vous faire passer l'envie de la concurrence !

— *Ma grognasse ?* s'étrangla la damoiselle, au comble de l'indignation.

— Vous faites erreur, commença Nolan, il ne s'agit pas de...

— Toi, la ferme ! J'avais repéré ton manège, avec ton grand copain ! Tu croyais qu'j'allais te laisser installer ton p'tit commerce chez moi ? J'vous ai bien vu, tous les jours, partir à la pêche aux clients ! Pour ramener un gosse, en plus !

— Hé, j'ai *quatorze* ans, grinça Cael.

— *Ma grognasse ?* répéta une voix proche de l'hystérie.

— Écoutez, vous vous êtes trompé, c'est tout ! s'impatienta Amanón. Vous voyez bien qu'il n'y a rien ici de ce que vous imaginez ! Maintenant, si vous tenez absolument à nous mettre dehors, on ne demande pas mieux. Libérez seulement le passage et on s'en va.

Plutôt que d'accepter cette sage proposition, le souteneur fit un nouveau pas en avant... Il lui suffisait désormais de lever le bras pour abattre sa hache sur le crâne de l'interprète ! Amanón assura sa prise sur sa lame courbe, prêt à tenter une parade. Derrière le tavernier, trois hommes se glissèrent à leur tour dans la chambre. Les truands avaient bien la tête de l'emploi ! Difficile d'imaginer dans quelle ruelle sordide on les avait recrutés... À leurs trognes cabossées, on aurait dit qu'ils sortaient tout juste d'une autre bagarre. Pas la peine d'espérer la moindre pitié ou compréhension de leur part !

— Bien sûr que vous allez dégager d'ici, susurra la brute, les yeux plissés. Mais la fille reste avec nous. Et vous n'échapperez pas non plus à une bonne correction !

Plus que les mots, c'est la tension soudaine du corps du souteneur qui mit Amanón en alerte... Le sang de l'interprète ne fit qu'un tour ; avec une agilité surprenante, il flanqua un grand coup de pied dans l'entrejambe du tavernier ! L'homme qui s'apprêtait à frapper du plat de son arme tomba à genoux, avec une grimace de douleur impossible à imiter. Amanón eut à peine le temps de glisser la hache derrière lui que les malfrats passaient aussitôt à l'attaque !

Le seul avantage en faveur des héritiers était l'étroitesse de la chambre. Malgré leur envie d'en découdre, les brigands ne pouvaient tous se faufiler dans la pièce, à moins de jeter leurs complices de première ligne sur les trois lames tendues devant eux... Par la longueur de leurs armes, Nolan, Cael et Manó gardaient donc leurs adversaires à une distance respectable. Mais une telle défense ne pouvait tenir bien longtemps. Après quelques provocations, des coups volontairement donnés sur le fer, des feintes d'assaut rapide, les malfrats gagnèrent une première avancée en bloquant la rapière du garçon contre la paroi !

Amanón vint aussitôt à la rescousse de son cousin en piquant son agresseur au flanc. L'homme se retira avec un juron, mais ses complices avaient profité de l'isolement de Nolan pour lui tomber dessus à bras raccourcis... En trois coups de gourdin, ils lui firent perdre sa canne et reculer d'un pas. Deux nouveaux brigands sautèrent sur l'occasion pour investir les lieux ; et d'autres attendaient encore sur le palier !

L'interprète voulut défendre le novice passé à tabac, mais le tavernier toujours à terre l'empêcha de s'interposer en l'attrapant par la cheville ! Le Kaulien hésita à abattre sa lame sur l'homme désarmé ; il chercha à se dégager à coups de pieds... À deux pas de là, le novice agitait ses bras malingres pour tenter de contenir les coups qui pleuvaient sur lui. Au fond de la chambre, Eryne avait perdu tout son aplomb. Elle ramassa la hache en tremblant et la serra contre sa poitrine, tandis qu'un malfrat avançait sur elle avec un air lubrique... La situation était de plus en plus désespérée. Quand Cael fut soudain jeté à terre et piétiné, Amanón envoya balader tous ses principes et flanqua un bon coup d'acier sur le poignet du souteneur !

Le cri de douleur du blessé figea la scène un instant, puis les cœurs gagnèrent encore en violence. Enfin libéré, l'interprète fit de grands cercles de sa lame courbe pour repousser les ennemis les plus proches. Il parvint à secourir Cael, recroquevillé sur le sol, mais la lutte était par trop inégale... Trois malfrats les encerclaient déjà, deux autres passaient leurs nerfs sur Nolan, et deux autres encore avaient réussi à arracher la hache des mains d'Eryne !

Dès lors, Amanón ne chercha plus à faire reculer ses adversaires, mais bien à les mettre hors de combat. Évidemment, en retour, les attaques des brigands se montrèrent beaucoup plus agressives... On sortait les dagues, plutôt que les gourdins, et on s'évertuait à frapper au ventre, plutôt que sur les membres... L'interprète fut soudain envahi par une vague de peur. Il comprit qu'il ne sortirait peut-être jamais de cette chambre sordide, dans un hôtel de passe lorelien, bien loin de Kaul et de Griteh. L'idée de sa propre mort était épouvantable, bien sûr, mais pas autant que celle de la disparition de ses secrets ! Les héritiers allaient peut-être s'éteindre sans avoir eu la moindre chance d'affronter leur destin...

Stimulé par son angoisse, il redoubla d'énergie, frappant dans les rangs des malfrats comme s'il se battait contre une tempête... Il parvint à infliger deux vilaines blessures, l'une à l'épaule et l'autre au bras, mais ces attaques portées à leur groupe semblaient aiguillonner les brigands toujours plus nombreux autour de lui. Ceux qui martyrisaient Nolan laissèrent d'ailleurs le novice inanimé pour assister au combat ; tandis qu'Eryne, au fond de la chambre, appelait à l'aide d'une voix poignante, en luttant contre les brutes qui voulaient la plaquer sur le lit ! Et Cael, désarmé, qui ne pouvait que s'abriter dans le dos de son cousin...

Amanón ne croyait déjà plus à leur survie quand de nouveaux cris se firent soudain entendre depuis le palier. Après quelques instants, chacun comprit qu'une autre bataille s'y était engagée... L'interprète profita de la distraction de ses adversaires pour entailler une paire de jambes. Les blessés reculèrent en jurant et en gémissant, laissant un court moment de répit au Kaulien pour porter son regard sur la sortie où une mystérieuse lutte faisait rage.

Soudain, les deux malfrats qui gardaient encore l'entrée disparurent du champ de vision d'Amanón, saisis au col par des mains gantées de fer... On entendit des corps chuter brutalement dans l'escalier... Puis Keb fit une apparition théâtrale dans l'encadrement !

Le Wallatte arborait un sourire carnassier qui lui donnait un air de démence. Depuis le lit où elle était maintenue, Eryne cria le nom du barbare avec des trémolos bouleversants ! Le guerrier saisit alors la lowa qui pendait à sa ceinture et bondit dans la chambre, ses cheveux longs et sa pelisse s'envolant dans le même mouvement. En trois frappes violentes, il envoya deux brigands à terre, le crâne ou le cou brisé !

Amanón profita aussitôt de la diversion. Emporté par un nouvel espoir, il contra le bras et la dague qui plongeaient sur son ventre, tranchant net le membre de son agresseur ! L'homme n'eut pas le temps d'exprimer sa douleur, Keb l'assommant dans le dos d'un violent coup de barre d'acier... Le tavernier et quelques-uns de ses brigands jugèrent alors qu'il était temps pour eux de se retirer, et détalèrent vers la sortie. Le Wallatte faucha l'un des fuyards au passage, avant de se tourner vers ceux qui harcelaient Eryne...

Ils n'étaient plus que deux. Amanón vint se ranger aux côtés du guerrier, tandis que Cael se précipitait auprès du pauvre Nolan, toujours inconscient. Les malfrats n'en menaient pas large. Ils lâchèrent enfin la damoiselle qui s'éloigna en remettant de l'ordre dans ses effets, rouge de honte et de colère. Les Loreliens quittèrent ensuite le lit en agitant nonchalamment leurs dagues.

— Laissez-nous passer, ordonna le premier d'un air mauvais. Sinon...

— Bien sûr, grimaça Keb d'une voix neutre.

Il affichait toujours ce sourire étrange, celui qui dévoilait jusqu'à ses gencives... Amanón recula lentement, de deux pas, pour ouvrir la route aux brigands. Ces derniers ne semblaient guère rassurés. Puis l'un finit par se décider à avancer, aussitôt collé par l'autre comme une ombre... Le guerrier les tua pratiquement en un seul coup, le crâne du deuxième venant violemment cogner la tête du premier sous la force de la lowa. Ce qui n'empêcha pas Keb d'achever le survivant par une nouvelle frappe !

— Ce n'était pas la peine ! s'insurgea Amanón. Qu'est-ce que tu gagnes à les tuer ?

— Demande à la princesse ce qu'elle en pense, répliqua le Wallatte en désignant Eryne.

Amanón porta son attention sur la jeune femme, à l'expression particulièrement dure. Elle ne dit rien pour donner raison à l'un ou à l'autre... Même le regard écœuré qu'elle posait sur les cadavres ne pouvait être interprété.

— Nolan se réveille ! avertit Cael.

— Bon. Ne traînons pas ici, enchaîna l'interprète. Ça m'étonnerait qu'ils reviennent, mais on ne sait jamais...

Le Kaulien se tourna ensuite vers le barbare, occupé à vider les poches de ses victimes... Cette seule image fit s'entrechoquer les mots d'Amanón dans sa bouche, comme s'il regrettait déjà de les prononcer.

— Dépêche-toi de rassembler tes affaires, si tu viens avec nous, annonça-t-il simplement.

Keb soutint son regard un instant, puis acquiesça sans autre commentaire. L'interprète en eut des frissons. Il espérait ne pas avoir pris la plus mauvaise décision de sa vie !

*

Chaque fois que les yeux d'Eryne se posaient sur le visage de son frère, elle sentait son cœur se serrer. Nolan avait pris tellement de coups qu'il faudrait des jours et des jours pour en gommer les traces. Les malfrats lui avaient ouvert l'arcade, brisé une dent en morceaux, et la pommette gauche du jeune homme était si rouge et gonflée qu'elle semblait près d'exploser... Dire qu'il se protégeait derrière ses bras ! Ça aurait pu être bien pire ! Tout son corps devait souffrir le martyre ; pourtant le novice restait digne, le front haut et le regard clair, alors que leur petit groupe cheminait dans les ruelles.

Keb avait lui-même recousu le sourcil de Nolan, pendant que les Kauliens préparaient leur fuite. Une fois encore, la damoiselle avait remercié le barbare pour son aide précieuse. Même Amanón avait eu l'intelligence de le reconnaître... Que seraient-ils devenus, sans l'intervention du prince Wallatte ? Rien que le souvenir de l'haleine répugnante des brigands, et des mains sales qu'ils posaient sur son corps, donnait la nausée à la jeune femme. Elle avait déjà eu affaire à quelques mâles empressés, après l'une ou l'autre réception trop arrosée, mais la distribution d'un ou deux soufflets avait toujours suffi à refroidir les ardeurs des nobliaux ! Au contraire de ces malfrats, qui... seraient allés jusqu'au bout. Sans parler de la condition à laquelle on l'aurait réduite, ensuite...

Grâce à Ke'b'ree, le pire n'avait pas eu lieu. Tous cinq étaient encore en vie, marchant à pas rapides dans le vieux port, armes et bagages à la main... Eryne comprenait bien la nécessité de s'éloigner de « l'hôtellerie » au plus vite, mais elle jugeait quand même singulier le fait de ne pas avoir choisi une véritable destination. Qu'espérait trouver Amanón sur les berges de la cité ? Toutes les auberges, tavernes et autres gargotes du coin y seraient du même acabit que celle qu'ils venaient de quitter !

La damoiselle avait hâte, tout de même, d'investir un nouveau refuge temporaire. Elle aurait donné la moitié du trésor familial rien que pour un bain chaud, un savon et une brosse ! Elle craignait terriblement d'être reconnue, aussi, malgré leurs efforts de déguisement... Et enfin, il lui tardait de reprendre la conversation entamée avec les Kauliens. Amanón avait d'importantes révélations à faire, elle en était convaincue. Peut-être savait-il où étaient leurs parents. Peut-être avait-il une idée pour les retrouver... Eryne se serait même contentée de la seule preuve de leur survie.

Lana et Reyan, sa mère, son père, lui manquaient de manière cruelle. Cette nouvelle vie de fugitive avait commencé quelques jours plus tôt seulement, mais cela semblait déjà des lunes et des lunes à la jeune femme... Avait-elle la moindre chance de retrouver son existence privilégiée ? *Peut-être*, se répéta-t-elle avec un regard en coin pour la silhouette du barbare. Peut-être, s'ils continuaient à unir leurs forces.

Tout en réfléchissant à l'avenir, elle remarqua leur arrivée sur les quais. Elle n'était pratiquement jamais venue dans ce quartier, sauf pour le traverser en carrosse, et en se pinçant le nez, encore ! Chaque brique des entrepôts sales et jusqu'au moindre pavé glissant dégageait une odeur de mauvaise marée, mélange de salin et d'algue pourrissante. Sur plusieurs centaines de pas, des appontements s'avançaient dans la mer Médiane en abritant sur leurs flancs d'innombrables embarcations de tailles et de formes variées. Les navires de guerre et de prestige brillaient par leur absence, puisque le port-royal, au sud de la ville, était seul à pouvoir les accueillir... On ne trouvait donc là que gabares, cotres et autres lougres d'importance modeste, utilisés d'une moitié pour la pêche, et de l'autre pour le commerce avec Benelia et les Baronnies. Une foule bigarrée déambulait dans ce petit univers, faisant résonner le patois des marins dans toutes les directions... Lorsque les voix n'étaient pas couvertes par les cris des corioles et des mouettes *amouas*, survolant le quartier comme une armée de moustiques sur les marais.

— Qu'est-ce qu'on cherche, exactement ? demanda bientôt Cael, dont les yeux curieux glissaient sur chaque détail du décor.

Tous attendirent la réponse d'Amanón, qui menait le groupe, mais le Kaulien conserva le silence sur une quinzaine de pas encore... avant de s'arrêter devant l'un des pontons et de s'y engager, à la surprise générale. Sur le quai, une borne en pierre grise au moins centenaire indiquait « Culée des poissards ». Quoi, un lieu de vente ?

— Vous n'envisagez tout de même pas de nous installer sur un bateau ? s'insurgea Eryne, en rattrapant l'interprète.

— Ça dépend de ce que je trouverai... annonça ce dernier, sans même regarder la jeune femme. Il n'est pas dit que nous fassions affaire ici...

Cette fois, c'en était trop ! La damoiselle saisit le bras du Kaulien et le força à s'arrêter. Il avait beau se montrer intelligent et réfléchi, il ne pouvait pas tout se permettre pour autant !

— Vous est-il venu à l'esprit que nous avions notre mot à dire sur la question ? se fâcha-t-elle. Que je sache, personne ne vous a nommé chef de bande !

Le jeune homme ouvrit des yeux ronds d'étonnement, mais Eryne ne regretta pas sa tirade. S'ils devaient passer quelque temps ensemble, autant mettre tout de suite les choses au clair !

— Vous avez raison, reconnut-il avec franchise. Pardonnez-moi ; je voyage souvent seul, et j'ai l'habitude de prendre des initiatives sans m'en remettre à quiconque...

— Mais pourquoi un bateau ? intervint Nolan.

— Nous aurons bientôt besoin de prendre la mer, révéla Amanón. Ce n'est peut-être pas le meilleur endroit pour en discuter... Mais je promets de tout vous expliquer, dès que nous serons au calme. Pour l'instant, je vous demande de m'accorder votre confiance.

Prendre la mer ! Eryne ne cacha pas sa surprise. Et pour aller où ? À part quelques îles insignifiantes, il n'y avait rien près des côtes loreliennes ! Le Kaulien ne comptait tout de même pas les emmener dans un voyage de plusieurs jours ?

— Et qui pilotera ? reprit son frère. J'ai fait une dizaine de fois le trajet jusqu'à Maz Nen, mais toujours comme passager...

— Je sais barrer et tirer une voile, annonça Cael, non sans fierté. J'habite juste au bord de la mer !

— Et j'ai quelques notions de navigation, renchérit Amanón. Pour ce que j'envisage, c'est largement suffisant.

— Tant que je n'ai pas à ramer, ça me va, conclut le Wallatte avec amusement.

Tous les regards se tournèrent vers Eryne, qui comprit que la décision finale lui appartenait. C'était bien ce qu'elle désirait au départ ; mais elle s'en trouvait alors plutôt embarrassée ! La damoiselle n'avait *aucune envie* de mettre seulement un pied sur l'une des coques de noix rattachées au ponton. Mais comment refuser, après les excuses d'Amanón et ses efforts de courtoisie ?

— Entendons-nous bien : je ne monterai pas sur un bâtiment que seule la crasse maintient sur l'eau ! prévint-elle. Et n'imaginez même pas me faire côtoyer des rats !

— Deux ou trois souris, ça va ? persifla Keb.

— Et si nous devons y passer nos nuits, poursuivit la belle, j'ai besoin de ma propre cabine ! Avec une serrure, bien entendu !

— Eryne, intervint Nolan. Nous n'aurons peut-être pas l'occasion ou les moyens de choisir...

— À d'autres ! Je sais que papa a laissé une somme importante dans la cachette de la cave, rappela la jeune femme. Il y a assez de terces dans ton sac pour acheter la couronne royale ! Ça m'étonnerait que nous ne puissions négocier quatre ou cinq de ces planches flottantes, au moins !

— Mais nous devons faire attention à nos dépenses, objecta le novice. Nous ignorons combien de temps il nous faudra vivre sur cet argent...

— Je refuse de me vautrer encore dans la saleté ! s'obstina Eryne, le rouge aux joues.

D'un geste vif, elle tomba sa capuche et tira le peigne d'argent maintenant ses cheveux... Ses mèches dorées coulèrent aussitôt en cascade sur ses épaules, attirant les regards admiratifs de Keb, Amanón et même Cael. Mais la damoiselle était trop fâchée pour seulement s'en apercevoir !

— Si ça peut faire la différence, vendez ce bijou et offrez-moi un gîte digne de ce nom ! reprit-elle. C'est la dernière frivolité qui me reste, mais je suppose que ça n'a guère d'importance à vos yeux !

— Ça ne sera pas nécessaire, intervint Amanón. J'ai, moi aussi, emporté une somme conséquente en quittant le Matriarcat. En joignant nos efforts, je pense que nous pourrons trouver quelque chose de convenable sans que vous deviez sacrifier vos souvenirs.

Tout le ressentiment d'Eryne fondit comme neige au soleil. Le Kaulien savait se montrer si charmant, en de rares instants, quand il n'était pas préoccupé ! Quelques éléments étaient revenus à la mémoire de la jeune femme, depuis leur discussion. Parmi eux, le fait qu'Amanón exerce la profession d'interprète. Voilà qui expliquait sa connaissance des manières de la Cour... Pourtant, avec ses habits de cuir noir et son épée courbe, on l'aurait presque dit aussi sauvage que Ke'b'ree. Seul le soin qu'il apportait à sa personne, la coupe nette de ses cheveux corbeaux et de son liseré de barbe, par exemple, attestait de sa sophistication.

— Vous allez acheter un bateau *ensemble ?* s'étonna Cael.

— Pourquoi pas ? répondit Amanón. Quand les choses se seront arrangées, il sera toujours temps de le revendre. Nos parents ont d'ailleurs fait la même chose, il y a une vingtaine d'années. Leur felouque s'appelait *l'Othenor*.

— Je n'ai jamais entendu parler de cette histoire, avoua Nolan. Qu'est devenue cette felouque ?

— Ils ont été forcés de l'abandonner à Romine, annonça l'interprète. Elle s'y trouve peut-être encore, si personne ne l'a volée ou détruite... Les bords de l'Uræ ont très mauvaise réputation.

Le regard nouveau qu'Eryne posait sur Amanón gagna encore en intensité. Il semblait connaître tellement de choses sur le passé de leurs aïeux, et le monde dans son ensemble ! D'une manière générale, en fait, il se montrait si surprenant... Lui aussi était bien différent de la plupart des hommes qu'elle connaissait.

À méditer ainsi sur les qualités du Kaulien, la jeune femme fut peu à peu envahie d'une douce chaleur. La pondération d'Amanón, son côté réfléchi et prévoyant, avaient quelque chose de rassurant, comparable au soutien inconditionnel d'un père de famille... La damoiselle se sentait prête, désormais, à lui offrir toute sa confiance. En fin de compte, il pouvait même prendre la tête du groupe, s'il le désirait ! Jamais il n'userait de la force pour imposer ses décisions, et c'était un point qui jouait beaucoup en sa faveur.

Quelques décilles plus tard, alors qu'ils entamaient l'examen des navires exposés à la vente, Eryne prit conscience qu'elle allait passer les prochains jours en compagnie de quatre jeunes hommes, dont son propre frère et un adolescent. Les deux derniers l'intriguaient chacun à leur manière... Ils avaient des mérites et des défauts différents. Presque opposés. La damoiselle aurait bien donné à chacun le titre de protecteur officiel de sa personne...

C'est ainsi que ses insomnies commencèrent.

*

Le soleil semblait sombrer dans l'horizon, enflammant la mer de Romine, très loin, à l'ouest... Nolan songea que la journée avait été longue. C'était l'un des rares moments de répit que les dieux lui accordaient, depuis qu'il avait rencontré Cael et Manó place des Repentis. Et le novice ne doutait pas que cet instant de paix s'achève bientôt. Déjà, sous le pont, ses compagnons préparaient leur premier dîner à bord du *Rubicant*, leur nouveau bateau... Dès que le plat serait chaud, on appellerait le jeune homme et il s'ensuivrait la grande discussion promise par le Kaulien.

Distraitement, sa main caressa le bastingage, réveillant la douleur de ses membres jusque-là immobiles. Impossible de compter les coups qu'il avait reçus, mais tout son corps le faisait souffrir. Le novice n'en ressentait pourtant ni honte, ni tristesse. Il estimait être *justement* châtié. Après avoir été victime d'un tel tourment, recroquevillé au sol, impuissant à repousser les gourdins qui s'abattaient sur lui, il se sentait enfin le droit de se redresser et de regarder ses amis en face... *Sa faute* n'en était pas effacée pour autant, mais il avait désormais le courage de la confesser à tous. Ce soir, il parlerait !

Enfin... si sa résolution ne faiblissait pas encore.

Avec un soupir, il se retourna sur le modeste pont du navire. Le *Rubicant* était une *gabière* typiquement lorelienne, longue de onze pas environ, avec deux mâts principaux devant soutenir des voiles larges. L'embarcation était réservée aux courses de commerce rapides, et nécessitant peu de cargaison... Tout à fait le genre de bateau que cherchait Amanón. Par chance, Eryne y avait également jeté son dévolu. « Celui-là et pas un autre ! », clamait la damoiselle. Nul doute que l'aspect entretenu de la gabière eût fortement joué dans sa décision. Le marchand n'avait d'ailleurs pas manqué d'insister sur ce point, pendant la visite. Il était tout de même reparti avec le tiers de leur trésor en poche...

Une fois la transaction effectuée, Eryne s'était découvert une vocation de quartier-maître. Elle avait pris en main l'installation de leur petit groupe, attribuant une place à chaque chose... Elle avait ensuite dressé une liste de provisions et d'équipements indispensables, avant d'envoyer Manó et Cael aux courses dans le quartier. Quant à Keb, sous prétexte de monter la garde, il s'était tranquillement allongé sur le ponton, sans faire autre chose que regarder passer les nuages !

Nolan s'était donc retrouvé seul avec sa sœur pendant un moment, mais pas un instant il n'avait pu lui parler. Eryne avait couru d'un bout à l'autre du pont inférieur, inspectant les cabines, les placards et les coffres, rangeant, briquant, travaillant de ses dix doigts comme jamais elle ne l'avait fait au manoir parental... La gabière leur appartenant, la damoiselle avouait se sentir beaucoup plus à l'aise. N'étaient-ils pas chez eux, en quelque sorte ? Mais le novice n'était pas dupe. Tous ces efforts visaient surtout à tromper l'anxiété de la jeune femme. Il ne pouvait croire vraiment qu'elle se réjouissait de passer la nuit dans le vieux port ! Pour autant, il préférait la voir ainsi que emmitouflée dans sa tristesse.

Emporté par la tourmente, il avait néanmoins dû aider sa sœur, autant que ses contusions le lui permettaient. Ainsi, ils avaient préparé les lits dans les deux cabines principales... L'une était réservée à la damoiselle, et l'autre avait été attribuée à Cael, malgré la réticence polie du garçon. Keb s'était bien déclaré preneur, mais les protestations indignées d'Eryne avaient rapidement lassé le Wallatte ! Il s'était donc résigné à choisir l'une des six couchettes de la cambuse, partageant finalement la compagnie de Manó et de Nolan lui-même.

Les décans d'après l'apogée étaient donc passés bien vite, et la faim qu'ils ressentaient tous, après le repas manqué du déjeuner, les avait poussés à avancer le dîner. Les odeurs de viande et de légumes bouillis qui montaient depuis la cantine convainquirent d'ailleurs le novice de ne pas attendre davantage. Il promena un dernier regard sur l'horizon empourpré, puis sur le port, où des centaines de bateaux semblables au leur tanguaient doucement, leurs coques frottant les unes contre les autres... Le *Rubicant* faisait exception, puisque Manó l'avait déplacé pour le mettre à l'écart, au bout d'une jetée peu fréquentée.

Ils n'étaient pas à l'abri pour autant, songea Nolan en s'engageant dans la coursive. Et chaque marche qu'il descendait relançait ses douleurs.

*

Sans la présence de son cousin dans le groupe, Cael aurait sûrement basculé dans une certaine mélancolie. Quand il prenait un peu de recul, il se demandait ce qu'il faisait là, dans la cambuse d'un bateau de commerce, au fond d'un port étranger, en compagnie d'adultes qu'il connaissait à peine... Il lui fallait songer aux pendentifs identiques qu'ils portaient, ainsi qu'à l'amitié de leurs parents, pour trouver un sens à la situation.

Le repas s'était pourtant déroulé dans les meilleures conditions possibles, tous félicitant Eryne pour son initiative. Au grand plaisir de la damoiselle, sans doute la plus surprise du groupe ! Bon, les légumes n'étaient peut-être pas assez cuits, la viande trop salée, et les proportions bizarrement calculées, mais se remplir le ventre de quelque chose de chaud était si agréable que chacun passait sur ces détails. Et la jeune femme s'était donné tant de mal... On devinait au premier coup d'œil qu'elle n'avait pas l'habitude de promener ses mains blanches dans une cuisine. Si elle avait essuyé la moindre critique, elle n'aurait probablement jamais réitéré cet effort, et tous l'avaient bien compris !

Le malaise du garçon ne venait donc pas de l'ambiance à table, plutôt courtoise, voire chaleureuse, mais bien de l'impression qu'il n'en sortirait rien d'utile. Était-il le seul à se rappeler pourquoi ils se trouvaient là ? Aucun des adultes n'avait encore évoqué la bataille de l'auberge, ou la promesse d'Amanón de leur révéler des choses importantes ! Sans parler des projets pour leur avenir immédiat, qu'il fallait absolument étudier...

Ce n'est qu'au terme du repas, alors que Kebree finissait la viande à même la casserole, qu'un silence un peu plus long que les autres ramena une once de gravité sur les visages. Puis Nolan prouva à Cael qu'il n'était pas l'unique personne à mourir de curiosité !

— Manó, tu as parlé d'un testament laissé par ta mère, rappela-t-il soudain. Tu peux nous en dire plus ?

Les mains jointes au-dessus de son assiette, le cousin acquiesça à peine... Il lança ensuite un rapide regard au guerrier, qui fut bien le seul à ne pas le remarquer.

— Ah, non ! s'exclama Eryne. Vous n'allez pas dire que vous vous méfiez encore ! Quelle importance, que Keb possède ou non un pendentif ? Il fait partie du groupe !

— Quel pendentif ? s'intéressa le Wallatte.

Eryne se contenta de désigner le bijou qui reposait sur sa poitrine, tandis que Nolan dévoilait le sien pour le tendre au guerrier ; sans toutefois l'enlever. Le barbare étudia le disque aux reflets d'argent avec beaucoup d'attention, puis l'abandonna pour fouiller dans les poches de ses vêtements de daim...

Avec un sourire en coin, il déposa bientôt une pierre au centre de la table. Une pierre dont la composition singulière était la même que celle des parures !

— C'est un porte-bonheur, expliqua le Wallatte. Je l'ai depuis toujours, mais je ne sais pas d'où il sort. À part ma mère, personne n'en possède un pareil... Enfin, c'est ce que je croyais. D'où viennent les vôtres ? Comment avez-vous fait pour les transformer ?

— Ramasse-le tout de suite, demanda Amanón d'une voix blanche.

Tous les regards se tournèrent vers le cousin, dont la pâleur soudaine était soulignée encore par ses vêtements noirs. Il semblait vraiment terrifié !

— Ramasse cette pierre ! ordonna-t-il, en flanquant lui-même l'objet dans la main du guerrier. Chebree t'a sûrement dit de ne jamais t'en séparer, non ?

Une ombre de colère passa sur le visage de Keb, mais elle disparut en même temps que l'interprète reprenait sa place... Le Wallatte contempla le modeste caillou au creux de sa main, puis le remit à l'abri dans une poche.

— Comment peux-tu savoir ça ? demanda-t-il d'un air soupçonneux. Ma mère cache ses superstitions à tout le monde !

— Et elle a raison de le faire, acquiesça Amanón, encore agité. Nos pendentifs et vos pierres sont plus que de simples gris-gris ou de banals souvenirs de famille. Je sais que ça paraît invraisemblable, mais ils renferment un certain *pouvoir !* Et c'est sûrement grâce à lui que nous sommes encore en vie !

— Qu'est-ce que c'est que cette histoire ? maugréa Keb.

— Êtes-vous en train de nous parler de *magie ?* ajouta Eryne. Enfin, ce n'est pas sérieux !

Sur l'instant, Cael trouva l'idée toute aussi saugrenue... Mais en se remémorant les pages couvertes de symboles du journal de Corenn, il se prit à douter.

— Quelle sorte de pouvoir, exactement ? demanda-t-il à mi-voix.

Depuis un moment, l'atmosphère de la cambuse s'était bien alourdie. Il faisait nuit, maintenant... Le *Rubicant* tanguait doucement en suivant la houle, faisant onduler les flammes de bougie et danser les ombres. *Le moment et l'endroit idéal pour parler sorcellerie !* songea le garçon avec appréhension.

— Expliquez-vous donc ! insista Eryne.

— Je ne vais pas prétendre qu'il rend plus fort ou plus malin, annonça Amanón. Les pendentifs ne serviront jamais à guérir les blessures, soigner les maladies ou je ne sais quoi encore... En fait, ils n'apportent qu'un avantage à son porteur, mais en ce qui nous concerne c'est un élément capital. Ils nous permettent de rester *invisibles aux yeux des dieux !*

— Peuh ! commenta Keb. Bigoterie et compagnie !

Au regard appuyé que lui adressait son cousin, Cael sut pourtant qu'il ne mentait pas ! Tout au moins, l'interprète croyait sincèrement à ce qu'il venait de dire... À choisir, d'ailleurs, qu'est-ce qui serait le plus inquiétant ? Le fait qu'ils aient besoin de porter de véritables artefacts magiques pour se protéger ? Ou la possibilité qu'Amanón soit un peu trop perturbé par les malheurs de ces derniers jours ?

— Mais que racontez-vous ? s'exclama Eryne, pourtant troublée. D'où tirez-vous pareille fantaisie ?

— Du journal de ma mère, annonça l'interprète en portant la main à sa poitrine. Elle y a consigné tout ce que nos parents ont vécu l'année précédant la bataille du Mont-fleuri. Et même, elle y parle de nos ancêtres, *de tous nos ancêtres*, depuis la cinquième génération avant nos naissances.

— Amanón, pardonnez-moi, mais quel rapport avec tout cela ? insista la damoiselle. Je ne doute pas que ce journal évoque nombre de souvenirs intéressants, mais ne pourriez-vous plutôt nous exposer *clairement* ce que vous savez ?

Chacun devait penser la même chose, et Cael le premier, car un silence religieux se fit autour du cousin visiblement tendu. Quand enfin il prit la parole, ce fut d'une voix pleine de respect, presque cérémonielle...

— Il y a cent quarante ans environ, un homme étrange a visité tous les royaumes du monde connu... À chaque fois, il a demandé que des ambassadeurs l'accompagnent dans un voyage. Cet homme s'appelait Nol, et ce voyage menait à l'île Ji, à quelques milles marins d'ici. Parmi les personnes qui l'ont suivi, il y avait Rafa Derkel, Yon et Tiramis de Kaul, et Reyan de Kercyan l'Ancien... Nos propres aïeux.

— Vous voulez dire que nos ancêtres s'étaient croisés il y a presque *un siècle et demi ?* releva Nolan.

— Ils ont fait plus que se croiser, démentit Amanón. Ils étaient devenus amis, et seul le passage des générations a éloigné nos familles, comme nous-mêmes, je le regrette, nous fréquentons moins que nos parents respectifs.

— Et qu'ont-ils fait sur cette île ? demanda Eryne. J'imagine que ce Nol avait une idée en tête !

— Vous ne connaissez vraiment aucun détail de l'histoire ? s'étonna le cousin. Vous savez tout de même que c'est après ce voyage que Reyan l'Ancien s'est vu retirer son duché ?

Les de Kercyan échangèrent un regard surpris, donnant ainsi une réponse suffisamment claire.

— Père n'a pas le culte du passé, expliqua Nolan. Il dit simplement que son trisaïeul a déplu au roi de l'époque.

— Ça n'est pas faux, concéda l'interprète. En fait, c'est parce qu'il a refusé de rapporter ce qu'il avait vécu que votre ancêtre a été disgracié... À l'époque, dans les Cours royales, on ne parlait que de ce mystère, et le silence de l'Ancien lui a coûté son titre.

— Mais *quel* mystère ? demanda Cael.

Amanón marqua une hésitation assez longue, ses yeux glissant à plusieurs reprises sur la silhouette de Keb... Puis il se lança soudain, comme pressé d'en finir au plus vite.

— Quand tous les émissaires ont été réunis sur l'île, Nol les a entraînés à l'intérieur des terres, expliqua-t-il à mi-voix. Personne n'a pu les retrouver. Ils ne sont réapparus que six décades plus tard.

— Comment ça ? releva Eryne. Qu'ont-ils fait pendant tout ce temps ?

— Ils ont franchi une *porte*, révéla enfin le cousin. Une porte magique, qui les a menés tout droit en un endroit exceptionnel. *Le berceau des dieux*. Et nos parents ont fait la même chose, ajouta-t-il à la stupeur générale.

*

La bougie était presque entièrement consumée, plongeant la cambuse dans une ambiance toujours plus fantastique. Dans les hauts quartiers de Lorelia, on avait déjà sonné la fin du huitième décan, marquant la mi-nuit... Et sous le pont du *Rubicant,* pour une poignée de mortels, venait de s'ouvrir un monde nouveau. Un monde dangereux, où les démons erraient parmi les hommes qui les avaient engendrés !

Amanón avait tellement parlé que la tête lui tournait. Mais il restait tant à raconter sur le périple de leurs ancêtres... Ses compagnons l'avaient bien compris, d'ailleurs, car après les premières interruptions inévitables, ils l'avaient laissé mener son récit comme il l'entendait. Et quel récit ! Pour avoir lu et relu les cahiers de Corenn, l'interprète connaissait une foule de détails sur l'aventure de l'île Ji. L'histoire était devenue sienne, et transposée par ses talents d'orateur, elle s'était faite roman épique, chanson de geste ou chronique historique, selon les passages.

L'une des craintes du jeune homme, justement, était de voir son public considérer l'ensemble comme un paquet d'affabulations. Somme toute, il n'avait aucune preuve à présenter... Lui-même ne pouvait que faire confiance à sa mère, et accepter ces écrits comme l'expression de la seule vérité, aussi incroyable et fantasque qu'elle paraisse. Et il avait un énorme défi à relever : communiquer cette foi à ses compagnons d'infortune, les derniers héritiers de Ji.

Le plus difficile, en définitive, avait été de se lancer. Une fois la disparition des émissaires mentionnée, les révélations s'étaient enchaînées, graduellement, arrondissant les yeux de Cael, Eryne, Nolan et même Kebree... La présence du Wallatte avait d'ailleurs poussé Amanón à minimiser les responsabilités de Saat, et surtout de Che'b'ree, dans les malheurs ayant frappé le monde connu. Ce fut la seule entorse qu'il fit à l'histoire. Pour le reste, il se montra un narrateur consciencieux, même s'il ne put citer la foule de détails donnés par Corenn.

Il ne parla pas non plus du *dernier* cahier, bien sûr. C'était encore trop tôt... Et il venait à peine de clore son récit, par la tradition qui s'installait chez leurs parents de transmettre les pendentifs. Il lui tardait maintenant de recueillir les impressions de son auditoire !

Étrangement, les commentaires se firent attendre. Cael avait le regard perdu sur son collier, Keb affichait son habituel sourire en coin, Nolan était blême, abasourdi, depuis un long moment déjà... Quant à Eryne, elle ne semblait pas avoir compris que l'histoire était terminée. À moins qu'elle n'ait besoin de temps pour en accepter les conséquences, ce qui était on ne peut plus justifié !

— Si j'ai bien saisi... commença-t-elle, d'une voix rêveuse.

Chacun se retourna sur elle, et la damoiselle, se voyant ainsi au centre de l'attention générale, se redressa sur le banc d'où elle avait peu à peu glissé.

— Non, se reprit-elle. Pardonnez-moi, mais c'est *trop* de choses à avaler ! Réalisez-vous que c'est de *mes* parents dont vous parlez ? Passe encore pour votre sorcier et ses prétendus pouvoirs, et même, pourquoi pas, pour l'espèce de monstre démoniaque rangé sous ses ordres. Mais ces portes magiques ! Ce *Jal'quelque chose*, où attendraient des enfants-dieux ! Comment imaginer que mon père et ma mère auraient pu, ne serait-ce que *connaître* l'existence d'un tel endroit, sans nous en parler ?

— Mais peut-être l'auraient-ils fait un jour... avança Amanón, faute de meilleur argument.

— Et cette histoire de prophétie ridicule ! reprit la damoiselle. Au nom de quoi, je vous le demande, serions-nous destinés à affronter un démon ? J'ai même peine à soulever la question. C'est tout à fait absurde !

— C'est pourtant la vérité, insista l'interprète. C'est bien pour tenter de contrer *l'Adversaire* que Saat a envoyé les tueurs Züu sur les traces de nos parents. Pour cela, et pas autre chose !

Un nouveau silence tomba dans la cambuse, tandis que Cael, Nolan et Kebree guettaient la réplique suivante d'Eryne, en pleine réflexion...

— Admettons, décida-t-elle bientôt. Admettons que Saat, en tout cas, ait fermement cru à cette histoire de duel entre nos familles et sa créature. Et, sauf le respect dû à l'Honorée Mère Corenn, admettons aussi qu'il ait pu convaincre certains de nos aïeux d'adhérer à cette prophétie... Mais, tout de même ! Vous vous sentez l'âme d'un chasseur de démon, vous ?

— Bien sûr que non, reconnut Amanón. Personne ne peut se déclarer préparé à *ça*. Mais je n'ai pas besoin de vous rappeler que nos parents ont disparu, sans que l'on puisse expliquer pourquoi ni comment ! Nous ne sommes sûrs que d'une chose : ils n'avaient plus *ce pendentif* autour du cou. Ils n'étaient plus protégés comme nous le sommes actuellement.

La flamme de la bougie vacilla soudain, poussant Eryne à se précipiter vers le tiroir où elle avait rangé leurs réserves. Ce n'était vraiment pas le moment de se retrouver plongés dans le noir !

— Tu penses que nos parents ont été enlevés par le démon ? demanda Cael, d'une voix tendue.

— C'est possible, je ne sais pas, éluda rapidement Amanón. Ils peuvent aussi être prisonniers des Züu ou des Valipondes, ou même cachés quelque part, comme nous. Mieux vaut ne pas y penser.

— Mais *comment* voulez-vous ne pas y penser ? rétorqua la damoiselle. Mes nuits étaient déjà hantées de cauchemars, avant même que vous ne nous parliez de cette bête malfaisante !

— Allez, vous n'avez pas retrouvé les corps de vos parents, rappela Keb. Tant qu'il n'y a pas de cadavre, il n'y a pas de mort. C'est aussi simple que ça.

Le commentaire du Wallatte était brutal, tout à son image, mais il reflétait parfaitement la pensée de l'interprète : il fallait garder espoir ! Amanón n'aurait pas cru trouver un soutien en la personne du barbare...

— Toi, Kebree, quelle est ton opinion ?

— Je te crois, annonça simplement le guerrier.

Cet aveu surprit tout le monde, même celui qui avait le plus besoin de partisans !

— Ma mère a interdit l'Ancien Culte à Wallos, reprit-il, mais il reste toujours quelques vétérans pour parler de Saat et de son démon. Ils ont vu des choses incroyables, à l'époque. Ça correspond bien à ce que tu as raconté.

— Mais... Saat était votre père ! s'étonna Eryne. Pouvez-vous croire aussi facilement qu'il était sorcier, deux fois centenaire, et tout le reste ?

— Je ne me connais aucun père, rappela le barbare. La reine m'a élevé dans la haine de cet étranger qui a ruiné notre pays... Et pour ce qui est de la magie, je comprends mieux, maintenant, certaines choses au sujet de ces cailloux. Ma mère les a toujours considérés comme ses plus grands trésors !

— Fort bien ! Quant à moi, je ne peux accepter l'idée que ces bijoux soient miraculeux ! s'entêta la damoiselle. Vous pensez *vraiment* qu'il suffirait d'enlever mon pendentif pour qu'un démon vienne me harceler ? J'ai une soudaine envie d'essayer !

Malgré la bravade, la jeune femme ne passa pas à l'acte, au grand soulagement d'Amanón... D'ailleurs, aucun de leurs compagnons ne mit Eryne au défi. À défaut de la foi, le doute, au moins, les avait gagnés.

— Les pierres des B'ree sont les deux seules qui manquaient à l'appel, enchaîna l'interprète. Nous en portons chacun une, et Bowbaq et sa famille en possèdent quatre également. Si j'ai raison, il est fort possible qu'ils soient plusieurs en Arkarie à avoir aussi échappé à... la disparition.

— Mais ce ne sont que des suppositions, basées sur une histoire qui ne repose elle-même sur aucune preuve ! commenta la damoiselle. Même en étant exceptionnellement large d'esprit, et en acceptant tout sans discuter, ça n'explique pas les attaques que *nous* avons subies ! Ça ne nous donne même pas une piste à suivre pour essayer de nous tirer d'affaire !

Amanón interrogea chacun du regard, dans l'attente d'une suggestion, mais il était le seul à avoir eu assez de temps pour réfléchir à leur avenir...

— Je pense que le mieux est de retourner place des Repentis pendant quelques jours, annonça-t-il. Si d'autres sont indemnes, ils se présenteront là-bas. Sinon, c'est que nous ne sommes plus que quatre... enfin, cinq.

— La trêve de septime est dans trois jours, rappela Eryne. Ça signifie que vous n'aurez plus que deux occasions d'y aller, avant la fin de la décade.

— Va pour deux essais, alors, trancha l'interprète. Ensuite... C'est là que nous aurons besoin du bateau. Je vous propose d'aller sur l'île Ji.

Un frisson parcourut ses compagnons, chacun connaissant un mélange d'émotions diversement dosées : excitation, curiosité, appréhension... crainte.

— Que voulez-vous faire là-bas ? s'inquiéta la damoiselle. D'après votre récit, il n'y a rien à y voir, si ce n'est cette prétendue porte qu'il nous sera impossible d'ouvrir !

— Mais nous pourrons constater qu'il y a bien une porte, *justement*, répliqua Amanón. Et après la place des Repentis, c'est le dernier endroit où nous aurons une chance de retrouver nos parents. Nous sommes les seuls à connaître l'existence de la grotte cachée ; ils s'y sont peut-être réfugiés...

— On devrait même y aller tout de suite, annonça soudain Cael.

L'interprète soupesa le regard décidé de son cousin. Il y lut une confiance sans limites... Par bonheur, le garçon était convaincu, lui aussi. Seuls les de Kercyan paraissaient encore réticents.

— Je préfère attendre deux jours de plus, insista Amanón. Il faut laisser une chance aux autres de nous rejoindre... Et toi, Nolan ? Tu n'as encore rien dit. Qu'en penses-tu ?

Le novice souffrait visiblement de ses blessures, mais peut-être pas seulement de cela... Il affichait un air malade, à la limite de la nausée, comme torturé par un dilemme insoluble.

— Je... Je pense que tu as raison, annonça-t-il d'une voix éraillée. Essayons encore à Lorelia.

— Oui, mais pour le reste... Tu me crois ?

Nolan leva un regard fatigué sur sa sœur, puis déglutit douloureusement avant de s'expliquer.

— C'est... difficile, pour moi, Manó. Depuis six ans, je me prépare à être Maz... Alors, imaginer que mes parents aient pu rencontrer Usul... Et ces enfants-dieux... Ce démon... Tout ça sans jamais en parler... Même mon nom, apparemment, viendrait de Nol l'Étrange. C'est... Ça fait beaucoup, pour un futur prêtre. Il va me falloir du temps.

Amanón ne put qu'acquiescer, avec une moue compréhensive. Effectivement, présentée comme ça, la question avait de quoi rendre fiévreux...

— Ma mère sait sûrement quelque chose sur cette histoire, intervint Keb. Vous devriez m'accompagner à Goran, si tout ça ne donne rien.

— Quoi, si loin ? s'exclama Eryne. Vous n'êtes pas sérieux !

— Je suis venu de *bien plus loin* pour aider Emaz Lana, rappela le Wallatte. Et à ce qu'il semble, vous n'avez pas de meilleur plan sous la main.

La jeune femme ne trouva que répondre au guerrier, qui finit par se lever et s'étirer comme un fauve. Amanón devait bien avouer ressentir pareille fatigue. Après avoir transmis son terrible secret, il se voyait comme soulagé d'un poids ! Leur situation n'en était pas améliorée pour autant, mais au moins, ils étaient désormais plusieurs à réfléchir à de possibles solutions... Et le risque de voir la connaissance des aïeux disparaître brutalement en était d'autant diminué.

— Je crois que je vais aller m'allonger, annonça Nolan, le premier. Je ne me sens vraiment pas bien.

Joignant le geste à la parole, il embrassa rapidement sa sœur et partit se rouler en boule sur l'une des couchettes toutes proches. S'il n'avait été témoin de la force de caractère du novice, capable d'encaisser trente coups de gourdin sans émettre la moindre plainte, Amanón aurait imaginé qu'il se cachait pour pleurer...

— J'suis brisé, déclara Keb à son tour, en baillant.

— Bien ! décida Eryne. Autant arrêter là pour ce soir ! Amanón, j'ai encore une faveur à vous demander : consentiriez-vous à me prêter le journal de votre mère ? Je crains que le sommeil ne me fuie encore un moment, et je serai peut-être plus disposée à vous croire en étudiant le récit par moi-même.

L'interprète tressaillit légèrement... Ces cahiers représentaient tant, à ses yeux, qu'il repoussa d'abord l'idée de s'en séparer. Mais, après tout, ce testament n'était-il pas celui de tous leurs ancêtres ? Corenn ne l'avait pas écrit spécialement à son intention, et son discours ne se montrait ni trop intime, ni trop personnel...

— Laissez votre porte ouverte, indiqua-t-il à la damoiselle. Je vous l'apporte dans quelques instants.

Satisfaite, Eryne salua ses compagnons à la cantonade et disparut dans sa cabine, un bougeoir en main. Keb avait déjà gagné la plus haute des couchettes, où il ne tarda pas à ronfler... Les cousins se retrouvaient en tête à tête.

— Tu as oublié de raconter quelque chose, murmura Cael. Tu as dit ce matin que la tante Corenn parlait de *moi*, dans son journal. Ça avait l'air important.

L'amitié qu'Amanón ressentait pour le garçon était si grande qu'il répugnait à lui mentir... Pourtant, il ne se sentait pas le courage, ni le droit de faire d'autres révélations au beau milieu de la nuit. Ces choses-là, ils devraient les évoquer plus tard. Sous la lumière rassurante du soleil.

— Chuuut ! répondit-il seulement, avec un clin d'œil complice.

Sous le regard surpris de son cousin, il déplia le testament de sa mère et en détacha discrètement le dernier cahier, avant de le glisser dans sa poche... L'objet n'en était qu'à peine abîmé.

— Ne t'inquiète pas, chuchota-t-il en s'éloignant vers la chambre d'Eryne. Tout ira bien !

Lui-même ne trouvait guère convaincant le ton de sa propre voix. Et Cael était loin d'être idiot... Comment le garçon aurait-il pu ne pas s'inquiéter ? Il avait toutes les raisons de le faire !

À part Keb, dont les ronflements firent regretter la proximité, personne ne dormit plus d'un décan, cette nuit-là.

Surtout après que les bougies eurent rendu l'âme.

*

Eryne remontait les avenues de la cité, en compagnie d'Amanón et de Cael, sans vraiment reconnaître Lorelia. En temps normal, c'est en carrosse que la jeune femme traversait ces quartiers populaires... Le regard de la piétonne qu'elle était désormais, se tordant les pieds sur les pavés disjoints, était bien différent de celui que la damoiselle portait sur la ville, encore quelques jours plus tôt. D'une manière générale, c'est même *toute* sa vision du monde qui avait changé. En une seule et horrible nuit !

Le journal de Corenn, déchiffré à la lumière tremblante d'un chandelier, s'était montré nettement plus troublant que le résumé d'Amanón. La plume de la kaulienne était claire et réfléchie, ne laissant aucune place à un doute sur son équilibre mental... L'histoire elle-même était racontée sans digression inutile, commentaires superflus ou exagérations grossières. La diplomate du Matriarcat se contentait de rapporter les *faits* auxquels elle avait participé, et rien d'autre. Sa narration n'était pas vide d'émotion, certes, mais on y devinait un effort tangible de sincérité et d'exactitude... Ce qui rendait l'ensemble d'autant plus désarmant, pour ne pas dire effrayant !

Au cœur des ténèbres, dans le fond de sa minuscule cabine, la jeune femme avait ainsi connu les plus grandes angoisses de sa vie. Presque chaque page de ce testament l'avait plongée dans les affres de l'anxiété. Si ses compagnons s'étaient plaints d'une mauvaise nuit, Eryne, elle, ne s'était pas endormie du tout ! Elle avait accueilli les premières lueurs de l'aube comme une bénédiction, et ne s'était glissée hors des couvertures qu'en entendant Keb s'agiter dans la cambuse.

Le petit déjeuner avait été plutôt silencieux, en comparaison des débats de la veille. Nolan, courbaturé et les yeux hagards, s'était déclaré incapable de faire le chemin jusqu'à la place des Repentis. Le Wallatte avait profité de l'occasion pour se désister à son tour... Et la damoiselle, à la surprise générale, s'était portée volontaire ! Après une telle lecture, elle ressentait un besoin impérieux de se changer les idées. Sa seule requête était de pouvoir prendre un peu de repos avant le départ...

Ainsi, après un décan seulement d'un sommeil perturbé, et une rapide séance d'ablutions échouant à gommer la fatigue de ses traits, Eryne s'était retrouvée à remonter la Cour aux jeux, traverser l'immense place des Cavaliers, franchir l'avenue Kurdalène... Tout cela dans des vêtements défraîchis de maraîchère, qu'elle n'aurait jamais cru porter un jour, et surtout pas en public ! Le déguisement était pourtant indispensable ; car si ce démon, Sombre, semblait encore une menace floue, la Légion Grise était en tout cas bien réelle.

En méditant sur ses terreurs nocturnes, la jeune femme avait du mal à faire le tri entre ce qui lui paraissait vrai, et le reste. Par moments, elle acceptait l'idée de l'existence de la créature ; l'instant suivant, elle se disait que l'on avait peut-être exagéré les choses, et que ces pendentifs ne servaient qu'à contrer une sorte de malédiction lancée par le sorcier... Après avoir étudié les cahiers, elle voulait bien croire qu'il planait un air de magie sur l'histoire de leurs parents, mais pour autant, elle ne pouvait *tout* admettre comme l'expression de la vérité. C'eût été beaucoup trop terrifiant !

La réalité lui apportait déjà assez d'angoisses. Jusqu'à ce jour, Eryne n'avait jamais connu le détail des affrontements du Mont-fleuri... Le testament de Corenn comblait largement ce manque. Le texte montrait de manière précise le rôle primordial qu'avaient joué Lana, Rey et leurs amis dans la bataille. Même si l'on faisait abstraction de toute la partie « fantastique », il était certain que ses aïeux avaient grandement contribué à repousser l'armée wallatte, et même terrassé de leurs mains ce monstre de cruauté qu'était Saat ! La jeune femme trouvait ainsi une raison tragiquement simple aux attaques qu'ils avaient essuyées : la vengeance d'anciens ennemis.

Qu'ils soient, barbares, Züu, Valipondes ou Légionnaires, ces hommes qui complotaient dans l'ombre avaient longuement mûri leur plan, pour frapper presque en même temps en des royaumes différents. On les devinait donc déterminés et organisés... S'il fallait croire qu'en plus, ils puissent être au service d'un démon voué à leur perte ! C'était au-dessus des forces d'Eryne. La folie des mortels était déjà bien assez préoccupante.

Pourtant, alors qu'elle cheminait entre les cousins Kauliens, la jeune femme voyait son imagination revenir toujours à cette créature arrachée aux fosses de Karu, tapie dans l'ombre depuis vingt ans, et fomentant des plans que les mortels ne pouvaient pas même comprendre.

*

— On y est, prévint Amanón. Attendez-moi ici. Je vais voir si le coin est sûr.

L'interprète s'éloigna aussitôt vers le centre de la place, laissant Cael embarrassé de se trouver soudain en la seule compagnie d'Eryne. Non pas que la jeune femme lui soit antipathique, mais ils n'avaient pas grand-chose en commun ! Sans l'héritage mystérieux qu'ils partageaient, jamais l'élève curieux du Matriarcat n'aurait croisé la route de la future duchesse lorelienne... Même après quelques instants de réflexion, il ne trouva aucun sujet de conversation à lui proposer, et la damoiselle ne fit pas plus grand effort en se contentant de lui présenter un sourire las.

Fatigué, le garçon l'était aussi. Mais les révélations d'Amanón avaient déclenché comme une tempête dans son esprit et son ventre, le plongeant dans un état fébrile qui étouffait toutes les autres sensations ! Ce matin, par exemple, il n'avait pris conscience de sa faim qu'en commençant à grignoter un morceau de pain. Rien n'arrivait à le distraire de ses pensées... Chaque chose qu'il voyait ou entendait le ramenait au passé trouble de ses parents, et à tout ce qui s'y rattachait. À commencer par les pendentifs !

D'après le journal de Corenn, les pierres brutes du Jal'dara avaient été transformées en bijoux par une manipulation magique. Une expérience menée directement par la grand-tante, ce qui était déjà étonnant... mais avec l'assistance de Yan, *le père de Cael !*

Le garçon avait presque plus de mal à croire en ce détail qu'en tout le reste. Admettre l'existence de la sorcellerie n'était déjà pas chose évidente, pour quelqu'un suivant l'enseignement pragmatique de Grand'Maison. Alors, imaginer que son propre géniteur ait pu s'adonner aux arts mystérieux !

Pourtant, Cael avait décidé de faire totalement confiance à son cousin. Il lui fallait donc accepter l'ensemble du récit : les portes magiques, le démon marchant parmi les humains, la prophétie des Ondines... et même l'idée de son père pratiquant la magie.

La question surgissait alors : pourquoi ne lui en avait-il jamais parlé ? Pourquoi ni Yan, ni Corenn n'avaient fait une démonstration de leurs pouvoirs au jeune garçon curieux qu'il était ? D'après l'impression laissée par les cahiers de la grand-tante, l'usage de ces sortilèges ne présentait pas de danger excessif !

Le retour d'Amanón interrompit la réflexion du garçon, pour la remplacer par une bouffée d'espoir. Peut-être le cousin avait-il déjà rencontré un autre membre de leurs familles ?

— On peut y aller, annonça seulement l'interprète, à la grande déception de Cael.

— Ne vaudrait-il pas mieux surveiller la fontaine à distance ? suggéra Eryne.

— C'est ce que nous avons fait hier, mais la foule empêche de voir quand le Tiers-arbitre commence. En restant à l'écart, on risque de manquer une occasion.

La jeune femme et le garçon emboîtèrent donc le pas à Amanón, qui semblait prendre son rôle de protecteur très au sérieux. Cael constatait chaque jour les nombreuses qualités de son cousin. Par exemple, il avait retrouvé seul tout le chemin depuis le quartier du port jusqu'à la place des Repentis, sans marquer d'hésitation... C'était vraiment un voyageur-né.

Il n'était pas pour autant exempt de défauts. Le plus regrettable, aux yeux du garçon, était l'individualisme prononcé du jeune homme. Il avait fallu attendre quatre jours pour que, enfin, il consente à partager les secrets de Corenn ! Et encore, il n'avait pas tout dit, puisqu'un cahier était toujours dissimulé dans sa poche... Sans oublier les mystères qu'il entretenait sur le propre compte de Cael, qui ne cessait de se poser des questions.

Alors qu'ils s'installaient au bord du bassin, face à l'esplanade du tribunal, le garçon repensa aux Valipondes qui l'avaient attaqué. Il ne voyait pas quel rapport la secte de l'araignée étrangleuse pouvait avoir avec le passé tumultueux de ses parents. Et il ne lui semblait pas, contrairement à l'avis des autres, que les assassins aient seulement cherché à le capturer ! Dans la lutte furieuse qui l'opposait au gardien de son dortoir et aux hommes en chemise verte, il se souvenait très bien avoir vu briller des lames, et même tendre des collets...

Évidemment, ces armes n'étaient peut-être sorties que pour l'impressionner. À moins que ses agresseurs n'aient, pourquoi pas, ressenti le besoin de se défendre ! Sous l'emprise de sa Voix intérieure, Cael s'était montré si déchaîné, empli de haine et de violence... Cette colère l'avait probablement sauvé, mais le garçon ne pouvait y repenser sans un grand sentiment de honte et de peur. Pendant un long moment, il ne s'était plus appartenu !

Depuis son réveil dans l'écurie parentale, à côté du corps sans vie de Dalabert, sa Voix ne s'était plus manifestée. Même au cours de la bataille de l'auberge, alors que des malfrats l'avaient jeté à terre et menaçaient de le rouer de coups de pied... Mais l'intervention d'Amanón s'était montrée décisive, et Cael n'avait pas eu le temps de souffrir de l'assaut. Que serait-il arrivé, s'il avait subi le même sort que Nolan ? Se serait-il une nouvelle fois transformé en une espèce de bête enragée et brutale, râlant de plaisir en flairant le goût du sang de ses ennemis ?

Le garçon était presque sûr que la réponse se trouvait dans le dernier cahier de Corenn. Celui dont les pages étaient couvertes de symboles étranges... Il fallait juste espérer que le cousin ne tardât pas trop à en partager le contenu.

Mais peut-être avait-il de bonnes raisons de continuer à se taire...

*

Lorelienne de naissance, Eryne connaissait parfaitement la tradition du Tiers-arbitre. Pour autant, elle n'y avait jamais assisté ! La cérémonie faisait partie de ces choses que l'on se promet de voir au moins une fois, sans jamais passer à l'acte... Pour tenter de chasser les sombres préoccupations qui étouffaient son esprit, la jeune femme se concentrait donc sur les préparatifs de l'office, avec une curiosité mêlée de condescendance. Que les gens du commun étaient donc fouineurs, à se masser ainsi devant le tribunal, attendant de voir leurs semblables se déchirer pour des problèmes insignifiants ! Elle oubliait qu'elle-même raffolait de ragots sur les membres de la Cour...

Une fois tous les acteurs en place, les trois tambours roulèrent de leurs instruments et un certain silence s'installa ; du moins, au bas des marches de l'esplanade, où plusieurs dizaines de misérables attendaient d'être choisis comme jurés. Car pour le reste de la place des Repentis, la vie bruyante et agitée des marchés loreliens continuait : on criait depuis les étalages, on vociférait contre les fâcheux, on négociait, on cancanait, on se saluait ou on s'invectivait... Tout cela accompli en même temps par quelques centaines de personnes de conditions et de nationalités différentes, parmi lesquelles pouvaient se trouver des membres de la Légion Grise, des Valipondes ou même des Züu !

— C'est le moment convenu, rappela Amanón. Peut-être aurons-nous la chance de voir grossir nos troupes...

Eryne balaya les environs du regard, mais malgré tout le désir qu'elle en avait, elle ne pouvait croire que sa mère, son père ou n'importe quel autre membre de leurs familles allait soudain sortir de la foule. Que Nolan ait rencontré les Kauliens semblait déjà le fait d'une chance inouïe ! Par ailleurs, la jeune femme craignait de s'attirer des ennuis en dévisageant ouvertement les badauds... Elle reporta donc son attention sur le tribunal, où le greffier en chef présentait le sujet qui devait être débattu.

La fontaine était malheureusement située assez loin de l'esplanade, et avec le brouhaha général, Eryne n'entendit que des fragments du discours monocorde. Il semblait qu'on jugerait aujourd'hui d'une banale affaire de négoce et de douane, sujet ô combien sensible dans la capitale du plus marchand des Hauts-

Royaumes... Même la jeune femme, pourtant peu intéressée par toutes ces choses de commerce, connaissait les grands principes de la législation lorelienne sur la question. Ainsi, elle savait que les articles sortant de la cité étaient libres de taxes... Au contraire, tout produit franchissant les portes pour être vendu en ville était soumis à l'impôt. Et les contrevenants, sévèrement punis !

La couronne se voyait ainsi entretenue par la caste des négociants, davantage que par celle des gens de misère, ce qui contribuait à une certaine paix intérieure. Même s'ils trouvaient les douanes toujours trop chères, les marchands de toutes nations n'allaient pas déclencher une révolution où ils risquaient leurs intérêts : boutiques, échoppes, et même clientèle.

Évidemment, le système avait ses failles, à commencer par l'installation de marchés sauvages à l'extérieur des grandes cités. C'était le cas de l'homme aujourd'hui accusé, surpris à écouler des étoffes précieuses à trois lieues à peine de la porte des Pèlerins. Après quelques échanges assommants entre les procureurs et les avocats du jour, ponctués par autant de roulements de tambour, Eryne comprit que l'homme se défendait en prétendant avoir lui-même produit ces tissus... La justice devait donc le reconnaître comme un artisan autorisé à faire le commerce de son travail dans son voisinage. Mais le filou ne présentait aucune preuve de ce qu'il avançait ; pas même un banal métier à tisser !

Son compte semblait réglé ; on allait lui confisquer sa marchandise et lui infliger une amende qu'il ne pourrait pas payer... Ce qui le mènerait à deux ou trois ans de galères ou de cachot. La jeune femme devait s'avouer assez désabusée par ce Tiers-arbitre dont on parlait tant. C'était une cérémonie plutôt ennuyeuse, finalement, car il avait fallu plus de deux décimes pour parvenir à une décision que le viguier royal prenait d'ordinaire en une décille ! Et pendant tout ce temps, aucun être cher n'était venu à la rencontre des héritiers...

Le plus déçu à ce titre semblait être le jeune Cael, qui continuait de scruter chaque visage passant à sa portée.

— Si nous partions ? proposa Eryne. Je pense que plus personne ne se présentera, maintenant.

— Si vous êtes d'accord, j'aimerais attendre un moment encore, demanda Amanón. Le jugement sera bientôt rendu... À partir de là, nous pourrons considérer avoir fait chou blanc.

La jeune femme n'était que moyennement enthousiaste par l'idée, mais elle consentit à faire ce petit sacrifice. L'interprète présentait les choses de façon si gentille... Et puis, elle lui était reconnaissante de lui avoir confié le journal de sa mère, même si au final cela lui avait coûté une nuit blanche.

Après un moment encore de palabres, le greffier en chef clôt enfin les débats en annonçant la nomination des jurés. Aussitôt, les curieux massés devant l'esplanade se resserrèrent encore, levant les bras, bondissant, hélant les officiers en rouge et vert dans l'espoir d'être choisis, et de gagner facilement une terce d'argent... Une femme, puis une autre furent appelées à franchir la ligne des Bodonis et à grimper les marches jusqu'au tribunal. Un vieillard monta à son tour, puis un homme aux airs de dément... Eryne savait que l'avis de ces jurés était purement consultatif, mais elle trouvait tout de même ridicule la manière dont ils étaient désignés. Autant les tirer aux dés ! Deux au moins des dix misérables qui se rangèrent derrière les greffiers avaient l'air de débiles profonds, et l'on avait tout à craindre de leur analyse personnelle de l'affaire.

La première femme à parler provoqua d'ailleurs des rires dans l'assistance, en osant demander, après s'être prononcée pour la culpabilité du prévenu, l'adresse où l'on pouvait trouver les fameuses étoffes de contrebande ! Les officiels chargèrent les Bodonis d'évacuer la simplette, qui comptait probablement sur la terce d'argent pour refaire sa garde-robe. Puis, le deuxième juré fut invité à donner son avis, et un autre après lui... Mais Eryne ne les entendait plus.

Une migraine atroce l'avait soudain frappée, enserrant son crâne dans un étau d'acier où seule la douleur pouvait encore s'exprimer ! La jeune femme sentit la main d'Amanón sur son épaule ; elle vit que l'interprète lui demandait quelque chose... Mais elle se trouvait incapable de saisir ces paroles, alors qu'elle serrait ses tempes de toutes ses forces. Puis, telle une bourrasque qui se lève sur la plaine, des voix se firent entendre dans son esprit ! Cela donnait l'impression que dix personnes s'étaient rassemblées à chacune de ses oreilles, lui chuchotant inlassablement les mêmes mots précipités...

— Cael... nous sommes vivants, répéta-t-elle sans comprendre, le visage déformé par la douleur.

Comme enfin satisfaites, les voix se retirèrent doucement, permettant à la jeune femme de se raccorder à la réalité... Et la première chose qu'elle vit fut l'expression stupéfaite du Kaulien, ouvrant des yeux ronds et interrogatifs.

Pendant ce temps, sur l'esplanade du tribunal, un esclandre avait commencé entre les huissiers et l'un des jurés qui voulait absolument prendre la parole. Sa migraine diminuant, la jeune fille put reconnaître l'homme aux airs de dément... Il s'arracha soudain aux mains qui le retenaient et vint se poster face au public, tournant le dos au viguier royal lui-même !

— Cael ! Nous sommes vivants ! hurla-t-il à l'assistance, avec ses mains en porte-voix.

L'instant d'après, il disparaissait sous la troupe de Bodonis qui venait de bondir sur lui... Un grand froid tomba alors sur Eryne, terrifiée par ces événements qui échappaient à sa compréhension. La voix du dément était justement l'une de celles qu'elle avait entendues !

Désemparée, la jeune femme se laissa facilement conduire hors de la place, par un Amanón soudain très pressé...

À leurs côtés, Cael semblait avoir été frappé par la foudre.

*

Sur les conseils d'Eryne, Nolan avait passé les décans de la matinée à étudier le testament laissé par Corenn à son fils. Le texte était plus troublant encore que ce qu'il imaginait ; pourtant, et malgré ses déclarations de la veille, le novice était prêt à en croire chaque mot. Même si les angoisses qui le frappaient en retour étaient dix fois supérieures à celles de ses compagnons ! Le Lorelien savait à quoi s'en tenir, pour *certaines choses*, et il avait dévoré le journal avec une nervosité croissante, épluchant page après page à la recherche d'indices bien précis...

Tout cela, en vain. L'honorable Kaulienne ne faisait aucune mention de l'agitation qui régnait dans les souterrains de la Sainte-Cité. Et pour cause, celle-ci n'avait pas commencé, à l'époque où Corenn avait écrit ce texte... Nolan ne pourrait donc s'appuyer sur le testament pour mettre ses amis sur la voie. Il ne lui restait que ses secrets, et les remords douloureux qui les accompagnaient.

Malgré ses bonnes résolutions, le novice avait échoué, une fois encore, à faire les aveux qui s'imposaient. Le récit d'Amanón, la nuit précédente, l'avait plongé dans une tristesse si accablante qu'il aurait été incapable d'aligner cinq phrases sans fondre en larmes ! L'étendue de ses fautes s'était vue tellement aggravée par les révélations de l'interprète... Il ne s'agissait plus désormais de « seulement » quelques vies menacées, mais de dizaines de milliers, et peut-être davantage. Si ce démon était conforme à l'image qu'en donnait Corenn, l'estimation ne semblait pas exagérée !

En jeune homme intelligent, Nolan savait qu'il ne pourrait repousser éternellement sa confession. Les informations qu'il détenait seraient sûrement d'une aide précieuse pour ses compagnons... Mais elles pouvaient précipiter son exclusion du groupe, ce qu'il n'imaginait qu'avec d'horribles douleurs au ventre.

Le novice comprenait aussi qu'à force d'attendre le « bon moment », il pourrait bientôt être trop tard !

C'était déjà le cas pour leurs parents... Tant qu'il pensait n'avoir *que* les Valipondes ou la Légion Grise comme ennemis, Nolan voulait croire encore à une chance de retrouver leurs aïeux indemnes. Mais après avoir entendu l'histoire de Sombre, le démon à la base même de l'Ancien Culte, et malgré son puissant désir de voir les événements connaître une fin heureuse, le jeune homme ne nourrissait plus guère d'espoir pour Reyan et Lana... Aussi douloureuse que cette pensée puisse être, pour le fils aimant qu'il restait.

Donc, lorsqu'il entendit sa sœur et les Kauliens revenir sur le pont, salués par Keb, Nolan décida d'exorciser ses mauvais souvenirs une fois pour toutes. Il allait faire ses aveux, et immédiatement, encore ! Mais l'expression bouleversée d'Eryne, qui descendait l'escalier étroit en se massant le front, le faucha une fois de plus en plein élan. Inquiet, il abandonna sa couchette et se précipita près de sa sœur aînée, tandis que leurs compagnons se rassemblaient également dans la cambuse...

— Je vais bien, le rassura la damoiselle, d'une voix lasse. C'est seulement une horrible migraine.

— Une migraine pas tout à fait ordinaire, précisa Amanón.

— Nos parents sont vivants ! enchaîna Cael, sans transition aucune.

Le novice promena son regard sur chacun de leurs visages, regrettant soudain de ne pas s'être rendu place des Repentis ! De toute évidence, il s'y était passé quelque chose. Le jeune Kaulien débordait d'enthousiasme, tandis qu'Eryne était pâle et préoccupée... Même Manó montrait des signes de fébrilité.

— Nous n'en sommes pas sûrs, annonça l'interprète. Nous ne pouvons pas vraiment expliquer ce qui s'est passé.

— Mais enfin, de quoi parlez-vous ? s'impatienta le novice.

En quelques phrases simples, Amanón rapporta les faits étranges dont ils avaient été témoins... Nolan fut parcouru d'un frisson à l'évocation des voix chuchotant dans l'esprit d'Eryne. La damoiselle n'était pas du genre à inventer de telles fables, ni même à se les imaginer. En tout cas, elle ne l'était pas, *avant* d'entendre l'histoire fantastique de leurs parents... Peut-être le récit l'avait-il plus impressionnée que l'on ne pensait ?

D'un autre côté, comment croire qu'un tel événement puisse être une simple coïncidence ?

— Et l'homme qui a crié, qu'est-il devenu ?

— Les Bodonis l'ont emmené dans le tribunal, expliqua l'interprète. J'imagine que pour avoir troublé le Tiers-arbitre, il passera quelques nuits à l'ombre... Nous ne pourrons pas l'interroger, malheureusement.

— De toute manière, ce n'était qu'un pauvre fou, commenta Eryne en haussant les épaules. Je suis certaine qu'il n'a pas compris un mot de ce qu'il hurlait.

— Tu penses qu'il a aussi... entendu des voix ? demanda Nolan.

La question était d'importance, mais seule la jeune femme pouvait se hasarder à répondre !

— Je suis sûre que non, affirma-t-elle après un moment de réflexion. Enfin, il a peut-être perçu *une* voix, dont il a répété les mots... Mais moi, j'ai entendu *la sienne*, distinctement, et une dizaine d'autres avec elle !

— C'était mon père ! s'emballa Cael. Mon père nous a fait parvenir un message ! Avec sa magie !

Un épais silence tomba dans la cambuse du *Rubicant*, tandis que chacun méditait sur cette conclusion. Nolan aurait voulu croire au miracle, mais la raison l'en empêchait...

— Bon. Je vais m'occuper du rata, annonça soudain Kebree. J'ai faim, et j'ai l'impression que vous allez encore discuter un bon moment.

Sans plus de cérémonie, le barbare attrapa leur sac de patates grises et s'installa à table pour les éplucher. Tous suivaient ses gestes avec des yeux ronds. Le Wallatte avait un don pour dédramatiser les situations !

— Je ne vois pas comment Yan, ou qui que ce soit d'autre, aurait pu accomplir une telle chose, reprit Nolan.

— Mais Eryne et le juré ont dit *mon nom !* insista le Kaulien. Et ce n'est pas un nom courant, même au Matriarcat !

— Ça pourrait être un piège de vos ennemis, suggéra Keb, sans lever les yeux de ses légumes. Pour vous forcer à vous découvrir.

— J'y ai pensé, concéda Amanón. Mais s'ils connaissaient notre présence sur la place, il leur suffisait de placer des vigiles à chaque ruelle, puis de nous suivre jusqu'ici... Et l'expérience vécue par Eryne n'en reste pas moins inexplicable.

— Ces pendentifs ne fonctionnent pas, commenta la damoiselle, contrariée. Je croyais qu'ils devaient nous rendre insensibles à la magie !

— C'est pourtant le cas, assura l'interprète. C'est grâce aux pierres de Dara que nos parents ont échappé aux sortilèges de Saat... J'avoue ne pas comprendre non plus.

— Peut-être que c'est une magie plus puissante ? avança Cael. Papa a pu continuer à développer ses pouvoirs en cachette, pendant toutes ces années !

— À moins qu'il s'agisse d'une *autre forme* de magie, proposa Nolan, malgré ses réticences. Quelque chose contre laquelle les pendentifs ne peuvent rien... Mais, Eryne, es-tu vraiment sûre de ne pas avoir, je ne sais pas... entendu crier ce fou, en même temps que montait ta migraine ? Après tout, nous avons très mal dormi...

— Je n'ai rien imaginé du tout, se fâcha la jeune femme. C'était une expérience abominable, que je ne te souhaite pas de vivre ! J'ai *parfaitement* senti ces voix s'infiltrer dans mon crâne, et ça n'avait rien de naturel, crois-moi !

Personne ne répondit, le temps de laisser passer l'orage. À part Kebree, dont l'estomac vide paraissait le seul centre d'intérêt, tous ressentaient une certaine fébrilité devant ces événements. Cael, en particulier, était transporté d'espoir... même si ces mentions de voix intérieures semblaient le mettre mal à l'aise.

— Il y a une autre possibilité, avança bientôt Amanón. Je suis convaincu que les pendentifs nous protègent bien des sortilèges. Ils masquent également nos pensées, et nous rendent invisibles pour les dieux, du moins tant que nous ne sommes pas physiquement en leur présence.

— *Physiquement* en présence des dieux ! interrompit Keb, avec un sifflement admiratif. J'ai quand même du mal à m'y faire...

— *Donc*, reprit l'interprète, les pierres de Dara nous préservent de toutes formes de magie. *Mais elles ne nous empêchent pas d'y avoir recours !*

— Que racontez-vous ? bondit Eryne, plutôt effrayée. Ça ne tient pas debout ! Vous pensez que j'aurais provoqué cela volontairement ? Et comment l'aurais-je pu, d'ailleurs ? Je ne possède aucun de ces pouvoirs dont votre mère assure l'existence !

— Mais peut-être que si, justement, avança Amanón. Pensez que nos parents ont séjourné longtemps dans cet endroit mystérieux qu'est le Jal'dara... Ils ont pu en revenir transformés. Et cette altération s'est transmise à notre génération...

— Enfin, tout de même ! Je n'ai rien d'une enchanteresse ! rappela la jeune femme. Et jamais je n'ai désiré, ni même imaginé que l'esprit des gens pourrait un jour s'inviter dans le mien !

— D'après vos explications, il semble plutôt que vous ayez *capté* les pensées de ces personnes, précisa Amanón. Comme une de ces pierres magnétiques, où vient se coller la limaille de fer...

— Bravo pour la comparaison, railla Keb.

— Mais c'est sûrement ça ! renchérit Cael. Mon père a envoyé son message au hasard, devinant qu'on serait sur la place, et vous avez entendu l'esprit des gens qu'il avait touchés... Nos parents sont vivants, j'en suis sûr !

L'enthousiasme du garçon était plaisant, mais Nolan, comme ses compagnons, craignait de s'abandonner à de faux espoirs. Leur réflexion reposait sur tellement de suppositions... et elle faisait intervenir tant d'éléments surnaturels !

— Je maintiens n'avoir rien fait pour déclencher cette horrible migraine, et encore moins ce qui a suivi, insista Eryne. Je me contentais de regarder l'esplanade, et c'est tout !

— Aucun d'entre nous ne peut expliquer ce qui t'est arrivé, confirma Nolan en hochant la tête.

— Bowbaq, lui, pourrait peut-être nous éclairer, songea Amanón. Il est *erjak*. Ces histoires de dialogue entre esprits sont sa spécialité.

— Mais l'Arkarie est loin, soupira le novice. Et nous ne savons même pas s'il est en vie...

— Eh bien... Je crois qu'il ne nous reste plus qu'à prier pour qu'il se présente demain au rendez-vous. Avec beaucoup de chance, peut-être même que nos parents enverront un autre « message ». Si vous acceptez de vous soumettre encore à l'expérience, bien sûr...

Comme les autres, Nolan porta son regard sur le visage préoccupé de sa sœur. Il n'imaginait que trop bien l'inquiétude qui devait la ronger. Les multiples interrogations sur ce phénomène étrange. La crainte d'un nouveau moment désagréable. La peur de l'avenir, en général...

Ce n'était pas le moment d'ajouter encore à ses tourments. Le jeune homme décida donc de repousser sa confession au lendemain.

Une seule petite journée ne devrait pas faire de différence, après tout...

*

Chacun profita des décans de l'après-apogée pour prendre un peu de repos. Ils avaient tous de la fatigue à revendre, notamment les cousins Kauliens, qui ne s'étaient pas ménagés pendant leur voyage depuis le Matriarcat. Ainsi, Eryne resta allongée dans sa cabine, à se masser les tempes, soupirant dès qu'une cloche résonnait dans le port... ou qu'un autre bruit venait relancer sa migraine, malgré les efforts de discrétion de ses compagnons.

Keb s'installa sur le pont extérieur, d'où il contempla les allées et venues des felouques, lougres et autres gabares, en supportant le soleil sur ses vêtements de daim. Pour un homme au caractère si ouvertement impatient, le Wallatte avait une propension étonnante à l'immobilité ! Ces longs moments de veille étaient peut-être le secret de l'énergie surprenante qu'il déployait pendant les combats...

Cael eut, à son tour, le privilège de consulter le journal de la grand-tante Corenn. Le garçon n'en leva pas le nez un seul instant, envoûté par la plume limpide de son aïeule, et sidéré par les événements extraordinaires auxquels avaient participé ses parents. Pour autant, il ne ressentit que partiellement les angoisses frappant chaque lecteur de ces cahiers. Rien ne pouvait écorner la bonne humeur retrouvée place des Repentis ! Yan et Léti étaient vivants, leur fils en était convaincu, et les mises en garde et modérations prudentes des adultes du groupe n'y pourraient rien changer.

Nolan resta également étendu sur sa couchette, pendant un bon moment. Ses nombreuses contusions, son sourcil et sa joue gonflée continuaient de le faire souffrir, et le novice voulait à tout prix être sur pied pour accompagner ses amis en place des Repentis, le jour suivant. Pour la dernière fois, comme ils l'avaient décidé...

Enfin, Amanón passa plusieurs décimes à affûter et à graisser son poignard ramgrith et sa lame courbe, ainsi que Grigán le lui avait appris. Il fit de même avec la rapière de Cael, puis accepta naturellement de rendre pareil service à Nolan, dont la canne-épée se révéla déjà bien aiguisée. Personne n'évoqua la terrible lowa de Kebree. Le guerrier ne semblait pas avoir besoin de conseil sur la manière d'entretenir et d'utiliser son arme !

Ces repos et préparatifs, qui occupèrent les héritiers jusqu'au soir, échouèrent pourtant à apaiser leurs esprits harcelés de mille questions. Tous gardaient en tête que, quel que soit le déroulement de la prochaine cérémonie du Tiers-arbitre, ils partiraient ensuite en mer pour gagner l'île Ji et ses secrets... Pour ne pas dire, ses possibles dangers.

Dans l'attente, chacun s'efforçait de conserver un semblant de normalité à son existence. Ainsi, à l'heure de prendre un nouveau repas à bord, l'interprète crut faire bonne figure en proposant de préparer, à son tour, une spécialité kaulienne à base de fruits de mer. Ce à quoi Keb répondit, par provocation ou désir sincère, qu'il projetait d'aller plutôt boire et manger dans une taverne... Une discussion embarrassante s'ensuivit alors, où le prudent Amanón s'opposait à l'aventureux Wallatte. Le premier rappelait les dangers que le guerrier pouvait faire courir à tous, tandis que le deuxième rappelait son droit à la libre circulation !

Le ton serait peut-être monté si Eryne n'était finalement intervenue, en demandant expressément au Wallatte de rester auprès d'elle. Le barbare avait cédé en se rengorgeant de l'intérêt de la damoiselle pour sa personne, contrariant d'autant Nolan et Cael, qui s'inquiétaient de la rivalité naissante entre Keb et Amanón...

Pour cette fois, du moins, les choses n'allèrent pas plus loin. Tous se délectèrent du plat du Kaulien, comme si le fait de s'emplir le ventre pouvait atténuer leur sentiment d'oppression... L'interprète et le guerrier partagèrent même l'une des rares bouteilles de vin que comptaient leurs provisions, puis l'on verrouilla l'écoutille, et chacun s'abandonna à un sommeil plein de rêves.

À l'autre bout de la ville, juste derrière la porte des Ducs, un grand-père et sa petite fille prenaient chambre dans une auberge d'étape, sans imaginer que deux de leurs amis y avaient récemment séjourné.

Et, quelque part dans les caves de la même cité, un groupe d'hommes en tenues cérémonielles évoquait leur sort à tous.

*

Après une décade entière de beau temps, le ciel s'était teinté de gris, ce matin-là. Les nuages semblaient vouloir précipiter l'arrivée de la saison du Vent et de ses premières feuilles mortes. Il était même probable qu'un orage éclate avant la nuit... Bowbaq se demandait où Niss et lui se trouveraient, quand la pluie commencerait à tomber. Sûrement de retour dans leur chambre, avec une grosse déception sur le cœur, et une aversion pour Lorelia toujours plus marquée.

Le géant était presque sûr que personne ne se présenterait à ce lieu de rendez-vous, choisi douze ou treize ans auparavant. Mais il ne perdait rien à essayer, à part un petit décan... Il projetait de se rendre ensuite au manoir de l'ami Rey, s'il parvenait seulement à en retrouver le chemin. Cela faisait tellement longtemps qu'il n'avait pas arpenté ces rues !

Si Lana et Reyan se révélaient introuvables, comme Bowbaq le craignait, ou si leur maison paraissait « dangereuse », le géant s'en détournerait pour prendre la route du Matriarcat, où il espérait surtout rencontrer Corenn et Grigán. Et en dernier lieu, si même cela échouait... eh bien, le grand-père n'avait plus d'idée. Imaginer qu'il puisse avoir perdu, *et* sa famille, *et* ses meilleurs amis, était insupportable. Sans compter le sentiment d'impuissance qui le rongeait, devant son incapacité à affronter seul cette tragédie...

Il était soulagé, au moins, de constater que Niss s'adaptait bien à la folie d'une cité telle que Lorelia. La jeune fille n'était pas plus démonstrative ou bavarde que d'habitude, mais elle ne basculait pas non plus dans l'état de prostration que l'on pouvait craindre. Ici comme en Arkarie, son regard voilé de mèches brunes glissait sur les personnes et les biens sans s'y accrocher... Seules les rencontres avec quelques chiens et chats errants la tiraient parfois de sa léthargie. Niss suivait alors l'animal des yeux, aussi longtemps qu'il lui était possible, ou jusqu'à ce que Bowbaq la tire doucement par la main qu'il ne lâchait pas.

Le grand-père était d'ailleurs forcé de presser l'allure. Pour ménager sa pupille, il avait attendu le dernier moment avant de quitter leur auberge et entrer en ville... Mais, le temps de se repérer dans ces avenues grouillantes de monde, pour finalement demander leur chemin à un groupe de Maz, ils s'étaient mis en retard. Dans les souvenirs du géant, le rendez-vous était fixé un peu avant l'apogée, mais le troisième décan avait déjà sonné dans toute la cité ! Après plus de six jours de voyage, c'eût été trop frustrant de manquer une rencontre à quelques décilles près...

C'est donc un peu fébrile que Bowbaq parvint enfin en une place des Repentis noire de monde. Devant l'ampleur de la foule rassemblée sur le marché et près du tribunal, le géant pensa que jamais il ne pourrait y retrouver un de ses amis ! Les petits doigts de Niss appuyèrent plus fort sur les siens, le convaincant d'en finir au plus vite. Après quelques dizaines de pas effectués au hasard, entre les étals permanents et les badauds affairés, le grand-père avisa soudain les jets de la fontaine centrale. Il s'y dirigea tout droit, ouvrant le chemin de sa large stature, projetant déjà de quitter cet endroit oppressant dès leur échec confirmé...

Son cœur manqua pourtant un battement quand Niss et lui parvinrent au bassin. Des huit ou dix personnes qui y étaient adossées, Bowbaq en connaissait une poignée ! Transporté d'espoir, il fouilla les environs d'un regard nerveux, cherchant les silhouettes aimées de ses anciens compagnons d'aventure... Les enfants de ces derniers ouvrirent également de grands yeux surpris avant de venir à sa rencontre !

L'instant de ces retrouvailles devait rester à jamais gravé dans l'esprit du géant. Ne pouvant contenir sa joie, il souleva Niss d'un seul bras et attrapa Amanón de l'autre, avant de les faire tournoyer avec des rires joyeux. *Que le jeune homme ressemblait à Grigán !* remarqua-t-il, alors que l'intéressé suppliait qu'on le laisse retoucher terre. Son vœu fut bientôt exaucé, mais le grand-père enchaîna la même danse avec Cael, beaucoup plus amusé par l'étreinte ! Le garçon avait également tous les traits de ses parents... Dans cette tunique kaulienne, on ne pouvait pas douter de ses origines ! Puis Nolan fut à son tour promené dans les airs, malgré les réticences clairement formulées du novice... Par Eurydis ! Qu'ils avaient tous grandi !

Bowbaq ne s'arrêta que devant la moue désapprobatrice d'une jeune femme qui ne pouvait être qu'Eryne. Elle avait le visage aussi racé que Reyan, et la silhouette aussi harmonieuse que l'amie Lana... Elle était la seule, également, qu'il n'ait pas vue depuis douze ans au moins. La seule, avec le costaud qui attendait en retrait du petit groupe, et dont il n'avait aucun souvenir, malgré son air familier...

Ému, presque euphorique, comme il l'était toujours dans ses joies, le géant songea enfin à reposer Niss... et connut alors une pointe de remords, en découvrant l'expression vaguement inquiète de la pupille. C'était à peine une ombre dans le regard, mais Bowbaq avait appris à lire dans ces yeux marron comme il savait prédire la neige, en Arkarie... La crainte de sa petite-fille lui rappela brutalement les raisons de leur présence à Lorelia. Et s'il se réjouissait de rencontrer les enfants de ses amis, le géant comprit aussi que ces retrouvailles n'auguraient rien de bon. L'enthousiasme qu'il avait ressenti, un court instant, battait déjà en retraite devant ses préoccupations...

— Vous êtes seuls ? demanda-t-il, le premier.

Amanón confirma en hochant tristement la tête, mais l'expression soudain soucieuse des membres du petit groupe était aussi éloquente. Ainsi, tous les vétérans de l'île Ji avaient disparu, comme Ispen, Prad, Robe, Iulane, Harqi, Jeran et Tolomin... Bowbaq n'avait même pas besoin de poser la question. Les six héritiers réunis devant cette fontaine étaient les seuls à posséder des pendentifs ; et donc, les seuls rescapés...

C'est à cet instant seulement que le grand-père remarqua ce que, jusqu'alors, il refusait de voir. Ces fils et filles de ses amis chers, qu'il avait tous fait sauter sur ses genoux à l'une ou l'autre époque, portaient maintenant des armes à leur côté ! Le pauvre Nolan était blessé, déjà, avec une pommette bleue et un sourcil fendu... Leurs regards étaient durs et inquiets à la fois... Ces jeunes gens étaient traqués, menacés par un danger dont ils ne connaissaient pas l'ampleur, tout comme leurs parents en une autre époque. Mais comment cette génération pourrait-elle lutter contre la malédiction frappant leurs lignées ? Ils semblaient si vulnérables, si inexpérimentés ! Les deux plus âgés, Eryne et Amanón, n'avaient même pas vingt-quatre ans...

— Qu'en est-il de votre famille ? s'enquit la damoiselle.

— Tout le monde a disparu, soupira Bowbaq. Il n'y a plus que moi, et... Niss.

Une profonde déception s'afficha sur les traits des jeunes gens, tandis que le grand-père passait derrière sa pupille.

— C'est la fille unique de mon fils Prad, présenta-t-il, en lui caressant les cheveux.

— Enchantée de faire ta connaissance, salua Eryne, avec une plaisante révérence.

La pauvrette ne répliqua pas, bien sûr... Elle recula même sur les pieds du géant, dont la tristesse en fut d'autant augmentée.

— Elle est... un peu malade, depuis trois ans, expliqua-t-il à la damoiselle surprise. Il ne faut pas lui en vouloir. Parlez-lui normalement, même si elle ne répond pas. Ça l'aidera à guérir...

Inévitablement, tous les visages prirent une teinte compatissante. La jeune femme renouvela sa révérence avec encore plus d'application, puis saisit doucement la main de l'adolescente pour la lui serrer.

— Enchantée, répéta-t-elle en souriant. Je m'appelle Eryne. J'espère que tu resteras un moment parmi nous ; je n'en peux plus de supporter tous ces garçons ! ajouta-t-elle avec un clin d'œil.

Niss ne fut pas plus bavarde que la première fois, mais elle ne chercha pas non plus à reculer derrière Bowbaq. Pas même quand Nolan, puis Amanón vinrent se présenter à leur tour... À l'approche de Cael, la pauvrette prit carrément les devants en lui offrant la main ! Peut-être, aussi, parce qu'ils étaient presque du même âge ? En tout cas, le garçon était visiblement embarrassé de saluer ainsi la jeune fille taciturne. Son air candide rappela au grand-père celui que Yan affichait encore, parfois... Ce souvenir précis se fit soudain douloureux. Où pouvait-il être, l'ami Yan ? Et tous les autres ?

Après quelques instants de silence, et des échanges de regards gênés, le costaud qui attendait en arrière finit par s'avancer également. Bowbaq fronça les sourcils en remarquant la lowa de l'inconnu... Des armes comme celle-là avaient tué beaucoup de braves Arques, pendant la bataille du Mont-fleuri. D'où les enfants sortaient-ils un compagnon pareil ? Et... par Eurydis, à qui cet homme lui faisait-il penser ?

— Je suis Ke'b'ree Lu Wallos, annonça le guerrier en s'agenouillant brièvement devant la petite Niss.

Un Wallatte ! Machinalement, le géant se crispa quand l'homme se redressa devant lui...

— On m'a dit que tu avais tué un homme du nom de Saat, reprit l'étranger. Est-ce vrai ?

Bowbaq ressentit aussitôt la tension des jeunes gens l'entourant. Derrière lui, sur l'esplanade d'un immense bâtiment, des roulements de tambour marquèrent la fin d'une espèce de cérémonie où l'on avait beaucoup parlé...

— Je l'ai combattu, mais ce n'est pas moi qui l'ai tué, expliqua le grand-père. C'est Léti qui l'a frappé en dernier.

Le Wallatte accueillit la réponse avec une moue dubitative, puis se laissa aller à un sourire équivoque.

— Ne lève pas ton arme contre moi, demanda-t-il. Mais sache que je suis le fils de la reine Che'b'ree. Et elle fut pendant un temps la concubine de cet homme... Si tu vois ce que je veux dire.

L'héritier de Saat ! Voilà d'où Bowbaq tirait cette impression de familiarité. Ce Ke'b'ree avait bien certains traits du sorcier goranais ! Malgré l'avertissement, le sang de l'Arque ne fit qu'un tour. Il ramena Niss derrière lui et crispa ses doigts sur sa *pognée*, le lourd gourdin en bois d'écorcier avec lequel il était capable d'assommer un aurochs !

— Que fais-tu avec mes amis ? gronda le géant, de sa voix d'ours.

— J'attends qu'ils se décident à retourner au bateau avant qu'il ne pleuve, railla le Wallatte.

— Quel bateau ? s'étonna Bowbaq.

— Nous avons beaucoup de choses à nous raconter, intervint Amanón. Mais il vaudrait mieux le faire ailleurs. Le Tiers-Arbitre est terminé ; inutile d'attendre encore les Voix...

— Mais quelles voix ? releva le géant, de plus en plus perdu.

Pour toute réponse, Eryne lui fit un pauvre sourire en levant les yeux au ciel. Manó et Nolan entraînèrent tout le monde vers le sud de la place, et Bowbaq et Niss furent bien forcés de suivre le mouvement... *Effectivement, ils allaient avoir beaucoup de choses à se raconter !* songea le grand-père.

À cause de sa taille imposante, il bouscula un Lorelien fumeur de pipe, juste à l'entrée d'une ruelle. Le géant bredouilla un mot d'excuse et s'empressa de pousser Niss vers le groupe des héritiers... Quand ils eurent fait une trentaine de pas, le fumeur rangea sa pipe dans son manteau et entama une longue traversée des rues de la cité, sans perdre de vue la silhouette reconnaissable de Bowbaq.

Dans le ciel, les nuages continuaient à se rassembler, toujours plus gris, toujours plus menaçants.

*

Les premières gouttes tombèrent quelques décilles à peine après leur retour sur le *Rubicant*. Cael s'empressa d'aller fermer le minuscule hublot de sa cabine, puis revint dans la cambuse où les héritiers avaient déjà pris leurs habitudes, après deux jours de résidence. Avec Bowbaq et Niss comme visiteurs, l'endroit paraissait plus étroit encore... surtout rapporté à la taille de l'imposant grand-père !

Le garçon avait déjà croisé le géant à plusieurs reprises, mais la dernière remontait à cinq ou six ans, et il était à chaque fois surpris par la haute silhouette du vétéran du clan de l'Oiseau. Effet renforcé par les poils qui lui couraient depuis le dos des mains jusqu'à son cou de taureau, lui-même enfoui sous une épaisse barbe noire et blanche ! Sans compter la *pognée* qui pouvait pratiquement servir de tabouret, tant l'arme au bois dur comme le métal était large de diamètre... Même Keb aurait eu des difficultés à utiliser une telle massue.

La jeune fille, Niss, était un parfait contraste de son grand-père. Plutôt fluette, presque perdue dans des vêtements assez masculins, et si réservée, par rapport au chaleureux Bowbaq... Cael se demandait de quelle étrange maladie elle pouvait bien souffrir. Il devait avouer, aussi, être troublé par le regard marron que la pauvrette posait parfois sur lui... Mais peut-être, simplement, parce qu'il la trouvait jolie ! Malgré les cheveux cachant son visage ; malgré, également, son déroutant manque de sourire...

La forte pluie et les nuages bas plongèrent peu à peu l'entrepont dans la pénombre, poussant Eryne à disposer deux bougeoirs sur la table. Pendant que chacun s'installait sur les bancs, Nolan faisait réchauffer le plat de graines aux épices ithares qu'il avait préparé avant leur départ pour la place des Repentis. Le novice avait volontairement augmenté les proportions, dans l'espoir qu'ils revinssent plus nombreux qu'à l'aller, mais il ne s'attendait peut-être pas à devoir servir un Arque à l'appétit de géant !

Cela devint sujet de plaisanteries pendant un petit moment, puis Amanón rappela la gravité de l'instant en soulignant leur chance de s'être tous retrouvés au lieu de rendez-vous. Bowbaq ne put qu'acquiescer, demandant des nouvelles de ses anciens compagnons, mais la troupe de jeunes gens qui l'entourait était si impatiente qu'il dut d'abord faire le récit de son propre périple... à commencer par la disparition de toute sa famille, dans des circonstances plus mystérieuses encore que ce qu'avait connu Cael.

Quand les graines parfumées furent amenées à table, tous se servirent sans réel enthousiasme. La tragédie vécue par les Arques renvoyait chacun à ses propres malheurs, et à l'impossibilité apparente de les affronter...

— Si ta femme et tes enfants avaient été enlevés par des humains, ces types auraient aussi cherché à s'emparer de toi, réfléchit Amanón. Et ils n'auraient pas laissé Niss sur la berge de cette rivière, pour commencer...

— La petite a pu se cacher pendant la bataille, suggéra Eryne.

— Je ne pense pas, commenta l'interprète. Et rappelez-vous ce qui est arrivé à vos propres parents. Toutes les portes du manoir étaient verrouillées, et Lana et Reyan ont quand même disparu... Cela confirme qu'ils ont subi une sorte d'attaque magique, contre laquelle les pendentifs nous ont protégés, et nous protègent peut-être encore. Ce ne sont donc pas les légionnaires ou les Valipondes qui détiennent nos proches ; à moins que nos ennemis ne soient sorciers.

— Quels légionnaires ? s'inquiéta Bowbaq.

Pendant que chacun avalait quelques cuillères de céréales, Amanón fit à son tour le récit de leurs mésaventures, régulièrement aidé par l'un ou l'autre de ses compagnons voulant apporter une précision. Cael apprécia particulièrement le moment où son cousin évoqua les Voix entendues par Eryne, et le possible message envoyé par Yan... Il n'avait pas sitôt mentionné cette théorie que le géant jetait ses bras en l'air et frappait dans ses mains, réjoui comme un gamin avec une sucrerie !

— Ils sont vivants ! C'est merveilleux ! répétait-il, avec deux grosses larmes roulant jusque dans sa barbe. Ô, Ispen, mes enfants, mes amis ! Ils sont tous vivants, j'en suis sûr !

Transporté d'enthousiasme, il plaqua un gros baiser sur la joue de Niss, puis agit de même avec son voisin de gauche, Nolan, déconcerté par ces élans affectifs. Cael était aux anges. En voilà un, au moins, qui partageait son optimisme !

— Nous ne sommes sûrs de rien... tempéra Amanón.

— Mais si ! Yan est le meilleur magicien du monde, s'emballa le grand-père. Il a réussi à nous prévenir ! J'aurais voulu être là pour voir ça...

De mieux en mieux ! songea le garçon, en bombant le torse. Son père, le meilleur magicien du monde ! Et Bowbaq avait fait toute l'aventure de l'île Ji avec lui ; il savait de quoi il parlait !

— Mais que s'est-il produit dans mon esprit ? demanda Eryne, visiblement tendue. Est-ce ainsi que fonctionne votre pouvoir de... d'erjak, c'est cela ?

— Non, c'est très différent, démentit le géant sans perdre de son sourire. Je suis désolé, amie Eryne, je ne comprends pas ce qui t'est arrivé... Mais bientôt, nous retrouverons tous vos parents, j'en suis sûr maintenant !

La bonne nouvelle réveilla l'appétit du bonhomme, qui se servit une autre portion du plat épicé. La pluie frappait toujours les flancs de la gabière, doucement ballottée ; au loin, un premier roulement de tonnerre se fit entendre... L'orage se rapprochait.

— Mais comment voulez-vous qu'on les retrouve ? craqua soudain la damoiselle. Nous ne savons même pas où chercher ! Et nous sommes tous là, à parler de magie et de démon comme si de rien n'était ! Et... Et personne ne peut expliquer ce qui m'arrive !

Sa voix prit une tonalité aiguë, poussant la jeune femme à se cacher le visage dans les mains pour verser quelques larmes silencieuses. Cael reposa ses couverts, trop embarrassé pour continuer à manger. Nolan, Amanón et Bowbaq firent de même, une expression grave sur le visage... Seuls Keb et Niss poursuivirent leur repas. L'un, fidèle à son caractère indifférent, et l'autre, parce qu'elle était perdue dans son monde...

— Pardonnez-moi, reprit Eryne en s'essuyant les yeux, je... Ma migraine ne passe pas, et cela me rend irritable.

— Nous retrouverons tes parents, je te le promets, annonça le grand-père avec émotion.

La damoiselle lui rendit un sourire navré, mais Cael la connaissait assez bien, maintenant, pour deviner qu'elle n'accordait pas beaucoup de crédit à ce serment.

— Bowbaq, demanda soudain Nolan. Tu sais désormais que Corenn nous a raconté votre histoire... Tout ce que vous avez vécu, entre le voyage à l'île Ji et l'invasion de la Sainte-Cité. Et... j'ai besoin d'être *sûr*. Amanón ne m'en voudra pas, j'espère, de poser la question... Alors, voilà : est-ce que tout ce qu'elle a écrit est vrai ? Vous avez *réellement* séjourné dans un endroit tel que le Jal'dara ?

L'orage gronda encore, tandis que le grand-père affrontait les regards croisés d'autant de jeunes curieux suspendus à ses lèvres.

— Jamais Corenn n'aurait menti à Manó, déclara-t-il comme une évidence. Bien sûr que nous sommes allés au Jal !

Seule la pluie perturbait le silence qui s'installa alors. Il y avait bien de quoi rester muet ! C'était une chose de lire un journal aux allures de récit fantastique, et c'en était une autre d'entendre quelqu'un témoigner de la véracité des faits relatés... Les conséquences d'une telle annonce étaient si importantes, si dramatiques, qu'il faudrait un long temps de réflexion aux héritiers pour seulement les accepter !

— Et cette histoire d'Adversaire, intervint Keb. C'est quand même exagéré, non ?

Bowbaq tourna aussitôt son regard vers Niss, qui achevait de vider son assiette... La jeune fille n'avait pourtant pas manifesté la moindre réaction.

— Elle n'est pas au courant, expliqua le grand-père à mi-voix. Aucun de mes petits-enfants ne sait...

Il n'eut pas besoin d'en dire plus. Un frisson glacé parcourut Cael, alors que la prophétie des Ondines, rapportée par Corenn, s'imposait brutalement à son souvenir. *La descendance des sages devait voir l'avènement de l'Adversaire. Ainsi était nommé celui qui, de toute l'éternité, aurait une chance, et une seule, de vaincre Sombre.*

Sombre. L'enfant-dieu précipité dans les fosses du Jal'karu par l'ambition d'un sorcier goranais, et ramené des enfers pour devenir le démon le plus guerrier qui soit. Sombre. Celui qu'ils avaient feint d'ignorer, alors que chacun voyait ses cauchemars hantés par le fantasme du maudit...

Sombre. Le seul et véritable coupable de la disparition de leurs parents !

— C'est donc sérieux... commenta Nolan, soudain blême.

— Ça ne signifie rien, réfuta Eryne. Cet Adversaire peut très bien naître dans mille ans !

— C'est ce que nous espérions... soupira Bowbaq. Mais, avec toutes ces attaques... Je crois que le Mog'lur veut son combat *maintenant*.

Comme les autres, Cael comprit parfaitement le sous-entendu de la remarque. Si le démon se lançait sur la piste des héritiers pour les exterminer une fois pour toutes, il y avait de fortes chances que l'Adversaire soit déjà né pour l'affronter... C'est-à-dire qu'il était *l'un d'entre eux !*

— Je n'y crois pas, refusa Eryne. Qui autour de cette table se sent de taille à renverser un immortel ? Pas moi, en tout cas !

— Ça pourrait être aussi l'un des deux petits-fils de Bowbaq, rappela le garçon.

— Si c'est le cas, la partie est déjà perdue... commenta Amanón.

— Mais vous avez peut-être des frères et sœurs inconnus, lança Keb. Vos pères ont peut-être fait un ou deux bâtards dans le voisinage...

— Certainement pas ! s'offusqua Eryne.

— C'est tout de même une possibilité, reconnut Nolan. Avant qu'il ne rencontre notre mère, bien sûr, ajouta-t-il devant les yeux ronds de sa sœur.

— Mais ces inconnus ne posséderaient pas de pierre de dara, de toute façon, rappela Amanón. Donc, ils auraient également été enlevés... Ce qui nous ramène au point de départ. Autant espérer que l'Adversaire est bien l'un de nous six.

— Comment arrives-tu à ce chiffre ? demanda Nolan.

— Eh bien, tout le monde ici, sauf Bowbaq. Les Ondines ont révélé qu'aucun de nos parents n'était l'Adversaire. Il est donc de la génération suivante, ou même de la deuxième, dans le cas de Niss...

— Je n'ai rien à voir avec votre histoire, décréta Keb. Ôte-moi du compte.

— Au contraire, je te trouve *particulièrement* concerné, réfuta Amanón. Que tu l'acceptes ou non, Saat était ton père ! Et tu sais qu'il voulait lui-même engendrer l'Adversaire pour voler son corps. *Ton* corps !

Le Wallatte pesa la déclaration pendant quelques instants lourds de tension, puis haussa les épaules, à son habitude.

— Ça m'est égal, affirma-t-il. Je ne me sens pas impliqué. Ça n'est pas moi. Trouvez quelqu'un d'autre.

— Nolan sera bientôt Maz, je crois ? intervint Bowbaq. Je pensais... Quoi de mieux qu'un prêtre, pour chasser un démon ?

— Je suis certain que ça n'est pas moi non plus, déclara l'intéressé, plus pâle que jamais. Je ne le mérite pas. Et je suis le plus mauvais combattant du groupe.

— Rien n'indique que Sombre doive être défait en duel, releva Amanón.

— Justement, toi qui es si malin ! railla le barbare. C'est peut-être à toi de trouver un plan pour sauver le monde !

— Personne n'a dit non plus que le monde était en danger, répliqua l'interprète. Pour l'instant, on ne parle que de nous et de nos familles.

Cael vit soudain le visage de Nolan, assis près de lui, passer du blanc au rouge corail... De quoi le novice avait-il honte ? De ne pas se sentir l'âme d'un héros ? Rien de plus naturel ! D'ailleurs, le garçon n'avait pas plus envie d'être jeté en première ligne !

— Vous voyez bien que ça ne donne rien, reprit Eryne. Il n'y a aucun champion éternel dans cette gabière battue par la pluie !

— Vous vous trompez peut-être, damoiselle... commença Amanón avec embarras. Je m'en veux de vous effrayer, mais... Tout porte à croire que *vous* seriez l'Adversaire !

Les traits de la jeune femme semblèrent s'affaisser, ne lui laissant qu'un masque de stupeur et d'effroi. Chaque membre du groupe, en fait, accusait la surprise... Exceptés Niss, dont le regard était fixé sur un petit hublot, et Manó, qui cherchait les meilleurs mots pour ses explications.

— Il y a une... annexe, au testament de ma mère, révéla-t-il. Elle y a regroupé toutes les informations qu'elle a pu trouver sur les portes, le Jal et les *Etheques*... Il me faudra du temps, pour tout étudier. Mais elle a aussi émis des théories sur l'identité de l'Adversaire...

— Et alors ? le pressa Eryne, d'une voix tendue. Allez-y, dites-moi enfin ce que vous nous cachiez à tous !

— Eh bien... C'est un peu embarrassant, confessa-t-il. Il y a une dizaine d'années, ayant appris les travaux de Corenn sur ce sujet, Emaz Lana lui a confié une chose vraiment intime. En réalité... il semble que *vous* ayez été conçue au Jal'dara même ! Ce qui fait de vous quelqu'un aux origines exceptionnelles...

— C'est ridicule ! trancha la damoiselle, sans pour autant réussir à masquer son trouble. Et même, en supposant que ce soit vrai ! Quelle différence cela fait-il ? Je vis, je respire et je souffre comme tout un chacun !

— Certes, mais vous avez peut-être certains pouvoirs insoupçonnés et *inexplicables*, poursuivit Amanón. Comme celui d'entendre des Voix, par exemple.

Un nouveau silence envahit la cambuse, tandis qu'Eryne se frottait les tempes en hochant négativement la tête. L'orage semblait avoir choisi une autre direction... Déjà, la pluie commençait à faiblir, même si le ciel restait sombre.

— Ces voix que tu entends, est-ce qu'elles ressemblent à celle de Cael ? demanda le grand-père innocemment.

Tout le monde se tourna vers le garçon, de loin le plus surpris ! D'où Bowbaq connaissait-il ce secret ? Et surtout, quel besoin avait-il de l'humilier ainsi devant tout le monde !

— De quoi s'agit-il ? demanda Nolan, intrigué.

— J'ai... Il m'arrive de me parler à moi-même, en quelque sorte, bredouilla Cael. Mais ça n'a rien à voir avec ce qu'a vécu Eryne... Il n'y a qu'une voix, et je l'ai depuis toujours...

— Mais... Personne ne t'a expliqué ? s'étonna Bowbaq. Manó... Corenn n'en parle pas dans son journal ? Devant la situation, je crois que...

Le géant finit par se taire, comprenant trop tard qu'il venait de faire une bourde. Le garçon se sentait comme frappé par la foudre. Maintenant, on lui en avait trop dit, ou pas assez !

— Je voulais attendre un meilleur moment, soupira Amanón. Mais... c'est vrai que ma mère parle aussi de toi, dans ce dernier cahier. Cela dit, tant que nous n'en savons pas plus...

— Allez-vous enfin passer aux aveux, *oui ou non ?* tempêta Eryne.

L'interprète acquiesça tristement, puis plongea son regard dans celui de Cael avant de prendre une voix compatissante...

— Dès le jour de ta naissance, il semble que tu poussais d'horribles cris... et cela en permanence. Mais tes parents et les miens ont eu beau chercher, ils n'ont jamais trouvé le mal dont tu souffrais... Cela a duré des lunes et des lunes. Et ça n'a cessé qu'au jour où Léti a posé son pendentif sur le ventre du nourrisson que tu étais.

— Qu'est-ce que ça veut dire ? demanda le garçon, paralysé par l'angoisse.

Amanón n'était guère plus à l'aise... Il dut s'éclaircir la voix pour achever ses explications.

— Corenn pense que pendant toutes ces décades, et même dans celles précédant ta naissance, tu as été en permanence *visité par l'esprit de Sombre*... Comme lui-même l'avait été par Saat.

Cael aurait voulu protester, démentir, se lever et même, pourquoi pas, s'abandonner à une colère digne d'une Eryne de Kercyan, mais il se sentait incapable du moindre geste, du plus petit mot. Cette révélation était plus terrible encore que ce qu'il pouvait s'imaginer. Et pendant toutes ces années, les vétérans de l'île Ji *savaient*...

— Et alors, heu... commença Nolan. Qu'est-ce que... Il va bien ? Il ne devrait plus entendre cette voix, non ?

— En principe, non... Mais nous ignorons ce que Sombre cherchait à faire. Il a échoué, de toute manière ! reprit le cousin, avec un air faussement rassurant. Tant que tu gardes ton pendentif, Cael, tu ne risques rien. Exactement comme nous.

Le garçon ne lui rendit pas son sourire. Il n'avait plus qu'un œil noir à lever sur Amanón et les autres. Il se sentait trahi, sali. *Corrompu.*

Le cri que Niss lança soudain à travers la pièce fit bondir tout le monde ! La jeune fille désignait le hublot qu'elle fixait depuis un long moment... Mais l'on n'y voyait rien. Rien d'autre qu'une fin de pluie ruisselante.

En revanche, l'instant d'après, des pas se firent entendre sur le pont du *Rubicant*.

Des pas très nombreux.

*

L'instant de surprise passé, chacun bondit sur ses armes ; du moins ceux qui en possédaient ! Keb fut le premier à se lancer dans l'escalier, sa lowa brandie à deux mains. Amanón lui emboîta le pas en tirant sa lame courbe, et Bowbaq renversa presque le banc en voulant ramasser sa *pognée*... Avec un temps de retard, Nolan courut jusqu'à sa couchette et dénuda maladroitement la canne-épée de son père. Même le jeune Cael avait été plus rapide à saisir sa rapière ! Le garçon se tenait encore au bas des marches, tandis qu'Eryne avait rejoint Niss pour la serrer contre elle...

— Reste ici ! demanda le novice à Cael.

Il avait parlé sans réfléchir, estimant seulement que l'adolescent ne devait pas s'exposer... Lui-même, pourtant adulte, était déjà suffisamment épouvanté ! Une bataille avait commencé, dehors, et alors que Nolan grimpait vers le pont, son corps et son visage encore endoloris par la récente bagarre, il ne pensait qu'à une chose : il allait peut-être mourir sans avoir eu le temps de se confier... Il allait *sûrement* mourir, corrigea-t-il, en songeant au piètre bretteur qu'il faisait.

La pluie cingla soudain son visage, quand l'écoutille refermée par Bowbaq s'ouvrit brutalement devant le novice. Ce dernier recula par réflexe, puis regretta son mouvement en voyant deux hommes profiter de l'occasion pour s'avancer dans la coursive ! Deux hommes porteurs de *chardons*, les terribles poignards aux tranchants garnis de dents... Deux tueurs, au front ceint d'un bandeau noir brodé de ronces. Deux *K'luriens*, adeptes de l'une des sectes les plus dangereuses de la Sainte-Cité !

Face à la menace, Nolan fut forcé de battre en retraite jusque dans la cambuse. Cael et lui étaient seuls à pouvoir défendre Niss et Eryne... Le jeune homme ne ressentait plus que mépris pour lui-même. Il avait honte d'être aussi faible. Honte de ne pas s'être confié, alors que tout ceci aurait pu être évité...

Devant l'étendue de ses fautes, alors que les inconnus s'avançaient sur lui, le novice se jura qu'il ne laisserait pas quelqu'un souffrir encore de ses mensonges. Pour sauver Eryne et les deux adolescents, il était même prêt à se sacrifier.

*

Amanón avait surgi derrière Keb pour trouver le Wallatte déjà en train de faire tournoyer son arme. Grâce à ses moulinets, le barbare avait réussi à dégager la sortie, empêchant par la même occasion les inconnus d'investir la cale du *Rubicant*... Le temps d'un battement de cœur, l'interprète s'avoua dépassé par la situation, incompréhensible ! Au moins quinze ou vingt hommes les attendaient sur le pont de la gabière et sur le quai mouillé... Tous armés de lames barbelées, et portant un large ruban sur le front... Et tous déterminés à frapper sans discuter !

L'un de ces fous de guerre réussit d'ailleurs à contourner la lowa de Keb et bondit soudain sur Amanón, qui ne dut sa survie qu'à un réflexe généré par la tension. La lame courbe fendit l'air d'un mouvement latéral, avant de faucher l'homme pratiquement en plein vol... Le choc remonta violemment dans l'épaule de l'interprète, tandis que l'assassin roulait sur le pont en déversant du sang et des entrailles. Mais que se passait-il ? *Qui étaient ces nouveaux ennemis ?*

Il n'eut pas le temps d'y réfléchir. Déjà, un second homme fondait sur lui, tandis que Bowbaq se faufilait pour compléter leur ligne de défense... Amanón ferrailla tant bien que mal, mais les inconnus étaient d'une autre trempe que les malfrats de l'auberge. Par un coup vicieux, son adversaire déchira la manche de cuir noir et l'avant-bras qui était dessous ! L'interprète ne put retenir un cri de douleur, tellement l'entaille était cuisante. Le sang qui jaillit coula jusqu'à son poignet, rendant sa main et son arme glissantes... L'assassin lança un autre assaut, difficilement paré, puis un autre encore, plongeant sa lame toujours plus loin dans l'espace vital d'Amanón, comme la langue rapide d'un reptile... L'interprète crut même à sa défaite, quand l'énorme pognée de Bowbaq vint soudain s'écraser sur l'épaule du tueur, si violemment que l'homme bascula par-dessus bord !

Le géant avait déjà projeté l'un de leurs adversaires dans les eaux boueuses du port, mais cela ne décourageait pas les autres pour autant. Si le pont avait été plus large, ou s'ils s'étaient battus en un autre endroit, les trois hommes auraient rapidement été débordés... Keb peinait à seulement contenir leurs ennemis à la proue et sur le quai, et les efforts qu'il produisait pour faire tournoyer sa lowa l'empêchaient de mener de véritables attaques. Le temps que Bowbaq et Amanón fassent un premier pas pour lui venir en aide, le pire se produisit ! Trois hommes bondirent simultanément sur le Wallatte, incapable de repousser un tel assaut sur le pont glissant... Sa barre d'acier fendit bien le crâne du premier, mais les deux autres le plaquèrent sur le pont en le saisissant par les genoux et le torse !

L'interprète se vit soudain courir à la rescousse du barbare en hurlant comme un damné ! Sa coupure le lançait horriblement, mais il ne ménagea pas son bras en abattant sa lame sur la nuque d'un des assassins... À l'instant près, Keb fut assez libre de ses mouvements pour bloquer le poignet du deuxième et le tordre de manière brutale. Il retourna ensuite le poignard contre son agresseur, l'enfonçant au plus profond de sa gorge, puis se leva en récupérant sa lowa...

Le long du bastingage, plusieurs inconnus avaient profité de la brèche ouverte dans la défense pour investir l'ensemble du pont, malgré les grands coups de pognée qui pleuvaient autour du géant. Amanón et Kebree se placèrent naturellement dos à dos, encerclés par sept adversaires agitant leurs lames comme des scorpions... Bowbaq n'était pas en meilleure posture. Aucun des trois héritiers ne put empêcher les tueurs d'ouvrir l'écoutille et de se glisser dans l'entrepont...

— *Sakkar !* hurla l'interprète, ses cheveux corbeau trempés par la pluie.

Il n'eut que le temps de tirer son poignard, en renfort de sa lame courbe. Prenant le juron pour un signal, tous s'étaient jetés dans la bataille !

*

Cael avait vu Nolan grimper puis redescendre, sans avoir eu le temps de décider de ce qu'il allait faire... Les deux hommes trempés qui apparurent soudain au bas des marches, armés de poignards effrayants, mirent un terme à ses hésitations. En trois pas chassés, le garçon vint se poster devant Eryne et Niss, promettant un coup de rapière à quiconque s'en approchait... Pour autant, il ne pouvait empêcher sa main de trembler.

Les assassins ne s'y trompèrent pas, et leurs faces antipathiques s'éclairèrent d'un sourire mauvais alors qu'ils se séparaient entre Nolan et lui. Cael trouva même que les yeux de son adversaire brillaient d'étrange manière, comme s'il était ivre, ou drogué...

Le garçon songea également que ce visage pouvait être celui de l'homme qui lui ôterait la vie. Il pensa aussitôt à ses parents, à la grand-tante Corenn, à Grigán et surtout à Amanón, qui se battait dehors, sous la pluie... Enfin, si le cousin était toujours sur pied. Que se passait-il vraiment, sur le pont ? Puisque des intrus étaient parvenus à investir la cambuse, la situation devait être désespérée...

Eryne poussa soudain un cri aigu, quand l'inconnu défiant Nolan se fendit pour ouvrir le ventre du novice ! Une deuxième plainte suivit immédiatement ; celle de l'assassin, blessé à la cuisse par la canne-épée... Tous étaient surpris du réflexe du futur prêtre ; et lui le premier, à coup sûr. Alors que son adversaire reculait en lançant une bordée de jurons en lorelien, Nolan se remit en garde avec une expression très concentrée. De toute évidence, il n'avait pas l'intention de se laisser tuer sans résister !

Cael tira assez de courage de ce point marqué par les héritiers pour contrôler les frissons qui parcouraient son corps. Il raffermit sa prise sur sa rapière, s'encourageant à répliquer aussi bien que son compagnon... L'homme qui lui faisait face était tout de même plus grand d'une tête, avec les membres et la force en proportion. Et il n'avait pas, comme le garçon, touché sa première arme cinq ou six jours plus tôt... Aussi, quand le tueur esquissa une feinte d'attaque au cœur, Cael s'y laissa prendre et frappa là où il n'y avait plus que du vide. En revanche, l'assassin ne manqua pas son coup et déchira la tunique du Kaulien en traçant un douloureux sillon sur son flanc droit !

Eryne cria de nouveau, mais la souffrance qui se répandit dans le corps du garçon le rendait presque sourd. Une tempête de haine et de peur mélangées se leva dans son esprit, prémices d'un mal plus grand encore, auquel il voulait plus que jamais résister... Une expression intriguée se peignit sur le visage de son adversaire, tandis que Cael compressait sa blessure avec une grimace de plus en plus féroce.

La Voix revenait.

Qu'elle soit la parole de Sombre ou seulement son souvenir, le garçon n'en voulait plus dans son esprit. Torturé de l'intérieur, il repoussa un nouvel assaut en agitant sa lame en tous sens, avec l'impression de mener deux combats en même temps... Mais l'un, au moins, semblait perdu d'avance. La Voix gagnait du terrain, l'empêchant peu à peu de réfléchir, le noyant sous des images sanglantes de tueries et de victoires... Cael avait beau serrer les dents, se crisper, se concentrer sur le souvenir de ses parents, il glissait, ou plutôt il sombrait de plus en plus vite dans les ténèbres, s'abandonnant à la violence qui bouillonnait en lui, sans même croire qu'il pourrait revenir ensuite en arrière.

Un râle de satisfaction lui monta dans la gorge quand sa rapière transperça le bras de l'assassin. Ce n'était que la première d'une série de blessures cruelles, ne visant qu'à faire souffrir le plus longtemps possible.

*

— Sakkar ! Sakkar ! répétait Bowbaq.

Il ne connaissait pas la signification de ce mot ramgrith, mais il avait déjà entendu Grigán le prononcer, et le cri d'Amanón avait galvanisé le grand-père ! Ses coups de pognée semblaient plus pesants encore, une fois ponctués du juron. Le géant ne s'était pas battu une seule fois depuis le Mont-fleuri, mais son énergie n'avait pas faibli d'un pouce ! Seule la rapidité lui faisait défaut... Les assassins étaient prestes, et Bowbaq avait bien du mal à frapper autre chose que du vide. Heureusement, le gourdin était aussi *massif* ; chaque fois que l'arme fendait l'air, les tueurs se retiraient précipitamment de sa course ! Pas une fois, ils n'avaient pu user de leurs poignards contre le grand-père...

Quand il avait de la chance, le géant voyait le lourd rondin briser un membre, ou plonger une tête d'assassin dans des ténèbres plus ou moins éternelles. Mais la lutte était trop longue ; même lui finirait par fatiguer, alors que ses adversaires, bien que parfois blessés, continuaient à vouloir en découdre... Un tel acharnement était aussi étonnant qu'effrayant. Qui étaient donc ces hommes prêts à mourir pour les exterminer ? Ils ne ressemblaient pas à la description de ces fameux Valipondes en chemises vertes !

Plus que tout, Bowbaq s'inquiétait de ceux qui s'étaient infiltrés dans la cambuse. Quand il songeait à sa petite Niss, si innocente et vulnérable, à la merci de ces hommes agressifs, le grand-père visait les crânes de ses ennemis plutôt que leurs bras ! Mais il lui avait fallu beaucoup d'efforts pour abattre seulement trois des assassins qui l'avaient acculé au bastingage, et il en restait encore quatre devant lui... Il ne pourrait pas courir auprès de sa petite-fille avant un bon moment.

Peut-être même, pas du tout...

*

Eryne avait perdu espoir en voyant deux inconnus armés envahir leur pont... S'ils avaient pu franchir le véritable rempart protecteur qu'était Kebree, alors tout était perdu ! La jeune femme serrait l'impassible Niss un peu plus fort contre son ventre, pendant qu'un double duel s'engageait entre Nolan, Cael et les assassins. Mais que pourraient faire son petit frère et le garçon, là où les trois hommes forts du groupe avaient échoué ? Elle fut même tentée de fermer les yeux pour attendre la mort, sans s'y résoudre pour autant...

La suite ne fut qu'une succession d'émotions fortes. La joie, quand Nolan obtint le premier sang... Puis l'horreur, devant la blessure subie par Cael ! Le garçon lui-même sembla extrêmement perturbé par l'assaut ; pendant quelques instants, ses mouvements furent désordonnés, comme s'il ne les contrôlait plus... Eryne le vit ensuite plonger sa rapière dans le bras de l'assassin ; elle ressentit alors une satisfaction farouche, en même temps que son espoir renaissait !

De son côté, Nolan n'avait plus touché son adversaire, devenu beaucoup plus prudent. Le novice commençait même à peiner à repousser les attaques du poignard, rapides et vicieuses... Leur duel fut soudain interrompu, alors qu'un râle étrange montait de la gorge du garçon. Puis Cael transperça le pied de l'assassin, le clouant un instant sur le pont !

Nolan dut reprendre son combat, mais Eryne ne perdit plus des yeux les manœuvres étonnantes du jeune Kaulien. Il maniait désormais son arme comme un véritable bretteur ! La rapière paraissait faire partie intégrante de son bras, et il en déplaçait la pointe ou le tranchant où bon lui semblait sur le corps de son adversaire... Au ventre, au mollet, à l'épaule, partout ! Il fut vite évident que le garçon pouvait mettre un terme rapide à l'affrontement, mais qu'il préférait se livrer à ce jeu cruel...

La jeune femme en était bouleversée. Ce comportement sadique ne ressemblait pas à Cael ! Elle chercha à masquer la scène aux yeux de Niss, mais l'adolescente repoussait constamment sa main, le regard vissé sur ce duel qui se transformait en exécution. Et cet assassin, souffrant de quinze plaies au moins, qui n'esquissait pas le moindre mouvement pour battre en retraite !

Le Kaulien mit enfin un terme à cette sauvagerie en plongeant sa lame dans l'œil du sacrifié, si profondément qu'il put maintenir le corps debout pendant un court moment... qui parut pourtant une éternité !

Une fois sa lame dégagée, le garçon se retourna vers la damoiselle et la jeune fille toujours assise... Eryne pâlit en découvrant le visage de l'adolescent. On n'y lisait plus que de la haine et de la dureté... Cael semblait prêt à tuer tout le monde.

Absolument tout le monde.

*

Les dents des poignards avaient sérieusement entaillé les vêtements de cuir d'Amanón, et le jeune homme ne pouvait s'empêcher de songer aux plaques de métal qui doublaient ceux de son père. Dire qu'il les trouvait trop lourds à porter ! Que n'aurait-il donné, en cet instant, pour ces protections d'acier... Et, plus encore, pour compter Grigán à ses côtés !

Par chance, il n'était pas complètement seul, et Keb se montrait un frère d'armes réellement précieux. À eux deux, dos contre dos, ils avaient tué ou mis hors de combat trois des sept hommes acharnés à leur perte... Leurs ennemis restaient tout de même supérieurs en nombre, et ceux qu'il fallait vaincre encore étaient bien les plus obstinés !

Un hurlement déchirant monta soudain de la cambuse, mais Amanón ne put reconnaître s'il venait de Cael ou de Nolan. La seule idée que n'importe lequel puisse être blessé raviva l'ardeur de l'interprète, qui, repérant une faille chez ses adversaires, para de son poignard, détourna une attaque, flanqua un coup de pied et finalement entailla un ventre de sa lame courbe !

Plus que jamais déterminé à survivre, il lâcha son couteau et frappa de son arme tenue à deux mains, sectionnant un bras et une tête dans le même mouvement. Le temps qu'il se retourne pour épauler le Wallatte, Kebree venait également à bout d'un assassin... Amanón le laissa en duel singulier avec le dernier homme pour courir auprès de Bowbaq, toujours en lutte contre trois ennemis. L'interprète se plaça derrière eux et n'attendit pas qu'ils soient prêts à se défendre pour abattre son arme ! Sa lame traversa une clavicule et trancha un cœur, mais resta coincée dans le corps du vaincu... Pendant qu'Amanón s'échinait à la retirer, un des hommes au regard fou le saisit par le col et brandit son poignard, près de frapper !

Le crâne de l'assassin émit un bruit étrange quand la pognée de Bowbaq s'y abattit soudain, réduisant ses cervicales en une pile d'osselets. Le géant avait profité de la diversion pour « faire le ménage » autour de lui... Le pont du *Rubicant* n'était plus qu'un champ de bataille rincé de pluie, couvert de cadavres et de sang, dans un port déserté par des Loreliens craignant l'orage.

— Merci, grand-père, laissa échapper l'interprète d'une voix tendue. Ça fait deux fois...

— *Personne ne touchera aux enfants de mes amis,* rétorqua le géant essoufflé, mais avec conviction. Et merci à toi, Manó. Tu te bats comme ton père.

— Ça m'étonnerait, commenta le jeune homme ému, en dégageant enfin son arme.

Après un regard lancé à Kebree, toujours en lutte contre le dernier assassin, Amanón se rua dans l'escalier pour l'entrepont, Bowbaq sur ses talons.

*

Nolan n'avait pas renouvelé son premier succès, et la blessure à la cuisse resta la seule qu'il put infliger à son adversaire... Ce K'lurien semblait moins drogué que les autres ; il était donc plus réfléchi dans ses attaques, moins pressé de se jeter sur les lames, et peut-être plus enclin à venger le sang versé. Le novice avait donc beaucoup de mal à tenir l'assassin à distance, et il ne se faisait pas d'illusion sur l'issue du combat...

Il commença pourtant à reprendre espoir en voyant, du coin de l'œil, Cael achever son adversaire ! Personne ne s'attendait à ce que le garçon montre de si grandes dispositions à l'épée, mais c'était une heureuse découverte. Leur dernier ennemi redoubla alors ses assauts, devinant qu'il se trouverait rapidement opposé à deux combattants... Le novice s'appliqua donc à ne pas mourir trop tôt, mais Cael prenait son temps pour se joindre à la lutte !

Quand enfin le garçon se décida à les rejoindre, Nolan fut frappé d'étonnement par la férocité de son visage. Le Kaulien paraissait avoir perdu la raison ; ses traits déformés par la haine lui donnaient l'air nettement plus âgé, et un léger filet de bave coulait sur son menton... Sa blessure au flanc avait beaucoup saigné, inondant sa tunique jusqu'aux mollets, sans qu'il semble en souffrir. Et l'adolescent ne se mêla même pas de l'affrontement ! Sa rapière pendait mollement au bout de son bras, tandis que son regard farouche se posait alternativement sur le novice et le K'lurien...

Sidéré, Nolan perdit un instant de sa vigilance. L'assassin voulut en profiter pour le poignarder, mais l'arme soudain ranimée de Cael l'empêcha de mener son attaque jusqu'au bout ! Après un court moment de flottement, le novice comprit que la rapière avait transpercé le K'lurien de part en part, sous les bras, lui perforant les deux poumons dans la largeur... L'homme resta ainsi suspendu sur la langue l'acier, les yeux écarquillés sous son bandeau noir, avant que son dernier soupir ne le fasse s'étouffer avec son propre sang.

Nolan n'attendit pas que le garçon relâche sa victime pour se précipiter auprès de sa sœur, soulagé et épouvanté à la fois par l'intervention brutale du Kaulien... L'expression qu'il découvrit sur le visage de Niss ajouta encore à son angoisse. La jeune fille, plus ou moins impassible depuis son cri d'alerte, était maintenant fort agitée ! Eryne avait bien du mal à la retenir sur le banc... La pauvrette s'arracha finalement aux mains de la damoiselle pour passer sous les bras du novice, avant de courir tout droit à Cael qui l'observait d'un regard sauvage !

Les deux adolescents se firent face, le temps d'un seul battement de cœur... Ce qui suivit fut aussi rapide, mais Nolan crut voir la scène au ralenti. L'épée du garçon se leva graduellement, tandis que l'expression du Kaulien se faisait plus haineuse encore... Niss tendit ses mains frêles vers le visage du jeune homme furieux... Quand ses doigts effleurèrent les tempes de Cael, ce dernier poussa un hurlement déchirant, si fort que l'on devait l'entendre dans tout le port ! Il lâcha aussitôt son arme et s'écroula comme une poupée de chiffon...

Les de Kercyan se précipitèrent, mais Niss s'était déjà penchée sur le malheureux pour lui caresser le front avec douceur. La peur au ventre, Nolan prit le pouls du garçon... Son cœur battait toujours. Avec l'aide d'Eryne, il installa le blessé dans une meilleure position, puis ôta sa propre chemise pour éponger le sang qui coulait encore du flanc de Cael...

Des pas se firent bientôt entendre dans l'escalier, et le jeune homme redouta de voir de nouveaux assassins se présenter... Son soulagement fut sans limites, quand il aperçut les silhouettes trempées de pluie d'Amanón et de Bowbaq !

— Que s'est-il passé ? s'inquiéta aussitôt Amanón, en s'agenouillant près de son cousin.

Dans son état inconscient, le garçon avait au moins perdu son expression haineuse... Mais Nolan ne se sentait pas le courage de raconter toute la scène à l'interprète, ni au grand-père serrant Niss contre sa joue. Cela serait pour plus tard. Et... il avait d'autres aveux à faire, *avant*.

— Cael nous a sauvés, expliqua-t-il simplement. C'est lui qui a tué les deux K'luriens.

— *Les K'luriens ?*

Le regard d'Amanón se fit soudain très sombre, presque soupçonneux. Pouvait-il deviner ce que Nolan s'apprêtait à révéler ?

— Où est Kebree ? demanda soudain Eryne, tremblante d'inquiétude.

— Il va bien, assura Amanón. Il se bat toujours.

— Je vais l'aider ! décida Bowbaq.

Le géant repartit aussitôt vers le pont, sans savoir que sa pupille avait affronté beaucoup plus de dangers et de scènes traumatisantes qu'il n'imaginait... Nolan restait seul avec Eryne, Amanón et Niss pour entendre sa confession. C'était un premier public bien suffisant...

— Je suppose que ces hommes se sont battus jusqu'à la mort ? demanda-t-il.

— Comme des enragés, confirma l'interprète en déchirant la tunique de Cael.

— On leur donne une drogue qui efface toute trace de peur ou de souffrance, expliqua le novice. Même avec une jambe en moins, les K'luriens continueraient d'attaquer...

— Mais *qui* sont-ils ? interrogea Eryne. Comment sais-tu tout cela ?

— Ils sont membres d'une secte aussi dangereuse que les Valipondes, révéla Nolan, le cœur battant la chamade. Ils vénèrent un démon, *K'lur*, dont le culte a pris de l'importance même à la Sainte-Cité... Et si je... Si je les connais aussi bien...

Il avait beaucoup de mal à supporter les regards attentifs que lui adressaient sa sœur aînée et Manó, mais il lui fallait aller jusqu'au bout !

— J'ai fait partie de leur groupe, avoua-t-il enfin, dans un silence consterné. Pendant plus d'un an.

L'effroi qui se peignit sur le visage d'Eryne fut bien la plus cruelle des punitions. Nolan aurait presque préféré la voir piquer une bonne colère... Il s'attendait même à encaisser un coup de poing de la part d'Amanón. En lieu et place, leur mutisme le plongeait dans les affres de l'angoisse...

Le pas lourd de Bowbaq dans l'escalier provoqua une interruption supplémentaire, au grand regret du novice. Mais ses préoccupations semblèrent soudain moins importantes quand chacun découvrit ce que le géant ramenait au creux de ses bras : le corps inanimé de Kebree, une large tache de sang sur la poitrine !

— Je l'ai trouvé comme ça, expliqua fébrilement le grand-père. Je ne sais pas si son adversaire est mort, ou s'il s'est sauvé !

Le Wallatte fut allongé à même le sol, à côté de Cael, devant une Eryne au visage inondé de larmes. Amanón se redressa pendant que les autres s'occupaient de ce nouveau blessé...

— Je vais larguer les amarres et tirer la voile, annonça l'interprète. Nous n'avons plus rien à faire dans cette ville, et ça devient vraiment trop dangereux. Pour le reste... on verra plus tard, lança-t-il à l'intention de Nolan.

Le novice promit d'un signe de tête, puis se rendit près des corps des assassins pour ramasser leurs bandeaux noirs. Les héritiers allaient avoir besoin de pansements, et tout était bon à prendre...

Nolan songea même qu'il pourrait sacrifier sa robe de prêtre, si nécessaire. Après tout... cela faisait déjà longtemps qu'il avait perdu la foi.

*

Juchée au sommet d'un rocher de granite, écrasée entre l'obscurité de la nuit et les flots ténébreux de la mer Médiane, la tueuse observait le point lumineux qui grossissait toujours davantage... Quand elle fut certaine de son impression, Zejabel bondit de son promontoire et regagna leur camp à petites foulées. L'éternelle s'y reposait, comme d'habitude, assise devant le petit feu qu'elles entretenaient depuis presque une décade...

— Un bateau approche, annonça la jeune femme en serrant la poignée de sa hati. Je crois que des gens vont aborder l'île.

La déesse émit de nouveau ce petit rire étrange, celui dont Zejabel ne comprenait jamais la raison...

— Je sais, annonça simplement Zuïa. Notre attente sera bientôt terminée.

Généalogie simplifiée :

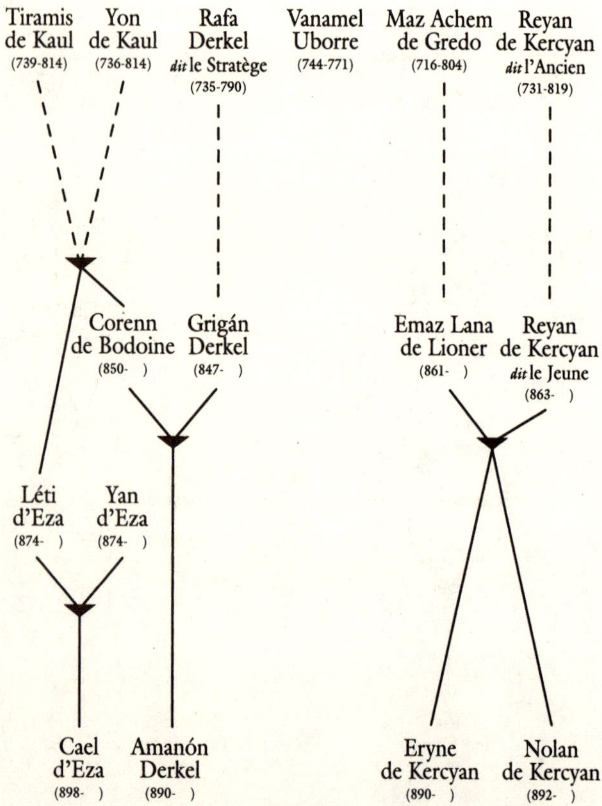

les sages et les héritiers

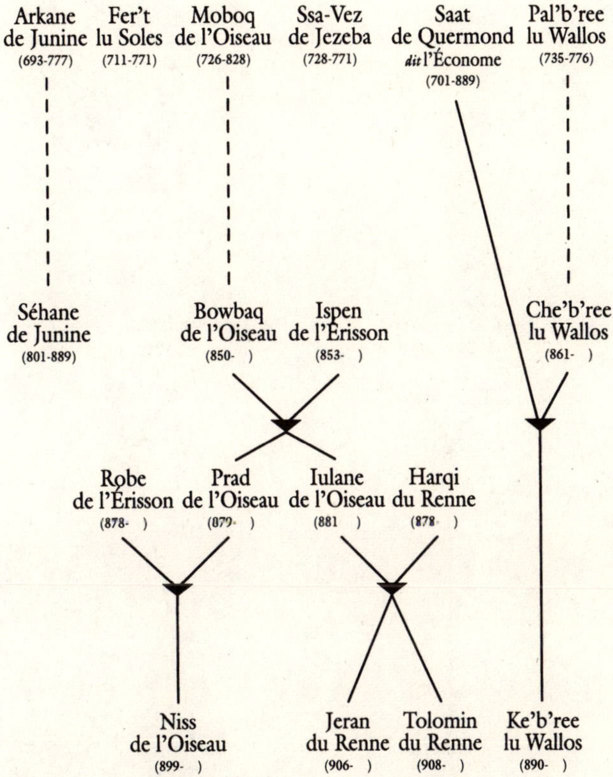

8225

Composition PCA à Rezé
Achevé d'imprimer en Slovaquie
par Novoprint SLK
le 12 juin 2012.
EAN 9782290344712
1er dépôt légal dans la collection : décembre 2006

Éditions J'ai lu
87, quai Panhard-et-Levassor, 75013 Paris
Diffusion France et étranger : Flammarion